EL ÚLTIMO VAN GOGH

Planeta

ALYSON RICHMAN

EL ÚLTIMO VAN GOGH

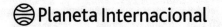
Planeta Internacional

Título original: *The Last Van Gogh*

The Last Van Gogh, © 2006 por Alyson Richman Gordon

Diseño de portada: Planeta Arte & Diseño / Estudio Land
Ilustración de portada: Estudio Land
Fotografía del autor: © Robert Presutti
Traducido por: Yara Trevethan Gaxiola

Derechos reservados

© 2024, Editorial Planeta Mexicana, S.A. de C.V.
Bajo el sello editorial PLANETA M.R.
Avenida Presidente Masarik núm. 111,
Piso 2, Polanco V Sección, Miguel Hidalgo
C.P. 11560, Ciudad de México
www.planetadelibros.com.mx

Primera edición en formato epub: marzo de 2024
ISBN: 978-607-39-1200-6

Primera edición impresa en México: marzo de 2024
ISBN: 978-607-39-1140-5

Impreso en los talleres de Litográfica Ingramex, S.A. de C.V.
Centeno núm. 162-1, colonia Granjas Esmeralda, Ciudad de México
Impreso y hecho en México – *Printed and made in Mexico*

Para Rosalyn Shaoul, por su infinita sabiduría

Y para Zachary y Charlotte, con amor

PARTE I

1
Una amapola roja plegada

Yo fui la primera en verlo, pequeño y delgado, con varios lienzos bajo el brazo, una mochila colgada al hombro y un sombrero de paja encasquetado hasta los ojos. Ése fue mi primer secreto: fui la primera que lo vio desde atrás de los castaños en flor.

Había salido a hacer mis compras, como hacía siempre al iniciar la tarde. Era un día cálido y soleado de mayo. El cielo era de un azul aciano; el sol, del color de caléndulas trituradas. Debo confesar que ese día, cuando pasé por la estación, caminaba un poco más despacio. Sabía aproximadamente en qué tren llegaría, así que mis pasos fueron más cortos de lo acostumbrado mientras cargaba la canasta con huevos y hogazas de pan.

Escuché el silbato de la locomotora y el rechinido de los frenos conforme el tren disminuía la velocidad hasta detenerse. Me acerqué y me oculté detrás de los árboles que rodeaban el andén.

Recuerdo cómo bajó del vagón; era imposible confundirlo si se le comparaba con los caballeros formales que iban ataviados con traje negro y sombrero de copa. Parecía casi un campesino con su camisa blanca sin cuello, su amplio sombrero de paja y su chaleco sin abotonar. Al principio, el ala de su sombrero me impedía distinguir sus rasgos; pero después, cuando reunió sus lienzos y se colgó la mochila al hombro, lo pude ver con claridad.

De cierta forma extraña se parecía a papá. Me sorprendió la primera vez que lo vi porque eran demasiado similares. Era como si viera a mi padre treinta años más joven. La cabeza de Vicent era igual de pequeña y se estrechaba ligeramente en las sienes; tenía el mismo cabello pelirrojo y huecos en la barba como papá; la nariz aguileña, idéntica, y el ceño fruncido que enmarcaba sus profundos ojos azules. Se movía como un pajarito, con gestos rápidos y deliberados, igual que lo hacía mi padre cuando estaba nervioso o emocionado; sin embargo, a diferencia de papá, me pareció apuesto.

Sin duda no era una belleza clásica. Tenía la tez pálida, los pómulos salientes y el bigote pelirrojo terminado en punta. Me intrigaba. Parecía tan decidido al caminar con la cabeza en alto y con sus pinturas a la espalda. Mientras estudiaba su nuevo entorno, advertí el entusiasmo y la energía en sus ojos. Sólo con verlo, me di cuenta de los temas que iba a pintar; parecía evaluar las líneas de los tejados del pueblo, el chapitel de nuestra iglesia, la torre del reloj del ayuntamiento. No obstante, por absorto que pareciera Vincent en este nuevo lugar, parecía no advertir a las personas con las que se cruzaba, las que subían sus maletas a los carritos o intentaban abrirse paso hasta los carruajes que los esperaban. Parado en medio del andén, no hacía ningún esfuerzo por dejar libre el paso a los demás, su mirada estaba fija en el río Oise.

Esa tarde en el paisaje rural de Auvers, él era como una pincelada amarilla. El sol gravitaba hacia él con su brillo cálido y suave; parecía estar iluminado. Me quedé ahí de pie y esperé, observando cómo el paciente de mi padre se dirigía hasta el pueblo. No volví a verlo hasta el final de ese día, cuando se presentó ante nuestra puerta.

*

Papá había pasado gran parte del día preparándose para la llegada de Vincent. Canceló sus citas en París y pasó las primeras horas de la mañana en el ático, examinando las pinturas y grabados que aún no había enmarcado. Comió en el segundo piso, y como a las dos de la tarde que yo salía a hacer las compras, lo vi bajar las escaleras.

Me anudé mi pañuelo favorito bajo la barbilla y caminé hacia el pasillo para recoger la canasta. Papá estaba en su escritorio; estiraba uno de sus grabados y lo aplanaba con cuatro pisapapeles.

—Papá, voy a salir.

Alzó la mirada para verme y asintió, absorto. Vi cómo volteaba hacia la biblioteca y sacaba un frasco de cerámica con pinceles y un pequeño jarrón asiático que Cézanne le había regalado unos años antes. Sostuvo uno en cada mano y los hizo girar bajo la luz para examinar sus patrones sin dejar de ver su propio reflejo en la superficie acristalada.

Sabía que mi padre colocaría esas dos piezas de porcelana al alcance de la mano. Era parte de su ritual cuando conocía a personas que quería impresionar, y yo estaba segura de que las usaría durante su primera conversación con *monsieur* Van Gogh.

*

Había sido un invierno agotador, pero estaba muy satisfecha al ver el jardín en flor. En un mes cumpliría veintiún años y acababa de invertir todas mis energías arrodillada, con los dedos hundidos en la tierra. Mis esfuerzos no habían sido en vano porque los rosales floreaban, los bulbos retoñaban en iris robustos y, un poco más allá de nuestra casa, los campos irradiaban con amapolas rojas, anémonas y margaritas blancas.

La llegada de Vincent no sólo supuso un nuevo integrante en nuestro pueblo, sino también un invitado a quien mi padre consideraba lo suficientemente digno para recibir en nuestro hogar. Pocas personas nos visitaban, salvo algunos pintores selectos. Camille Pissarro, August Cézanne y Emile Bernard habían estado en nuestra casa, pero no recuerdo que mi padre hubiera invitado a nadie

11

de nuestro pueblo. Los zapateros o panaderos no le interesaban a papá; al abrir las puertas de nuestro hogar a todos estos amigos artistas, él podía perpetuar la vida que había disfrutado en París.

A menudo hablaba de su vida en la capital. Al graduarse de la escuela de Medicina, se reunió con su amigo de la infancia —un pintor estimulante—, Gautier, donde vivieron *la vie bohème* entre las estrellas pujantes del mundo del arte. Y aunque papá se consideraba un aficionado, fue capaz de establecer una clientela próspera de artistas, escritores y músicos, felices de intercambiar sus obras por sus servicios médicos.

Papá escribió su tesis sobre la melancolía; su hipótesis era que, históricamente, todos los grandes hombres, filósofos, poetas y artistas del mundo padecieron aquella afección. Por esa razón, siempre tenía un oído atento para esos artistas que se consideraban depresivos o afectados por una enfermedad, y para curarlos, le entusiasmaba experimentar con su obsesión médica: la práctica homeopática de Hahnemann. Con el dinero que heredó del patrimonio de su padre y el considerable ingreso de la dote de mi madre, papá tenía toda la libertad de experimentar con los métodos poco convencionales de la medicina que más le fascinaban.

De hecho, todo fue gracias a la sugerencia que Pissarro le hizo a Theo van Gogh: que Vincent viniera a Auvers para que papá lo tratara.

«Con tus conocimientos de pintura y psiquiatría, ¡serás el médico perfecto para él!», le propuso Pissarro a papá una tarde en nuestro jardín. Recuerdo que todos coincidieron en que el aire fresco y el entorno rural aliviarían el alma de Vincent e inspirarían su pintura.

Pero a pesar del paisaje bucólico del pueblo, nuestra casa no era particularmente espaciosa ni iluminada como cualquiera asumiría que era una casa de campo. Recuerdo que traté de imaginar lo que pensaría el delicado pintor sobre nuestras habitaciones tan estrechas y abarrotadas. ¿El mobiliario negro y chucherías lo ofenderían de alguna manera? ¿Qué pensaría de mi padre y sus remedios homeopáticos? Me preguntaba si visitaría nuestra casa con frecuencia, como otros artistas habían hecho antes, y si nuestra casa cobraría vida de nuevo.

Vincent se presentó a la hora del té, subió las largas y estrechas escaleras con tanta energía que pude escuchar sus pisadas por la ventana de mi recámara. Padre le dio la bienvenida y lo condujo a la sala. Esa tarde había visto cómo sacaba una pintura de Pissarro y tres de Cézanne y supe que se las enseñaría a Vincent cuando llegara.

—Ah, sí, ésta es una de mis favoritas también. —Escuché que mi padre estaba de acuerdo con Vincent.

Sospechaba que Vincent hablaba del Pissarro, una pintura solitaria: una casa roja a la distancia, una madre y un hijo que tiritaban en primer plano y tres castaños cubiertos de escarcha.

—La mayor parte de mi colección está arriba —continuó mi padre—. Y tengo una máquina de grabados que le puedo prestar con mucho gusto. Cézanne la usaba a menudo cuando vivía en Auvers. —Hizo una pausa y luego agregó en un tono más respetuoso—: Verá, Cézanne me regaló este pequeño jarrón y el frasco de cerámica pintado como muestra de su aprecio. ¡Le ayudé mucho, tanto a él como a su pintura!

Al escuchar sus palabras, sacudí la cabeza. Con cada año que pasaba, Padre era más creativo con sus historias. Su deseo de ser pintor parecía eclipsar su trabajo como médico. Los dos hombres pasaron unos minutos más hablando de varios artistas, hasta que escuché que me llamaban.

—¡Marguerite! —exclamó papá—. *Monsieur* Van Gogh está aquí. Por favor, ¿podrías traernos un poco de té?

Madame Chevalier, la mujer que llegó a nuestro hogar tras la muerte de mi madre para ser la institutriz de mi hermano Paul y la mía, leía en su habitación. Pasaba la mayor parte del tiempo cosiendo o preocupándose por papá. Yo era la responsable de la mayor parte de los quehaceres domésticos.

*

Esa tarde me había puesto un vestido nuevo. Era azul celeste con pequeñas flores blancas bordadas en el dobladillo y el cuello. Recuerdo que en el último momento, justo antes de bajar las escaleras, regresé a buscar un listón blanco para mi cabello. No era algo que hiciera a menudo, porque siempre llevaba el cabello de manera sencilla cuando estaba en la casa y lo mantenía cubierto. Pero ese día amarré una cinta delgada de seda color marfil a propósito. Acomodé uno de los extremos sobre el cuello de mi vestido y el otro sobre mi hombro. Entre el telón de fondo de la colección de arte de mi padre y las sombras que arrojaba el mobiliario negro, anhelaba ser vista.

Para cuando terminé de preparar el té y acomodé los pastelitos amarillos que había horneado antes, mi padre y Vincent habían salido al jardín. Vincent estaba sentado junto a papá y entre ellos se extendía la larga mesa roja de campo. Las ramas curvas de nuestros dos tilos enmarcaban sus rostros. Sentado ahí en el jardín, mi padre parecía relajado hablando de arte, del placer que obtenía de su máquina para grabados y de sus propias incursiones con el óleo y los pasteles. Vincent también aparentaba estar cómodo en compañía de papá. Cómo hubiera deseado que me invitaran a participar en su conversación, pero estaban aislados entre las flores y las sombras de los árboles, en tanto que yo iba y venía de la reja del jardín a la cocina.

Mi información era correcta. Antes de su llegada, papá nos había hablado del talento de Vincent, de la manera excepcional en la que usaba los colores; sabía que había venido a Auvers para ser el paciente de mi padre, pero eso no impidió que me interesara en él. No parecía enfermo; estaba pálido, mas no espectral. Quizá era un poco tosco, pero eso sólo aumentaba su atractivo. Ahora puedo decir que poseía algo que nunca más he vuelto a experimentar: una rara mezcla de vulnerabilidad y fanfarronería. Cómo envidiaba a las abejas en mis rosales que escuchaban todo lo que padre y Vincent decían. Deseaba estudiar su rostro más de cerca y advertir cuáles de mis flores llamaban su atención. ¿Pensaría que mis anémonas violetas eran hermosas y dignas de ser pintadas? ¿Le interesarían las plantas medicinales que papá cultivaba junto a la puerta de la entrada? ¿Habría advertido la hiedra que cubría la pared de una de las dos bodegas de nuestra propiedad, en la que mi padre almacenaba el vino y el queso? Tiempo después, durante la guerra, allí guardaría las pinturas más valiosas de su colección: las de Vincent.

La voz de mi padre resonaba por encima del cacareo de las gallinas en el patio. Se inclinaba hacia Vincent, quien parecía asentir ante los puntos de vista de papá sobre la pintura y la curación de la mente.

—Tanto el arte como la homeopatía son ciencias. ¡Ambas son pasiones, Vincent! —Su rostro estaba radiante mientras se dirigía a su público embelesado de una sola persona.

Tras haberlo observado con atención, podía entender por qué mi padre se sentía atraído tanto por la medicina como por la pintura. Mezclaba sus elíxires como si fueran pigmentos excepcionales; una gota de hisopo era tan valiosa para él como un dedal de cobalto. Se deleitaba experimentando y midiendo; disfrutaba la satisfacción de crear y usar sus manos.

Aunque me interesaba poco su afición por las hierbas y las tinturas, en cierto sentido era parecida a papá. A mí también me atraían los artistas; quería entender lo que veían, lo que consideraban digno de sus lienzos y pinturas. Deseaba comprender por qué elegían el carmín o el escarlata para pintar la carne roja de las fresas, cómo hacían para pintar cáscaras de huevo o nubes esponjosas sobre el lienzo blanco y desnudo.

Por desgracia, en todos estos años había tenido muy pocas oportunidades de hacer esas preguntas. Incluso cuando Pissarro y

Cézanne venían de visita, rara vez los veía, a menos que fuera un almuerzo informal. Incluso en esos momentos, yo tenía que cocinar o recoger la mesa, incapaz de entablar una conversación o de observarlos cuando preparaban sus caballetes y pinturas.

Pero la ayuda que mi padre le prestaría a Vincent lo mantendría en nuestro pueblo por un tiempo indefinido, y yo esperaba tener la oportunidad de hacernos amigos. Sabía que visitaría nuestra casa casi todos los días, y aunque desde el momento en que llegó a la estación fue evidente que era mucho menos sofisticado que los otros hombres que papá había recibido en casa, me intrigaba mucho más.

*

—¡Marguerite, el té! —llamó mi padre de nuevo.

Me apresuré a llegar al jardín con las bebidas. Cuando coloqué la charola sobre la mesa, mis manos temblaban por el peso de la tetera y las tazas, y los platos de porcelana tintineaban. Al parecer, ninguno de los dos lo notó, estaban tan absortos en su conversación que apenas se dieron cuenta de que puse el té frente a ellos.

—Aquí debe pintar lo más posible —insistía mi padre. Usaba las manos para mostrar su entusiasmo y le hablaba a Vincent como si fueran viejos amigos—. Ésa es la cura para su enfermedad. Cuando pinte, los síntomas desaparecerán.

—Pero en Arlés pintaba, en el sanatorio, y mis síntomas volvieron. El doctor Péyron a veces me prohibía pintar porque pensaba que eso contribuía a mis recaídas.

—Tonterías —dijo papá, negando con la cabeza de manera enfática—. Sencillamente no tenía la paz y la tranquilidad que necesitaba. En Arlés estaba rodeado de pacientes enfermos que lo distraían de su trabajo. No estaba en un pueblo como Auvers. ¿Tenía aire fresco como este a su disposición? —señaló con otro movimiento amplio del brazo—. ¿Contaba con una vista pacífica y pura de cabañas con techos de paja y campos de betabel? ¿Podía colocar su caballete junto a las hileras interminables de manzanos en flor o en las riberas de un río lleno de rincones y recovecos como el Oise?

Vincent negó con la cabeza.

—Y, no hay que olvidarlo —agregó papá, tocando la mesa para hacer énfasis—, ¡no me tenía a mí!

Vincent esbozó una sonrisa.

—Auvers-sur-Oise es el lugar al que acuden los artistas para refugiarse de la vida frenética y problemática de la ciudad. Estos hombres son mis amigos y los he tratado con éxito gracias a mis hierbas —explicó mi padre exaltado—. ¿Sabía que el mismo Pissarro está tan entusiasmado con mis remedios homeopáticos que he atendido a casi todos los miembros de su familia? ¡Tengo que mostrarle todas las pinturas que me ha regalado en estos años como pago por mis servicios! ¡Tengo trece obras suyas en mi colección!

No puedo olvidar la mirada de Vincent en ese momento. Miró a mi padre con tanta esperanza, tanta devoción. Era como si en verdad creyera que tenía la capacidad de curar todo lo que lo había dañado y afligido durante los últimos treinta y siete años.

Por eso pensé que no importaba que Vincent no hubiera hecho un esfuerzo por verme esa misma tarde, primero en la estación y, después, en nuestro jardín. Yo lo había visto a él.

De regreso a la cocina, me detuve junto a un arriate de amapolas, que crecían junto a la reja, para tocar sus pétalos con suavidad. Eran largos y brillantes, sus pieles rojas se abrían como el pabellón de una trompeta.

Supongo que su belleza me cautivó, porque no me di cuenta de que, sin lugar a dudas, Vincent había reparado en mí ese día. Cuando se acercó para despedirse esa tarde, me mostró la palma de su mano, donde tenía una flor de amapola doblada a la mitad. Extendió la mano y, con la mirada fija en la mía, dijo:

—Para usted, *mademoiselle* Gachet, un diminuto abanico rojo.

2

Dos zapatos por completo diferentes

Apenas tenía tres años de edad cuando nos mudamos de nuestro departamento en París, en la calle Faubourg Saint Denis, al pueblo de Auvers-sur-Oise. Para entonces, a mamá ya le habían diagnosticado tuberculosis y mi hermano aún no había nacido.

Paul llegó el año siguiente, la mañana de mi cuarto cumpleaños. Era evidente que el esfuerzo de un segundo parto había impedido que madre se recuperara y no permaneció en casa después del nacimiento. Unos meses después viajó al sur de Francia en busca de un clima más saludable. Regresó un año después; seguía enferma y estaba muy molesta por no estar rodeada de las comodidades y distracciones sociales de su vida burguesa en París.

Por la manera en la que los niños intuyen el estado de ánimo de sus padres, yo sabía que mi madre era infeliz. No puedo evocar risas en nuestra casa y, sin duda, tengo muy pocos recuerdos de que mi madre jugara con Paul o conmigo.

Sin embargo, yo hacía todo lo posible por complacerla; desde muy pequeña cultivé un interés por agradar y una aversión a hacer preguntas innecesarias. Nunca dudé de mi padre cuando me dijo que nos mudaríamos a Auvers-sur-Oise debido a la salud de madre.

«El aire limpio y el agua fresca serán buenos para ella», dijo mientras el ama de llaves empacaba mi ropa y mis juguetes.

*

Tan sólo un mes antes, le había comprado la casa a *monsieur* y *madame* Lemoine; él era un pintor de casas jubilado y ella era una maestra. La casa había sido durante años tanto un internado como una escuela.

La mañana que nos mudamos empacamos los baúles y maletas de nuestro departamento en París y salimos rumbo a Auvers. Las cajas contenían la porcelana y los objetos de plata cuidadosamente embalados, los muebles de ébano oscuro, su cama de palo de rosa y su cómoda labrada Luis XIII; todas las cosas que mi madre amaba, y que eran parte de su dote, las cargaron en un vagón separado que llegaría más tarde.

En mi memoria aún puedo ver a mi madre esa tarde con claridad. Su perfil, grabado como un camafeo perfecto, sus labios color rubí, su piel blanca como la nieve. Con una mano sujeta un pañuelo de encaje que presiona contra su boca para ocultar la tos. Los largos dedos pálidos de la otra mano presionan nerviosos el tapiz carmesí del carruaje; el reflejo de su diamante de talla rosa centellea contra la ventana.

Padre se inclina hacia ella cuando el carruaje se detiene y le dice que éste será nuestro nuevo hogar. Ella gira la cabeza y mira por la ventana. La casa está sobre una colina, un largo camino ascendente hasta la puerta principal. Tendrá que subir una pendiente pronunciada de escalones para llegar hasta esa casa ordinaria; una con diminutas ventanas, sin balcones y una pequeña rendija a modo de puerta. Voltea a verlo y sacude la cabeza en desaprobación.

El cochero abre la puerta del carruaje para que ella baje. De pie, sobre el pavimento, observa el pequeño letrero que cuelga de una farola de hierro junto a la reja: «Internado para señoritas. *Madame* Lemoine, directora».

—¿Ésta es la casa, Paul-Ferdinand? —pregunta.

Él asiente y observa su última inversión con una expresión de satisfacción. No mira a mi madre y no advierte la decepción en su rostro. De inmediato sube el primer tramo de las escaleras. Mi madre lleva un vestido de satén de cuello alto. Es como un plato alrededor de una taza de cerámica que atrapa las lágrimas que se derraman de sus ojos.

*

Desempacó poco a poco, su salud era frágil y mucho esfuerzo la agotaba. Le ordenó a papá que colocara en la sala el sofá de madera oscura tapizado de terciopelo y las sillas que hacían juego. El piano lo pusieron en un rincón, con una tela de encaje sobre la superficie de madera. Supongo que mamá se imaginaba tocando para los invitados mientras tomaban café en tazas de porcelana —herencia de su madre— y degustaban pastelillos que ella diría que fueron horneados por un chef.

Pusieron el reloj de péndulo de marfil sobre la repisa de la chimenea, las cajas de porcelanas japonesas, la cerámica de barro sin esmaltar, los jarrones decorativos, y los altos candelabros elaborados se acomodaron con cuidado en los estantes. Aunque era pequeña, en la cocina cabían sus limitados utensilios. Colocaron una alacena de roble en el comedor para los dos juegos de platos pintados a mano. Colgaron una cortina de algodón y seda en el umbral de la cocina.

A pesar de que todo se desempacó y se acomodó para que pareciera un hogar apropiado y burgués, mi madre seguía cansada e infeliz. Para su gran disgusto, padre conservó nuestro departamento en París, donde se quedaba algunas noches de la semana cuando, al parecer, tenía citas hasta tarde. Sin embargo, no nos permitía que fuéramos a verlo, la mala salud de mi madre era el argumento que usaba para que ambas permaneciéramos en Auvers.

Mamá se sentía cada vez más amargada en nuestra nueva casa. A menudo se quejaba de la humedad, de lo lejos que estaba de París y de que no había nadie con quien pudiera socializar. Odiaba la simetría de la casa, la manera en que se elevaba sobre la colina, sus nueve ventanas tapiadas, inaccesibles, en la fachada de estuco desnudo. No tenía un solo adorno ni un solo querubín esculpido ni un solo elemento de herraje decorativo. Decía que mantenía el aspecto de un internado y eso la hacía llorar.

Las cosas empeoraron con el nacimiento de Paul. Aún no se recuperaba de su enfermedad y una tarde miserable, después de que regresara de su descanso fallido en Provenza, Paul y yo jugábamos tranquilamente en mi recámara cuando la escuchamos salir de su habitación y gritarle a papá.

—¡Por ti! ¡Por ti, Paul-Ferdinand, tuvimos que mudarnos! ¡No por mí! ¡Usaste mi dote para tus propios fines!

Mi padre trató de calmarla; la tomó por los hombros y le suplicó. Ella tenía en la mano un frasco de una de las tinturas de mi padre y lo estrelló contra el suelo, el vidrió se hizo añicos en el piso.

—¡Quiero ver a mi propio médico! —gritó—. ¡Preferiría beber arsénico que uno de tus nauseabundos brebajes! No soy tonta. ¡Sé cuál es la verdadera razón por la que me quieres tener alejada de París!

Su voz recorría toda la casa: alta y estrecha, y recuerdo que me tapé los oídos en un intento por eliminar los gritos estridentes de mi madre. Pero aun cuando mi padre pudo hacerla callar, el disgusto de mi madre impregnaba incluso la humedad de la casa y las paredes de yeso; sus sospechas sobre mi padre echaron raíz en mi mente.

Menos de una semana después, dos días antes de que muriera, mi madre se vistió de pies a cabeza con sus mejores galas parisinas. Se empolvó el rostro y se aplicó demasiado rubor, como si el maquillaje le permitiera ocultar su mala salud, algo que a menudo hacen las personas enfermas.

Ignoró a la enfermera que trató de evitar que tomara el carruaje que la llevaría a la estación. Papá había salido temprano esa mañana para atender sus citas en París y mamá insistió en que debía reunirse con él.

No nos dio un beso de despedida ni a Paul ni a mí. Bajó las escaleras en un remolino de seda negra que se arrastraba por el suelo. Cuando remangó su falda para subir al coche, me di cuenta de que, en su apuro, se había puesto dos zapatos de distinto par: uno negro de piel de becerro y otro negro de faya de seda. Las agujetas de ambos colgaban, desatadas.

*

Mamá nunca volvió a nuestra casa de Auvers. Murió, no en su cama de palo de rosa con dosel, como mi padre hubiera querido, sino en su departamento de la *rue du* Faubourg Saint Denis. En ese entonces yo tenía seis años y mi hermano sólo dos.

Madame Chevalier llegó a nuestra vida en menos de una semana después. Nos dijeron que esta mujer sería nuestra institutriz; sin embargo, aun cuando Paul y yo ya éramos adolescentes, ella seguía aquí.

Se presentó con poco más que una maleta; su cabello oscuro se alzaba en un chongo suelto. Llevaba un vestido negro, sencillo, de lana hervida con botones plateados; un vestido de invierno a principios de primavera. No tenía cuello de encaje ni mangas acanaladas con adornos. Sin embargo, el corsé estaba apretado y acentuaba sus curvas estrechas bajo la tela. Justo encima del canesú de la falda, a través de la tela gruesa, se podían observar los huesos de su cadera, puntiagudos. Al llegar, besó a papá en ambas mejillas, dejando un trazo rosado sobre su piel.

Él abrió su sombrilla verde para protegerla del sol; ella inclinó la cabeza para permanecer bajo la sombrilla en su camino a casa. Recuerdo el sonido de sus botas en el hueco de la escalera del jardín y la tela de su falda que rozaba la pierna de papá.

*

Desde el momento que llegó, sospeché de *madame* Chevalier. No era nuestra madre, pero papá la exhortó, casi de inmediato, a que tomara el cargo de señora de la casa.

Por su parte, mi hermano Paul casi no tenía recuerdos de nuestra madre. Por esa razón, a sus ojos, *madame* Chevalier fue recibida gratamente en la casa. Ella lo crio con gran ternura, lo cubrió de afecto y lo mimó como si fuera su propio hijo.

Casi desde el momento en que llegó a nuestra casa, se sintió cómoda con mi hermano en sus brazos. Recuerdo que la veía cargarlo como si fuera una canasta. Varios mechones de cabello negro caían de su chongo y mi pequeño hermano extendía los brazos para jalar sus rizos como si fueran las riendas de un caballo imaginario.

Era evidente que papá también parecía afectado por la presencia de *madame* Chevalier. Su transformación fue obvia inmediatamente después de que ella llegó. Viajaba a París con menos frecuencia, pasaba más tiempo en casa y empezó a invitar a sus amigos artistas de París para que pintaran con él en nuestro jardín.

Tras la muerte de mi madre, incluso se dio la oportunidad de redecorar parte de la casa. Se rebeló contra lo que él consideraba el gusto de la alta burguesía de mamá, una cualidad que consideraba por completo no intelectual, colocó entre sus antigüedades recuerdos raros que había coleccionado de sus amigos artistas. La perfección formal fue reemplazada por excentricidad. En un rincón de la sala colgaba, vacía, una jaula de bambú para pájaros; un violín sin cuerdas pendía en una pared de yeso. Forró las puertas de vidrio de su *étagère* con dibujos y grabados que le gustaban, pero que no eran lo bastante sólidos para ser enmarcados.

Reemplazó los tonos apagados que mi madre había elegido para las paredes, tanto en la recámara principal como en la habitación de *madame* Chevalier, por colores brillantes y tapices con patrones intrincados. Pintó de rojo brillante con enormes caracteres chinos negros una de las puertas cerca de la escalera y cubrió los pasillos con un papel tapiz lleno de desnudos romanos.

No obstante, conservó las paredes café oscuro y verde pálido en las habitaciones de la planta baja donde se recibían visitas y el mobiliario pesado y oscuro que madre había traído de París. Así, del exterior y para quienes venían después de la muerte de mamá, nuestra casa conservó las mismas cualidades sombrías. Pero en los estrechos pisos de arriba el cambio era asombroso.

Al principio me gustó el verde turquesa brillante y el rojo escarlata que padre había elegido para su recámara y la de *madame* Chevalier, que estaban separadas por un piso. Pero conforme crecí, mi opinión cambió. Empecé a considerar que eran vulgares, incluso abigarradas, y evitaba entrar a ellas porque me molestaban mucho. Hasta las ilustraciones de desnudos del tapiz del pasillo comenzaron a avergonzarme.

Aprendí a aislarme en el santuario de nuestro jardín trasero o en la comodidad de mi pequeña habitación. Era la más chica y la más modesta de la casa, pero yo la prefería. Disfrutaba que se ubicara al fondo y las paredes no fueran contiguas a las de *madame* Chevalier. Era lo único en la casa que me pertenecía por completo. La poca decoración de mi recámara estaba compuesta de viejos objetos de mi madre, incluido un buró de palo de rosa y un escritorio con algunas figuras de porcelana.

Mi favorito era el de una joven vestida de colores brillantes. La falda rígida de porcelana estaba pintada con pequeñas motas escarlata y la cintura estrecha era azul claro. Sus manos blancas y delicadas se extendían hacia afuera como si continuamente aceptara una invitación a bailar; yo la miraba mientras me quedaba dormida, sus ojos negros y su boca color rubí me sonreían mientras soñaba con veladas parisinas y una larga lista de nombres que llenaban mi carné de baile.

3

Una joven encantadora

Aunque papá nos dijo que *madame* Chevalier sería nuestra institutriz, desde el principio quedó claro que no tenía mucha experiencia como maestra. No llevaba con ella ni libros ni lápices, sólo algunas muestras de bordado para mí.

Lo que empezaba como una lección después del desayuno, siempre terminaba con mi hermano en su regazo y yo copiando las letras del alfabeto en unas hojas de papel que ella había arrancado de un cuaderno de dibujo de mi padre.

Una vez que mi hermano y yo aprendimos a leer, no hubo mucho más que pudiera ofrecernos. A veces bajaba dos libros de la biblioteca de mi padre y nos decía que pasáramos la tarde leyéndolos. «Su padre dice que si leen, podrán responder a todas las preguntas del mundo», aseguraba.

Lo curioso es que jamás vi que sus ojos se posaran en alguna página. Prefería sentarse junto a la chimenea y mirar los patrones de bordado que había pedido por correo.

Su falta de entusiasmo intelectual era compensada con atenciones hacia mi padre. No cabía duda de que lo idolatraba. A diferencia de mamá, quien parecía estar continuamente enojada con papá, *madame* Chevalier nunca se cansaba de él. Su admiración parecía inagotable. Cuando padre estaba ocupado cultivando sus hierbas, ella sacaba un banco al jardín para observarlo durante horas. Cuando llegaba a casa tarde y cansado de un día de trabajo en París, ella nos decía a Paul y a mí que estuviéramos tranquilos, luego subía para prepararle un baño caliente y llevarle una copa de jerez en una de las charolas de plata de mi madre.

A menudo nos hablaba de lo inteligente que era papá; nos recordaba la suerte que teníamos y cómo había niños menos afortunados que nosotros. «Hay muchos niños en París que darían un brazo por tener lo que ustedes tienen: un hogar con un jardín lleno de animales con los cuales jugar...», nos dijo en más de una ocasión. Cada vez que lo hacía, su voz se apagaba, melancólica.

Por más que se esforzaba con nosotros, yo no tenía una gran opinión de ella. Era obvio que carecía de la gracia o la sofisticación de mi difunta madre, y me molestaba aún más lo enamorado que papá estaba de ella.

Mi padre comenzó a llamarla por su nombre de pila, Virginie, poco tiempo después de que ella llegara a vivir con nosotros, y aunque al principio me pareció escandaloso, con frecuencia la escuchaba susurrar en la recámara de papá. Había murmullos y risas contenidas en la noche cuando Paul y yo debíamos estar dormidos. Había guiños ocasionales en el comedor a la hora de cenar, cuando papá pensaba que yo les daba la espalda para ir a la cocina.

Sin embargo, nada podía prepararme para el escándalo que surgiría seis años después. Justo antes de mi decimosegundo cumpleaños, papá mencionó que *madame* Chevalier tenía una hija aproximadamente de mi edad.

—La niña ha vivido con su abuela en París estos últimos seis años —explicó papá, al tiempo que deslizaba los labios sobre el borde de la copa de vino—. Pero hemos recibido malas noticias: la madre de *madame* Chevalier enfermó y ya no puede cuidar a la niña. —Papá dio otro sorbo al vino y nos miró a Paul y a mí directo a los ojos.

»Acaba de regresar de la Costa Azul, donde ayudó a unos amigos míos de la escuela de Medicina con sus dos hijos pequeños. Esperaba que al volver de su empleo con los Lenoir, su abuela se hubiera recuperado, pero parece que no es así.

Paul y yo miramos a papá fijamente, preguntándonos por qué nos explicaba todo esto.

»Por lo tanto, hice lo que me pareció correcto. —Él carraspeó para aclararse la voz—. Le ofrecí a Louise-Josephine que viniera a vivir con nosotros.

Mi hermano y yo nos volvimos a mirar incrédulos.

—¿Se quedará aquí, en Auvers, papá? —preguntó Paul perplejo.

Aunque sólo tenía ocho años, él también pensaba que la llegada de otro niño a nuestro hogar era algo extraño; pero yo apenas pude contener mi asombro.

—Louise-Josephine tiene catorce años. Tuve el placer de conocerla cuando estuve en París y es una joven encantadora. Creo que disfrutarás tener a otra chica en casa, Marguerite. Para ti será agradable contar con una compañía femenina y ella te ayudará a cuidar a tu hermano. El doctor Lenoir dijo que esta primavera se mostró extremadamente servicial en su casa.

Mi mente giraba a toda velocidad. ¿Cómo era posible que padre contemplara algo así? ¿Cómo él, que siempre había sido tan reservado con su vida privada, le explicaría a la gente del pueblo que la supuesta institutriz vivía con una hija bajo su techo? Que la niña había nacido fuera del matrimonio o que *madame* Chevalier fuera una viuda con una hija joven a cuestas, ninguna de las dos versiones evitaría los chismes del pueblo.

No tuve mucho tiempo para preocuparme por esos detalles porque, minutos más tarde, papá nos explicó cómo se aseguraría de que los aldeanos no propagaran rumores a su costa.

—Por supuesto, tendrá que ser nuestro secreto. A *madame* Chevalier no le gustaría que la gente hablara de ella. —Hizo una pausa—. La chica ya sabe que no podrá salir de la casa.

Recuerdo que Paul volteó a mirarme. Su rostro mostraba un desconcierto total. Lo que papá proponía era ridículo. ¿Cómo podría permanecer en secreto la presencia de esta chica? Sin embargo, sabía bien del poco contacto que yo tenía con el mundo exterior. Ella no podría ir al mercado o a la iglesia, fuera de eso, sospechaba que su vida sería bastante similar a la mía.

*

Ella llegó una tarde soleada. Papá la recogió en la estación mientras su madre esperaba en casa. Era delgada, de cabello castaño, ojos de color café oscuro como la melaza, mucho más oscuros que los míos, y su piel era un poco más morena.

Igual que cuando *madame* Chevalier se presentó por primera vez, papá era demasiado familiar con Louise-Josephine. La guio al interior con un afecto paternal, le mostró todas las habitaciones y la exhortó a que se sintiera en casa.

Igual que cuando su madre llegó unos años antes, la presencia de Louise-Josephine en nuestro hogar pareció animar a papá. Unos meses después, mandó tapizar su recámara y le permitió elegir el papel tapiz de un gran catálogo de decoración que había traído esa tarde de París. A ella le llevó sólo unos segundos escoger uno con un patrón de flores de tres pétalos puntiagudos y lirios de Pascua en el borde. Los tonos me hacían pensar en una repostería: una paleta de rosa caramelo y café chocolate. Recuerdo que, al tomar su decisión, padre la felicitó por su «buen gusto».

Al principio no me importó que Louise-Josephine viniera a vivir con nosotros; me gustaba la idea de que hubiera otra chica de mi edad. Sin embargo, cuando llegó fue precavida; no mostró ningún interés en que nos hiciéramos amigas y prefería estar sola. A veces, a petición de su madre, cuidaba a Paul; le preparaba el baño o cosía su ropa si la desgarraba en el jardín. Antes de que llegara, ésas eran mis tareas, pero parecía que ahora *madame* Chevalier se sentía más cómoda al pedírselo directamente a su hija.

Llevaba tantos años ayudando a *madame* Chevalier en la cocina que ya empezaba a cocinar gran parte de las comidas de la familia y también hacía las compras. Sentía que al fin era capaz de asumir el papel que mi madre había dejado: acomodar sus adornos cuando sacudía los estantes, pulir la figura de latón que adornaba el reloj de marfil y correr la cortina del umbral que daba a la cocina cuando empezaba a preparar las comidas.

Louise-Josephine se integró poco a poco a nuestra casa; muy parecido a la forma en la que se adaptaban los nuevos lienzos que papá adquiría. Se incorporaba a las paredes de yeso como la pintura que se aplica con una esponja; casi nunca hablaba, a menos que le hablaran; jamás hacía un ruido innecesario y se movía por la casa en silencio como un retazo de tela transparente.

Ocupaba sus días decorando cajas con recortes de revistas o leyendo revistas que había traído de París. En ocasiones, me percataba de que hacía cosas que yo consideraba mi responsabilidad. Cuando la vi tomar a Paul de la mano para llevarlo a bañar, advertí en la mirada de mi hermano la misma devoción que sintió por *madame* Chevalier cuando apareció por primera vez tras la muerte de nuestra madre y, de nuevo, surgió el mismo resentimiento que tuve cuando llegó nuestra institutriz.

Muy pronto abandoné cualquier pretensión de hacerme amiga de Louise-Josephine. La saludaba cuando nos encontrábamos en los pasillos o cuando nos sentábamos a la mesa, pero fuera de esas ocasiones, nuestra relación era distante.

*

Independientemente de la mutua falta de afecto, Louise-Josephine aprendió con rapidez cómo se hacían las cosas en la casa. Se adaptó a la manera peculiar en la que actuábamos como familia cuando estábamos entre nosotros y cuando había invitados presentes, en cuyo caso ella se retiraba al tercer piso. Incluso cuando los amigos artistas de papá nos visitaban de París, con quienes *madame* Chevalier se mostraba sospechosamente familiar, como si los conociera de mucho tiempo, nunca presentaban a Louise-Josephine.

En ocasiones, incluso *madame* Chevalier tenía que quedarse en el tercer piso. Si papá invitaba a comer a alguien que venía de París, le decía a *madame* Chevalier que sería difícil explicar por qué sus hijos mayores seguían necesitando una institutriz; ella sólo asentía y subía las escaleras, como si entendiera por completo la situación. Sin duda le había enseñado a su hija el arte de pasar inadvertida. Ambas sabían caminar con sigilo y se ocupaban durante horas para que nunca las escucháramos cuando papá tenía una visita. Mucho más arriba de la sala, en las habitaciones de colores brillantes del segundo y tercer piso, la vida secreta de papá permanecía oculta a miradas entrometidas.

No obstante, cuando estábamos solos, lejos de la atención pública, existíamos como una suerte de clan; *madame* Chevalier y su hija no actuaban como personal del servicio, sino que convivían como si fueran de la familia. A menudo, nuestro padre incluso era más cariñoso con Louise que con Paul o conmigo; le acariciaba el brazo con ternura cuando pasaba a su lado. Aunque no le pagaba clases privadas de piano como hacía con nosotros, se comportaba con dulzura cuando se trataba de ella. Si papá hubiera tenido que catalogar a sus hijos como hacía con los cuadros en sus paredes, Louise-Josephine hubiera sido la pintura sin firmar que ocupaba un lugar exclusivo en su corazón.

4
Despertar

De mi madre heredé el amor por la música. En sus días saludables en París, tocaba el piano todos los días; incluso a veces componía sus propias melodías. Conforme mi técnica mejoró con los años, papá me pedía que tocara cuando alguno de sus amigos artistas nos visitaba.

Poco después de la muerte de mi madre, contrató a una maestra de piano, con la esperanza de que demostrara el mismo talento que ella había tenido. Según recuerdo, *madame* Dutreau era una de las pocas personas que podía entrar a la casa sin estar relacionada con el círculo artístico de mi padre. De inmediato me mostró simpatía porque siempre hacía mis tareas semanales con diligencia, a diferencia de mi hermano menor, quien estaba constantemente distraído.

Yo la adoraba. Era alta y elegante. Olía a rosas recién cortadas con un ligero aroma mentolado. Me hipnotizaba escucharla tocar el piano. Sus dedos finos parecían tallos firmes de espárragos blancos que sobrevolaban las teclas de marfil.

¡Con cuánto anhelo esperaba sus visitas semanales! Para mí eran una bocanada de aire fresco. No sólo era mi maestra de piano, también era mi conexión con el mundo exterior. Conocía exactamente el tipo de novelas que le gustaban a una chica de mi edad y me las traía, escondidas entre las partituras.

En ocasiones, después de la clase de piano de Paul, le pedía que se quedara a tomar el té. Comíamos un poco de pastel y hablábamos de alguna de las novelas que me había prestado. Me hacía preguntas sobre mi jardinería o me sugería alguna receta que pensaba que disfrutaría.

Pero papá sospechaba de nuestra amistad. Cuando descubrió que llevaba a la casa algo más que las partituras, se puso furioso. «Le pago para que te enseñe a tocar el piano, no para que decida qué novelas románticas debes leer», se quejó una noche durante la cena. Le rogué que no me quitara las clases, pero se negó. Unos días más tarde despidió a mi maestra y sólo me dijo que ya había aprendido lo suficiente de *madame* Dutreau y que, en su opinión, ella ya no era necesaria para mi educación. Ahora tenía la capacidad de aprender sola.

Aunque me apenaba mucho ya no contar con las visitas de *madame* Dutreau, seguí tocando el piano todos estos años. Cuando Vincent volvió por segunda vez esa tarde de 1890, yo tocaba a Chopin en la sala. Había estado practicando las notas suaves y fluidas de *Fantasía impromptu* y estaba tan fascinada con la pieza que me interesaba poco practicar otras obras. Me parecía que mis dedos seguían la melodía con naturalidad y cuando la tocaba era como si entrara en trance. Ya no estaba limitada a los confines de la casa de mi padre, obligada a ser una hija solícita y obediente, servidora de sus caprichos. Ya no tenía que ceñirme a los campos y calles estrechas de nuestro pueblo. Cuando me sentaba frente al piano, me hallaba en un mundo diferente; uno en el que era libre de viajar, en el que me sentía hermosa y encantadora. Sólo había dos lugares en el mundo en los que me sentía por completo cómoda: mi jardín y mi piano. En ambos, yo no era la hija de Paul-Ferdinand Gachet, era sólo yo.

*

Cuando Vincent llegó esa tarde por segunda vez, no llevó un regalo para la casa o un ramo de flores. Se presentó sólo con su caballete a la espalda y una caja llena de pinturas. Esta vez fui yo quien abrió la puerta, porque Vincent era uno de esos visitantes que papá no quería que conociera ni a *madame* Chevalier ni a Louise-Josephine.

—Buenas tardes, *mademoiselle*. Su padre dijo que podía venir a pintar en el jardín —dijo deprisa, pero con un francés formal y correcto.

Bajo el ala de su sombrero advertí la tersura de su piel y las pecas amarillo claro que me hacían pensar en los huevos moteados de los azulejos.

—Ah, sí, por supuesto —respondí tímida. Me llevé la mano al pecho, tocándolo ligeramente—. Papá no está ahora; tiene consultas en París. —Pude ver su decepción al no encontrar a papá en casa—. ¿Puedo darle un recado de su parte? —pregunté.

—No, está bien —contestó.

Tenía el aspecto de un niño, de pie en el umbral. Su ropa era demasiado grande para su delgada constitución y la voz le temblaba. Era evidente que se sentía un poco incómodo en mi presencia. A un costado, sujetaba un lienzo sin firmeza, golpeándolo ligeramente contra su muslo. Parecía la pintura de uno de los muchos campos que había detrás de la iglesia del pueblo.

—Esperaba poder pintar en el jardín de su casa —tartamudeó al fin—. Pero si su padre no está, quizá no sea un buen momento.

—Si desea pasar, es bienvenido —dije; mi corazón latía con fuerza mientras las palabras salían de mi boca.

Sabía que no debí hacerle ese ofrecimiento, a papá le molestaría que dejara entrar a Vincent a la casa sin su presencia. Me diría que no era apropiado invitar a un caballero, nada menos que un paciente suyo, a que entrara a la casa sin su supervisión; pero no pude evitarlo.

Vincent lo pensó un momento antes de responder.

—No, es usted muy amable —dijo—. Por favor, sólo dígale que pasé para saber si estaba disponible para una breve visita. La próxima vez trataré de planearlo como corresponde.

—Papá regresará mañana. ¿Por qué no viene entonces? —sugerí.

Avancé unos pasos hacia él para poder ver sus rasgos debajo del ala de su sombrero. El sol de los últimos días ya había dejado huella en él. Ahora, todo lo que quedaba de su palidez anterior eran unas delicadas líneas blancas alrededor de sus ojos.

Vincent continuaba incómodo con mi presencia, curiosamente eso me hizo sentir más confiada. Disfruté de no sentirme intimidada, algo que siempre experimentaba cuando estaba con papá. De pronto me sentí valiente y me permití mirarlo directo a los ojos.

No esperaba que me devolviera la mirada, pero lo hizo. Sus ojos azules contrastaban por completo con sus pestañas rojo pálido. Sus pupilas negras eran pequeñas e intensas, en tanto que las mías estaban distendidas y llenas de emoción.

—*Mademoiselle* —dijo con la mirada fija en la mía—, entonces regresaré mañana. —En su rostro se esbozó una ligera sonrisa—. Espero que sea usted quien me reciba en la puerta.

Sonreí y asentí. Finalmente, retrocedí y puse las manos en la manija de latón de la puerta.

Observé cómo se echaba la mochila al hombro y cambiaba el lienzo de brazo. De nuevo, sus ojos se fijaron en los míos y mi corazón volvió a latir con fuerza.

Cuando se dio la vuelta para dirigirse hacia la calle, no pude evitar seguirlo con la mirada. Podía escuchar sus pisadas, el sonido de las suelas de cuero sobre el adoquín; era adorable en cierto sentido, como un metrónomo sobre un piano. No podía borrarlo de mi mente y durante el resto de la tarde me hizo sonreír.

*

Volvió al día siguiente y, de nuevo, le abrí la puerta.

—Papá está en el jardín —le informé—. Le está dando de comer a los animales y le dará mucho gusto saber que usted ya llegó.

Parecía un poco nervioso ahí de pie en el vestíbulo de la casa.

—Tengo muchas ganas de pintar... —dijo en un murmullo—. La luz es buena hoy y debería empezar a trabajar inmediatamente, como sugirió su padre.

Asentí, encantada de tener otra oportunidad para estudiarlo. El sol irradiaba a través del vitral en un caleidoscopio de colores sobre su camisa blanca de lino. Durante un momento me pareció que era como una de las figuras que decoraban los vitrales de nuestra iglesia. Sus dedos delgados sobresalían de las mangas de su camisa y su cabeza estaba rodeada de un halo de luz ámbar.

Me resultaba graciosa su melena pelirroja; como las cerdas rígidas de un puercoespín, las puntas se paraban y alternaban entre escarlata intenso y rojo pálido. Sin embargo, su barba lucía con una textura más suave; unos mechones rojo intenso enmarcaban su rostro angular. Parecía labrado a cincel: los pómulos afilados, la frente alta, el puente estrecho de la nariz; todos sus rasgos arrojaban sombras y reflejos de luz. Lo habría mirado durante horas. La expresión de Vincent, sus facciones, cada parte de él parecía contrastar con los hombres que yo veía en la iglesia, cuyos ojos estaban tan desprovistos de vida como las piedras de un río y cuyas mejillas eran regordetas como las rebanadas rebosantes de un camembert. Vincent era mucho más apuesto en comparación.

Esperé que no se hubiera dado cuenta de que otra vez lo miraba fijamente. En un intento por recuperar la compostura, tosí suavemente y le indiqué con un gesto que pasara.

—Le gustará pintar en nuestro jardín —dije en voz baja.

Él bajó la mirada cuando hablé. No podía creer que esta persona, que me pareció tan audaz y confiada cuando me ofreció la amapola roja, fuera en realidad muy tímida. Igual que el día anterior, me sentí mucho más cómoda al saber que él también podía ser torpe.

—Por aquí, por favor —indiqué con un sutil gesto de la mano.

Reunió sus cosas y me siguió por el largo pasillo. Pasamos por la sala y entramos a la cocina, donde era evidente que había estado ocupada horneando. Vincent respiró profundamente.

—No hay nada más reconfortante que el olor del pan horneado —me dijo en voz baja—. Salvo, quizá, el olor de la trementina.

Me pareció encantador y lancé una risita.

—El pan y el aguarrás son la leche y la miel del artista —opiné al tiempo que abría la puerta que daba al jardín. Salimos y ahí estaba padre, ocupado dándole de comer a los pavorreales y a Henrietta, la cabra.

—Papá, ¡*monsieur* Van Gogh está aquí!

Mi padre volteó y alzó la mirada. Vestía un saco azul y los mechones pelirrojos alrededor de sus orejas parecían casi anaranjados en contraste.

—¡Ah, Vincent! Qué gusto que pudiera venir esta tarde. —Se acercó a Vincent y extendió la mano—. Veo que sigue mi consejo y que está listo para pintar hoy.

Al verlos ahí de perfil, no pude evitar notar de nuevo su parecido físico. El cabello de papá, cortado al ras, también era de un rojo pálido que había logrado gracias a un champú de hojas de henna trituradas. Sus pómulos afilados y los ojos muy juntos les daban la apariencia de un asceta.

Pero si bien mi padre apenas podía contener su energía, al parecer Vincent mantenía la suya a buen recaudo. Sospechaba que ahorraba toda su fuerza para su pintura. Se mantenía perfectamente rígido, mientras que papá gesticulaba con entusiasmo, señalando las distintas partes del jardín como un director de orquesta enloquecido sin su batuta.

Hay verdad en el dicho que reza que entre menos habla alguien, más misterioso se vuelve. Así sucedía con Vincent. Lo miré absorta mientras permanecía de pie a la sombra de mi padre, con sus pinceles y bastidores de madera que sobresalían de un extremo abierto de su mochila. No se movió ni pronunció una sola palabra mientras papá parloteaba; al compararlos, él parecía inmóvil como una estatua de jardín entre nuestras flores y árboles.

Suponía que mientras mi padre seguía divagando, Vincent ya no lo escuchaba, sino que se ocupaba de planificar el lugar de su caballete, a qué ángulo ajustaría el nivel y qué colores usaría para pintar. Parecía mucho más interesado en trabajar que en hablar; eso quedaba claro. No pude evitar sentirme avergonzada por la naturaleza egoísta de mi padre, que le impedía darse cuenta de lo que sucedía.

—Los dejo solos —intervine cuando mi padre recuperó el aliento entre frase y frase—. Estoy segura de que *monsieur* Van Gogh está ansioso por empezar a pintar.

—¡Sí, seguro que lo está! —exclamó papá asintiendo hacia Vincent—. Pero sin duda querrá un poco de té antes de empezar. ¿Qué tal si recoges algunas hojas de limón, Marguerite? *Monsieur* Van Gogh apreciará su fragancia.

Accedí a la solicitud de mi padre y empecé a caminar hacia la casa.

—De hecho, doctor, si no le importa... —Pude escuchar el murmullo de la voz de Vincent a mi espalda. Avancé más despacio para poder oírlo con claridad—. Preferiría no tomar té ahora, sino ponerme a trabajar de inmediato, si no le molesta. Me levanté temprano y pinté detrás del Château Léry, pero la luz cambió y creo que mis pinturas se beneficiarán mucho aquí esta tarde.

—¡Tiene toda la razón, Vincent! —exclamó papá—. ¡Creo que la luz en nuestro jardín es perfecta!

A pesar del comentario, recogí las hojas de limón porque sabía que mi padre le pediría a Vincent que se quedara para el té cuando terminara de pintar ese día. Además, recoger las hojas me dio otra oportunidad para observarlo de lejos.

Desde atrás de los árboles, estudié a Vincent con atención, tal como lo hice el día que llegó a Auvers. Se paseó durante varios minutos antes de elegir una zona donde había unas yucas y geranios en flor. Pensé que era una buena elección, porque desde ese rincón se podía ver, por encima del muro del jardín, todo el paisaje del pueblo: los techos de paja de las cabañas, las chimeneas de teja y la franja azul del horizonte.

Ni siquiera a las cuatro de la tarde tomó el té con mi padre. Sin duda papá debió molestarse, pero Vincent estaba tan absorto en su trabajo que no parecía tener ni el tiempo ni la paciencia para conversaciones ociosas. Pintaba con vehemencia, como si fuera una loca carrera contra la puesta de sol. Desde la ventana trasera de la casa, lo sorprendí contemplando el cielo en más de una ocasión. Con una mirada de desafío, parecía retar a la luz del día a una contienda para capturar una imagen más antes de que el sol empezara a descender.

A las cinco de la tarde, pintó las ramas retorcidas de los manzanos, las hojas afiladas de las yucas y la estrecha terraza que dibujó repleta de arbustos de caléndulas y sábilas.

Papá le ofreció guardar el lienzo en la parte superior de la casa, para que los trazos gruesos de pintura tuvieran tiempo de secarse. Vincent rechazó la oferta.

—¿Nos acompañaría a cenar y a escuchar después un poco de música que tocarán mis hijos? —preguntó padre.

—Me temo que esta noche estoy muy cansado, doctor —respondió Vincent en voz baja—. Quizá otro día.

—Entonces debe venir a almorzar —insistió papá—, cuando aún tenga energía. ¿Qué le parece en el transcurso de la semana?

Vincent sonrió y levantó la cabeza. Parecía casi celestial, como si su piel fuera tan sólo un velo, y sus ojos y su piel apenas pudieran contener la enormidad de su espíritu.

—Será un placer acompañarlo a usted y a su familia para el almuerzo —respondió con amabilidad.

Al terminar su frase, me miró y tuve la seguridad de que coqueteaba un poco con la mirada.

5
Paul van Ryssel

Ese sábado, dos días después de que Vincent pintara su primer lienzo en nuestro jardín, papá tomó el tren a París para encontrarse con Theo, el hermano de Vincent. Yo no sabía de sus planes, hasta que Paul lo mencionó por casualidad.

—Van a hablar de la cura de Vincent —explicó Paul.

Estaba recargado contra la pared mientras yo extendía la masa para una tarta, tratando de esconder mi curiosidad.

Mi hermano acababa de regresar de sus estudios en París. Había sido su primer año lejos de nuestro hogar y el semestre casi había terminado. En unas cuantas semanas estaría de vuelta definitivamente en casa.

—Me da mucho gusto que papá no haya invitado a Vincent a vivir con nosotros este verano —masculló Paul, al tiempo que hurgaba en su bolsillo hasta sacar una pequeña pipa—. Es un hombrecito muy curioso, pero no me gustaría compartir el techo con él.

Lo miré, sonreí y no dije nada. La verdad es que pensaba que el comentario de mi hermano era un poco irónico. En ese momento de nuestra vida, Paul no estaba lleno de amargura en mi contra; de hecho, era un joven bondadoso a pesar de ser un poco extraño.

Muy a mi pesar, su primer año en el colegio sólo acentuó su rareza, no la frenó como yo había esperado. Sospechaba que le había sido difícil adaptarse a la vida de la ciudad tras una infancia tan protegida en Auvers.

Traté de cambiar el tema.

—No deberías fumar mientras cocino —lo regañé—. ¡Mi tarta va a saber a tabaco!

Paul me ignoró y encendió la pipa.

—¿Ya lo viste, Marguerite?

—Yo estaba aquí antier, cuando pintó en nuestro jardín —respondí tratando de aparentar poco interés.

Sin embargo, Paul no hacía ningún esfuerzo por ocultar su curiosidad sobre la llegada de Vincent.

—Hoy, cuando llegué de la estación, lo vi pintando en los campos que están detrás de la iglesia. Estaba vestido como un pordiosero y tenía pintura en toda la cara.

Tomé un puñado de harina del tazón de cerámica y lo espolvoreé sobre la mesa.

—A mí me parece muy agradable. Un poco excéntrico, quizá, pero eso sólo lo hace más interesante que otros...

—¿Excéntrico? —exclamó Paul, riendo y agitando la cabeza—. ¡*Madame* Chevalier me contó que papá le dijo que se había cortado una oreja en Arles!

De pronto, sentí que el alma se me caía a los pies.

—No te creo, Paul. No deberías inventar cosas tan horribles.

—¡Es cierto! La próxima vez que lo veas, observa bien su oreja izquierda. ¡Se cortó la parte superior!

Me sacudí la harina de las palmas de las manos y las limpié sobre mi delantal.

—No deberíamos chismear así, Paul. Es paciente de papá.

Hice un gran esfuerzo por no mostrar cuánto me afectaba lo que mi hermano acababa de decir, pero en el interior sentía un nudo en el estómago. Tomé un vaso de agua. La estufa hacía que el calor en la habitación fuera insoportable y me costaba trabajo respirar.

—Esté o no enfermo, Vincent es inmensamente talentoso. Vi la pintura que empezó en nuestro jardín. Los colores eran tan vívidos y los trazos tan espesos que casi parecían una escultura. —Hice una pausa, recordé cuánto me había impresionado el lienzo—. En verdad, Paul, creo que Vincent es superior que los otros amigos de papá, Pissarro y Cézanne, juntos.

El rostro de mi hermano cambió de pronto. Era capaz de volverse taciturno en un instante; había heredado los cambios de humor de nuestro padre.

—¿En serio crees que es talentoso, Marguerite?

—Sí, lo creo.

Paul empezó a enojarse, se mordía un extremo del labio y jalaba la cadena de su reloj de bolsillo.

—Tú siempre pareces estar cerca cuando hay agitación en la casa —masculló sin dejar de juguetear con su reloj.

—Paul, eso se debe a que siempre estoy aquí. ¡Considérate afortunado de no tener que pasar la mitad del día en la cocina! —exclamé. Para hacer énfasis, lo golpeé en el muslo con el trapo.

Pude arrancarle una ligera sonrisa, que pronto se desvaneció. Sabía que este año había sido difícil para Paul. En los últimos meses, mientras sacudía, eché un vistazo a algunas de sus cartas que a menudo papá dejaba abiertas sobre su escritorio. Se quejaba de que sus compañeros no eran amables con él, que con frecuencia se sentía como un barco perdido entre aquellos que eran más fuertes y robustos que él.

Cuando leí esas cartas, sentí un verdadero dolor por mi hermano pequeño. Ya casi tenía diecisiete años, pero lo habían criado de manera poco convencional. Me daba cuenta de cómo podía ser el blanco de ciertos bravucones de preparatoria.

Probablemente no le ayudaba que hubiera decidido dejarse la barba de chivo ese invierno, al estilo de papá. El delgado mechón sólo acentuaba sus rasgos angulosos. Alto y delgado, parecía casi enfermizo, como un pato frágil, de cuello largo con venas azules, casi podía escuchar las burlas que resonaban en mi cabeza.

Últimamente, cuando Paul regresaba los fines de semana, empezaba a mostrar cada vez menos interés en adaptarse al estilo de vida de sus compañeros. Quizá como reacción al rechazo, empezó a cultivar una actitud excéntrica, igual que la de nuestro padre. Al principio parecía inocuo, pero después de la cena del sábado se retiraba a su recámara, donde se aventuraba a pintar con el material que pedía prestado a papá. Luego empezó a imitar el estilo de nuestro padre de otras maneras: usaba sacos parecidos y fulares de colores brillantes alrededor del cuello.

También empezó a imitar su manera de caminar, la forma en la que colocaba una mano bajo el bolsillo del pecho y la otra colgaba con torpeza, con un lápiz entre los dedos. Memorizó los gestos y las expresiones de papá, incluso el modo extraño con el que se anudaba la corbata.

Si bien las peculiaridades de mi padre eran las excentricidades de un médico que estaba envejeciendo, en un chico de edad escolar me parecían particularmente preocupantes.

Un domingo, en la cena, Paul nos anunció que algún día sería un pintor famoso. Sabía que intentaba impresionar a nuestro padre para que creyera que su único hijo varón cumpliría el sueño que él consideraba demasiado burgués como para consagrarse a él.

Papá apartó la mirada de su chuleta de cordero, con el tenedor clavado en la carne, y sonrió.

—Siempre habrá espacio en estas paredes para tus pinturas.

Fue una respuesta mucho más amable de lo que yo hubiera esperado, aunque papá no dijo mucho más para animarlo.

De este modo, Paul se lanzó de lleno en este nuevo sueño. Volvía los fines de semana, no con libros de texto sino con una pila de cuadernos de dibujo y una caja de lata llena de colores pastel para practicar. Colocó un caballete en el rincón de su habitación y pasaba varias horas al día pintando con la ventana abierta de par en par.

Adoptó el seudónimo de Paul van Ryssel como su «nombre artístico», así como padre había asumido el de Louis van Ryssel desde que era pequeño. Copió unas pinturas de unos libros de papá, en su intento por imitar a Cézanne. Yo no podía evitar admirar su determinación, aunque me preguntaba cuánto se dedicaba a sus otros estudios.

Esa tarde, mientras amasaba la pasta en la cocina caliente y abarrotada, dijo confiado:

—Dudo que alguien vaya a escuchar hablar en los próximos años de Vincent van Gogh, ¡pero sin duda hablarán de mí!

—Paul, espero que el mundo hable de los dos —respondí con dulzura.

Quería compartir esa confianza, pero había visto sus bocetos y sus pinturas: eran extrañas y no mostraban mucho talento.

Observé a mi hermano, tenía la mirada perdida, sus dedos seguían jugueteando con el reloj. No pude evitar recordar cómo era de niño, cuando sólo tenía siete años y jugábamos juntos en el jardín. Deseaba ser especial desde entonces; me rogaba que le tejiera una corona de hojas de laurel para que pudiera ser el gobernante del bosque; para que él, en nuestro diminuto reino, fuera el rey.

6

El agua secreta de Gachet

Sin lugar a dudas mi padre debió parecer un habitante muy extraño ante los aldeanos de Auvers. Cada domingo caminaba por las calles con nuestra mascota, una cabra a la que nombró cariñosamente Henrietta, jalada de una correa. «Es la podadora de pasto del pueblo», decía a quienes lo miraban desconcertados mientras la cabra pastaba las largas hierbas que crecían al borde del camino.

Papá sobresalía entre las granjas rústicas como una pintura fauvista en un mar de cuadros de Brueghel. Se ponía uno de sus sacos blancos, abotonado de arriba abajo; fulares de colores festivos anudados en un moño voluminoso y una sombrilla verde, aunque estuviera nublado. Era muy amigable con todas las personas que se acercaban a él en el transcurso de sus recorridos, aunque nunca conversaba ni socializaba con ellos más allá de esa interacción ni los invitaba a la casa. En más de una ocasión la gente le pedía consejos médicos para curar sus padecimientos y dolencias. «Tome mi elixir», sugería, y entregaba uno de los frascos que llevaba en los bolsillos. Nunca pedía dinero porque le provocaba mucho placer poder ofrecerles (o al menos eso pensaba) el secreto de una vida longeva en un pequeño frasco de vidrio con etiqueta escrita a mano. Aunque al parecer nunca regresaban por más.

Como parte de un experimento personal, papá preparaba el «Agua secreta de Gachet» desde hacía varios años atrás. Tenía una receta secreta que pretendía llevarse a la tumba. Cultivaba hierbas homeopáticas en nuestro jardín y destilaba su elíxir con gran reverencia y cuidado. De niños, nos enseñaron a tomar una cucharada todas las noches antes de ir a dormir. Nuestros frascos seguían sobre el buró como un recordatorio constante.

Pero el invierno antes de que Vincent llegara yo ya había decidido dejar de tomarla. Era el modo de rebelarme contra mi padre, y aunque él nunca sabría de mi silenciosa desobediencia, me hacía sentir bien. Pese a que mi rebelión era pasiva y algunos incluso dirían que cobarde, lo hacía para mi propia satisfacción. A partir de esa primavera, cada noche antes de dormir abría la ventana y derramaba un poco de líquido en el jardín.

Sin embargo, Paul seguía tomando la dosis diaria del agua curativa de papá, incluso presumía que a veces tomaba hasta dos cucharaditas al día. Su ciega idolatría por nuestro padre me molestaba, y muy pronto empecé a lamentar que no hubiera más años entre nosotros para que yo, y no *madame* Chevalier, hubiera estado más involucrada en su crianza tras la muerte de mi madre.

En mi infancia, más de una vez deseé que nuestra familia fuera más tradicional, como la que imaginaba que tenían nuestros vecinos; no una que se aislara y se esforzara en cultivar un aire de misterio o drama. Quería ser como las otras jóvenes que tenían amigas. A menudo observaba a otras chicas de mi edad que caminaban del brazo por el pueblo; reían y se cubrían la boca con los dedos, como si fuera un abanico, o corrían unas detrás de otras en el parque. Anhelaba ser como ellas, tener compañía. Pero sabía que esas relaciones eran imposibles. Papá limitaba mis movimientos y era inflexible cuando se trataba de la privacidad de la familia; por eso, el único contacto que tenía con alguien de mi edad era mi hermano y la hija de una supuesta institutriz que se comportaba más como la esposa del médico rural, papel que nunca ejerció mi madre cuando estaba viva.

Mi contacto con los chicos también era restringido, básicamente a Paul. Conforme se acercaba el día de mi cumpleaños, rezaba para que mi padre reconociera que me encontraba en la edad de casarme. Sin duda había pocas opciones para que la hija de un doctor parisino encontrara un pretendiente apropiado en Auvers, pero casi tenía veintiún años y padre seguía sin mencionar ningún evento social que pudiera ofrecerme la oportunidad de conocer a posibles candidatos. De hecho, ni siquiera había dicho una sola palabra sobre los planes para mi vida de casada.

Me preocupaba que papá, con respecto a mi matrimonio, actuara igual que como lo hizo con mi educación y la de Paul: se negó a contratar a un maestro que viniera a la casa, incluso cuando ya habíamos llegado al límite de las enseñanzas de nuestra supuesta institutriz, *madame* Chevalier. A regañadientes permitió que Paul se inscribiera en la preparatoria e incluso eso lo había postergado hasta este año.

«¡Uno debe aprender todo por sí mismo! ¡La enseñanza es inútil, es una broma! Sólo se aprende cuando es voluntario», alardeaba con una tía lejana que nos visitó alguna vez tras la muerte de mi madre. «Hay cientos de libros en mi casa, y si mis hijos son curiosos, ¡pueden leer y realizar su propia investigación!».

Pero el matrimonio y el amor no eran temas que pudieran encontrarse en los viejos libros de la biblioteca. Me preguntaba si papá se daba cuenta de esto o si en realidad me quería para encargarme de él y de su casa; la hija que le recordaba a su primera esposa, pero con pulmones sanos y conducta discreta.

*

Padre volvió a casa la tarde siguiente y fue directo a su despacho para contarle a *madame* Chevalier la razón de su buen humor. Al parecer, su reunión con Theo había salido bien y, como papá no hizo ningún esfuerzo por bajar la voz, me fue fácil escuchar los detalles de su encuentro.

—Vincent es afortunado de tener un hermano tan leal. El chico lo idolatra, haría cualquier cosa por él. Está seguro de que el mundo del arte acabará por reconocer el genio de su hermano.

Madame Chevalier no le respondió a mi padre. Imagino que estaba por completo concentrada en su tejido.

—Me encomendó mantener a Vincent con buena salud y asegurarme de que pueda pintar.

Escuché cómo mi padre ponía sus mancuernillas en la caja de cerámica que tenía en la repisa de la chimenea.

—Nuestro almuerzo en La Coupole fue maravilloso —continuó—. Le conté que el mundo artístico no me era desconocido. Él ya sabía que era coleccionista, pero no tenía idea de mis «miércoles en el bulevar Voltaire» —agregó con una risita.

Se refería a la dirección del pastelero Eugène Murer, quien una vez a la semana celebraba reuniones en su departamento a las que asistían Pissarro, Sisley, Monet y Renoir. De alguna manera, papá siempre se las arreglaba para que lo invitaran.

—Le dije que lo visitaría en la casa Goupil para echarle un vistazo al trabajo de los otros artistas que representa.

—Podrías invitar a Theo y a su familia para que vengan a visitar a Vincent —sugirió *madame* Chevalier en voz baja—. Quizá así se sienta menos aislado en Auvers.

—Lo haré… es una idea excelente.

Yo podía escuchar sus pisadas que iban y venían sobre el piso de madera.

—Y eso me recuerda —continuó—. Recibí una nota de Vincent donde decía que aceptaba mi invitación para venir a comer el domingo. Asegúrate de que Marguerite prepare algo apropiado.

No podía creer lo que acababa de escuchar. ¿Papá creía que no prepararía algo digno? No tenía mucho tiempo para organizar el menú, pero, sin duda, jamás haría nada que avergonzara a mi padre o insultara a nuestro invitado. Sentí que todo mi cuerpo se ponía rígido por el enojo. ¡Era absolutamente capaz de preparar una comida de la que mi padre no se avergonzara!

Molesta por sus palabras, traté de distraerme. Me acerqué a la ventana de mi recámara y abrí las persianas. Afuera, el cielo empezaba a llenarse de estrellas y podía escuchar a los grillos que cantaban a la luna.

Abrí mi diario y encontré la amapola roja que Vincent me había ofrecido unos días antes. Seguía húmeda entre las páginas. La tomé con cuidado y estudié sus bordes ondulados y pétalos carmesí.

Doblada, parecía un abanico. Pensé que era como un abanico de ópera en miniatura que, si fuera más grande, hubiera acompañado a una mujer con vestido negro de seda de gasa y un enorme miriñaque debajo de la falda, elegante y a la moda. Una mujer que bajara de su carruaje, cuya piel blanca y suave sobresaliera del cuello, y con guantes de satén negro.

Esa noche me quedé dormida con mi diario abierto, imaginando a mi madre como la vi por última vez, aunque en mi sueño llevaba zapatos de terciopelo que hacían juego y un magnífico abanico color escarlata.

7
Como dos águilas

El domingo en la mañana desperté temprano y empecé a preparar el almuerzo. No le pedí a Louise-Josephine que me ayudara porque pensé que era un poco cruel, ya que ni ella ni su madre estarían invitadas a comer con nosotros. En momentos como éste, no sabía cómo tratarla a ella o a *madame* Chevalier. A decir verdad, eran ellas quienes debían preparar la comida. Sin embargo, padre trataba a *madame* Chevalier con el cariño que jamás mostró a mi difunta madre, y sin duda se mostraba muy afectuoso con Louise-Josephine. Nunca le pedía a ninguna que hiciera las compras o que cocinara. Las únicas tareas domésticas que realizaban era sacudir o barrer un poco. Ni siquiera lavaban la ropa porque papá insistía en que se enviara con una lavandera.

Mentiría si dijera que no sospechaba que Louise-Josephine era su hija, concebida en alguna de esas largas visitas a París cuando mi madre seguía viva. Poseía una actitud de privilegio bastante peculiar para ser la hija de una sirvienta. Sin embargo, nunca lo cuestioné abiertamente, así como nunca le mencioné a Paul mis sospechas; aunque estoy segura de que él también oía las pisadas de *madame* Chevalier, los suaves golpeteos que hacían eco en la casa, cuando bajaba de noche las escaleras para visitar a papá en su recámara.

Mientras cortaba los extremos de los espárragos, me sorprendí deseando tener mis propios secretos para poder distraerme del aburrimiento de mi vida cotidiana. Imaginé cómo debió sentirse mi madre encerrada en esta casa, alejada de su amado París, sin ningún lugar adónde pudiera ir vestida con los atuendos de seda que llenaban su armario, sin bulevares por los cuales pasear ni salones tapizados de damasco que visitar, donde se podía conversar durante horas y tomar té. Debió ser una vida dolorosamente solitaria para ella: permanecer encerrada todo el día, con pocas o ninguna distracción. Pero ahora me daba cuenta de que mi difunta madre no era la única que tenía esa vida. Sin duda, yo también.

*

Poco antes de que Vincent llegara, Paul entró a la cocina.

—¿Crees que a padre le importaría si le muestro a Vincent algunos de mis cuadros?

Yo mezclaba unas peras hervidas, tratando de evitar mancharme de vino tinto.

—No sé, Paul —respondí—. Quizá deberías preguntarle a papá.

Se mostró decepcionado.

—Ha estado en su despacho toda la mañana, creo que pretende mostrarle a Vincent algunas de sus pinturas.

—Bueno, se supone que esta comida es para Vincent y para papá, no para nosotros —le recordé—. Deberíamos estar felices de que nos incluya.

Nunca se me hubiera ocurrido tener la osadía de mostrarle a Vincent mis acuarelas. Me hubiera avergonzado mucho de mostrarle algo que yo sabía que él consideraría de aficionados.

—¿Crees que le gustarán, Marguerite? —preguntó Paul.

Lo ignoré un momento. Estaba tratando de concentrarme en preparar la comida y asegurarme de que la mesa estuviera puesta con exquisitez; esperaba que Vincent se diera cuenta de mis esfuerzos para crear algo hermoso en nuestra casa oscura y abarrotada. Sin embargo, Paul estaba demasiado absorto en su propio dilema como para advertir mi concentración en otras cosas que no fueran él.

Paul golpeó la tapa de una de las cacerolas y el ruido me sobresaltó.

—¡Paul! —grité, al tiempo que le di un golpecito con la cuchara de madera que estaba usando—. ¡Vincent llegará en unos minutos y nada está listo!

—Pero ¿qué hay de enseñarle mis cuadros? ¡Regreso a París esta noche y no tendré oportunidad de verlo en toda la semana!

Dejé escapar un fuerte suspiro, incapaz de ocultar la creciente impaciencia que me hacía sentir.

—¡No sé, Paul! Papá quiere que toquemos algo para él en el piano. Observa si lo disfruta, si muestra entusiasmo, entonces, quizá, puedas preguntarle si desea ver tus cuadros.

Paul se enderezó y esbozó una gran sonrisa.

*

Vincent llegó veinte minutos tarde, resoplando como un campesino que ha pasado todo el día trabajando en el campo. Se había cambiado de ropa y llevaba un abrigo ligero y un sombrero, pero la tela parecía gastada y los zapatos raspados y llenos de lodo.

—*Mademoiselle* Gachet —dijo cuando abrí la puerta—, su padre ha sido muy amable en invitarme a comer.

—Sí —respondí—. Esta tarde comeremos en el salón. —Con un gesto le indiqué que pasara—. Es una lástima que esté lloviendo —murmuré disculpándome—. El jardín habría sido más agradable.

—El sol se aprecia mejor después de un poco de lluvia —comentó mientras observaba por la ventana.

Durante un segundo pensé que lo había sorprendido mirándome, sus ojos recorriendo desde el encaje en mi cuello hasta el escote.

—Muy cierto —aseguré, incapaz de evitar que una pequeña sonrisa se dibujara en mis labios. Me alegraba que se fijara en mí. Luego, como si de pronto me sintiera libre de la inseguridad que me invadía, agregué—: Un artista ve la belleza en el mundo, pero supongo que una mujer sólo ve sus límites.

Me miró perplejo, como si le sorprendiera que yo tuviera la capacidad de hablar.

—Qué curioso comentario, *mademoiselle*. —Se tocó los bolsillos del pantalón con ambas manos—. Supongo que lo mismo podría decirse de los pobres. Para el pobre, un día está lleno de adversidades y límites, pero el rico y el artista sólo ven sus posibilidades.

Sonreí.

—Probablemente eso sea lo único que tengan en común.

Mi respuesta pareció divertirlo y me di cuenta de que seguía mirándome fijamente al tiempo que se quitaba el sombrero y el abrigo, y me los daba. Estaban empapados por la lluvia, pero los sentí ligeros en mis brazos. Pensé en el abrigo de tela de papá y de Paul, ambos eran muy pesados en comparación, forrados de seda y con botones de carey. El de Vincent parecía de muselina. Cuando lo colgué en uno de los ganchos de madera del vestíbulo, advertí que podía ver mis manos a través de la tela desgastada.

*

Estaba a punto de llevar a Vincent a la sala cuando la voz de mi padre me interrumpió.

—¡Vincent! —exclamó con gran entusiasmo. Había escuchado sus pasos y ahora se levantaba de la silla y se apresuraba hasta él—. Qué gusto que esté hoy con nosotros.

Vincent asintió y le agradeció en voz baja por haberlo invitado.

—¿Cómo se siente hoy? —preguntó papá, dándole unas palmaditas en la espalda—. Qué horrible clima; apuesto que fue difícil pintar esta mañana.

—Esta mañana empecé unos bocetos en el viejo viñedo —explicó Vincent—. Pero mi mente aún no está tranquila.

—Necesita pintar lo más posible —le recordó papá—. Eso lo ayudará a aclarar su mente.

—Estoy inquieto —dijo en voz baja—. Tiene razón, la pintura ayuda... pero cuando no tengo un pincel en la mano siento una inquietud que me quema por dentro.

Papá lanzó una risa pequeña.

—Escucho quejas similares de otros artistas. No es inusual.

Pude ver imágenes de Cézanne y Pissarro cruzar por la mente de papá; una sonrisa se dibujó en su rostro con sólo evocarlos.

Vincent asintió y bajó la mirada hacia sus dedos. Vi su piel manchada de pintura, las salpicaduras de pigmento azul cobalto y líneas delgadas rojo cadmio. Parecía que había tratado de lavarlas, pero aún había trazas de pigmento.

—Sabe, Vincent, tengo una máxima escrita en caracteres chinos junto a mi despacho y afuera de una de las paredes de nuestra bodega. Su traducción dice: «Trabaja y serás feliz». Creo firmemente en ese dicho. Es un buen consejo para usted.

—Quiero pintar... estoy pintando. Es sólo que cuando estoy en mi habitación en la noche y mis dedos están tan cansados que apenas puedo levantar el peine hasta mi cabeza, miro el techo y el miedo me invade; miedo a que vuelvan los desmayos, a tener otro ataque... En alguna época, un vaso de absenta ahuyentaba mis demonios, pero mi médico en Arles me lo prohibió estrictamente.

Papá asintió.

—Es por completo comprensible. Usted tuvo una época terrible en Arles. Pero lo mantendremos alejado de la absenta, Vincent, y lo haremos más fuerte para que pueda crear. Los genios necesitan alimentarse de aire fresco, descanso y ejercicio. Le prometí a su hermano que recibiría los cuidados necesarios. Y si requiere algo para dormir, le prepararé una tintura de pasiflora para calmar esos nervios.

Vincent hizo una mueca al escuchar a papá hablar de tintura.

—Me alegra saber que mi hermano le pidió que me cuidara. Hace días que no sé nada de Theo, ¿usted?

—Lo vi hace unos días, en París. Comimos juntos. —Papá se acercó al trinchero y sacó una botella de vino—. Tiene suerte de contar con alguien tan leal y dedicado como su hermano. Está convencido de que está muy cerca el día en que el público lo reconocerá —explicó al tiempo que hacía girar el corcho, sujetando la botella verde por el cuello—. Hablamos sobre usted y algunos de sus colegas. Creo que mencionó a un hombre llamado Paul Gauguin.

Vincent frunció el ceño de nuevo.

—Vivimos un tiempo juntos en Arles, antes de que mis dolores de cabeza volvieran. —Era obvio que quería cambiar de tema—. Me pone un poco nervioso que me envíen mis cosas... Dejé algunas pinturas con Tanguy, en París, y algunos muebles siguen en Arles. —Vincent se aclaró la garganta—. ¿Theo le mencionó algo de esto?

—No, me temo que no lo hizo —respondió papá negando con la cabeza—. No se preocupe; estoy seguro de que eso se solucionará pronto. Su responsabilidad ahora es concentrarse en su pintura y recuperar la salud.

—Sí, lo sé —dijo en voz baja—. Casi termino la pintura que hice el otro día en su jardín, y ya empecé otras tres.

—¡Bravo!

—Y tiene razón, cuando pinto estoy mucho mejor...

—Entonces, sólo siga pintando; yo buscaré entre mis hierbas y le prepararé otra tintura que lo ayude a dormir mejor por la noche y a sentirse descansado en la mañana. —Papá se aclaró la garganta—. Recuérdeme después de la comida que le dé otra para que se la lleve a casa.

*

Papá y Vincent siguieron hablando en la sala hasta que llamé a todos a sentarse a la mesa.

Había pasado buena parte de la mañana preparando mis platillos favoritos. Me desperté temprano para ser de las primeras en elegir las mercancías en el mercado. Llené mi canasta con endivias, papas alargadas, varias cabezas de ajo y un manojo generoso de zanahorias. En el puesto de Armel, el carnicero, elegí el pollo más grande y jugoso que habían matado esa mañana. Las hierbas en nuestro jardín aún eran escasas, así que me di el gusto de comprar ramilletes de romero, orégano y tomillo. De camino a casa, inhalé la fragancia de las hierbas recién cortadas, su aroma era embriagador; estaba deseosa por empezar a cocinar.

Ahora, toda la casa olía a pollo rostizado, crujiente, y a papas con crema y mantequilla. No pude evitar sonreír al salir de la cocina con la enorme charola en los brazos. Coloqué ramitos de romero alrededor del pollo para decorar, y el colorido contraste de las zanahorias y las endivias le daba un aspecto digno de un rey. Creo que todas las miradas estaban puestas en mí. Justo en el momento en que íbamos a sentarnos a la mesa, apareció Paul. Llevaba al cuello un fular rojo brillante y un chaleco negro; su reloj de oro colgaba del bolsillo.

—Hoy he estado pintando cerca de Chaponval, papá —anunció Paul en voz muy alta mientras se sentaba—. Lamento llegar tarde.

Papá negó con la cabeza y desvió su atención de Paul hacia Vincent.

—¿Ha ido a Chaponval? Los árboles ahí tienen más de cien años... a Cézanne le gustaba llevar su caballete a ese lugar para pintar.

Yo estaba de pie frente a la mesa, cortando el pollo para luego servir las verduras y las papas con crema en los platos. Le serví primero a Vincent; traté de arreglar su plato lo más hermoso posible; sin embargo, al parecer, él no lo notó.

—No, no he llegado tan lejos. He estado pintando sobre todo cerca de la posada Ravoux y de su casa.

—Bueno, es afortunado de que su estancia aquí sea indefinida. Habrá muchas oportunidades para que pinte esos paisajes. Y cuando llegue el otoño, ¡verá cómo todo cambia ante sus ojos!

Me senté, alisando mi vestido por atrás mientras me acomodaba en la silla.

—Sí —intervine—, le agradará mucho pintar todos los colores de las hojas...

Vi que papá y Paul me miraron fijamente por encima de sus cubiertos, como dos águilas encorvadas, echaban chispas por los ojos con creciente desconfianza.

—Si lo desea, *monsieur* Van Gogh, puedo llevarlo a uno de mis lugares favoritos en Chaponval; de ahí se puede admirar el río Oise y los campos tras él —Paul hablaba rápido y su urgencia por impresionar a Vincent era evidente.

De inmediato observé cómo mi padre aprovechaba la idea de Paul de acompañar a Vincent mientras pintaba. Tal como sospeché que lo haría, papá agregó:

—Yo también puedo llevarlo y mostrarle los mejores paisajes de esa zona. Podría llevar mi caballete y pintaríamos lado a lado.

El rostro de Paul se ensombreció de inmediato; no podía ocultar su decepción.

Vincent negó con la cabeza.

—Ambos son muy amables al ofrecerme su ayuda, pero prefiero pintar solo. Incluso cuando vivía con Gauguin, muy rara vez pintábamos en el mismo lugar. —Se aclaró la garganta—. Mi trabajo creativo es mejor en la soledad.

*

El resto de la comida, mi hermano permaneció excepcionalmente callado. En más de una ocasión lo sorprendí mirando de manera furtiva a Vincent; era obvio que su preocupación era resultado de su curiosidad infantil. Con una serie de movimientos sutiles, se movía en su asiento e inclinaba la cabeza con torpeza hacia los lados. Sabía lo que estaba haciendo: intentaba confirmar la información dicha por *madame* Chevalier, sobre que a Vincent le faltaba un pedazo de la oreja izquierda.

Por su parte, papá parecía ajeno a la macabra curiosidad de Paul y, al tiempo que comía entusiasmado, seguía entablando la conversación con Vincent.

—Vincent, estaba pensando que podríamos invitar a su hermano y a su familia una tarde para comer en el jardín; usted podría ver a su pequeño sobrino. París no está tan lejos —continuó—; podrían venir por el día.

Vincent sonrió. Pareció animarse de inmediato al pensar que su hermano y su familia vendrían a Auvers.

—Su invitación es muy amable, doctor —dijo Vincent, sinceramente contento—. Llevo todo el verano deseando que vengan a verme, que traigan al bebé y respiren un poco de aire fresco. Sin embargo, Theo acaba de escribir para decirme que es imposible. Pero un almuerzo, eso sería maravilloso.

Vincent cortó otro trozo del pollo y lo acompañó con un largo trago de vino. Se aclaró la garganta y volteó hacia mi dirección. De nuevo, su mirada era intensa. Esos ojos azul pálido, enmarcados por la frente, y las cejas cobrizas eternamente enarcadas. Sin amedrentarse por la presencia de papá, se dirigió a mí:

—Siempre y cuando no sea un problema para *mademoiselle* Gachet —agregó.

Creo que ni siquiera pude responder y sólo me sonrojé. Para ocultar mi vergüenza, volteé y vi a mi hermano. Me tomó por sorpresa; parecía como si le hubiera robado la última rebanada de su pastel de cumpleaños.

*

Todos esperamos que Vincent terminara de comer. Paul ya se había servido dos veces de todo y parecía un lobo hambriento frente a los restos de pollo que quedaban en el plato decorado de Limoges.

—¿Le gustó la comida, *monsieur* Van Gogh? —pregunté.

—Ah, sí... pocas veces como tan bien; mi estómago no está acostumbrado.

Traté de sonreír y me puse de pie para recoger la mesa y traer el postre. De camino a la cocina, me preocupé que el menú que había preparado fuera demasiado pesado para su digestión.

Una vez que serví las peras escalfadas, papá juntó las palmas de las manos y anunció que tanto Paul como yo tocaríamos algo en el piano para honrar la llegada de Vincent.

—Paul tocará primero —dijo.

Recogí la mesa mientras los tres hombres pasaban a la sala. Escuché que Paul decía que tocaría una pieza de Bach. Era una elección muy ambiciosa de su parte; sabía que la había escogido porque no sólo deseaba impresionar a Vincent, sino también a papá. Anhelaba que nuestro padre lo reconociera (algo a lo que yo había renunciado desde hacía mucho tiempo atrás) y quería que, aunque no valorara sus pinturas, quizá tendría en cuenta la manera en la que tocaba el piano.

La obra era demasiado difícil para él. El tiempo que había pasado en la escuela no le dio la oportunidad de practicar, y lo que había seleccionado requería gran precisión. De haber tenido la oportunidad, le hubiera hablado en privado para sugerirle con tacto que seleccionara algo más sencillo, como un recital espontáneo. Pero había estado tan ocupada y preocupada esa semana con la preparación del menú y la limpieza de la casa que no tuve la menor oportunidad. Más tarde me sentiría culpable por no haber indagado más, por no haberle preguntado qué pensaba tocar. Si hubiera sabido que elegiría a Bach, sin duda hubiera intentado convencerlo de que tocara algo menos complicado.

Pero era demasiado tarde. Cuando entré a la sala, ya estaba sentado frente al teclado. Sin duda estaba más nervioso de lo que podía controlar, porque mientras tocaba, sus dedos temblaban como agujas de pino al viento, incapaz de pulsar las notas correctas.

Daba pena verlo y era igual de penoso escucharlo. Las mejillas de Paul se pusieron rojo escarlata de la vergüenza, al saber que estaba fracasando en público ante los ojos de mi padre y del artista invitado al que estimaba tanto. Sus orejas se tornaron escarlata y parecía que se iba a desmayar al sonido de su lamentable interpretación. Cuando al fin terminó, traté de aplaudir lo más fuerte posible, pero fue poco el consuelo. Permaneció sentado, furioso. Yo me acerqué al piano para tocar el *Impromptu* de Chopin, que había practicado todos los días desde que Vincent llegó a Auvers por primera vez.

Sentada al piano, a mi izquierda podía ver el reflejo de Vincent y de papá en el espejo de marco dorado que estaba sobre la pared, así que miré al frente, hacia mi partitura y la aguja del metrónomo que estaba detrás. Papá tosió un poco y supe que era la señal para que comenzara.

Alisé mi vestido; puse los dedos sobre las teclas, el pie sobre el pedal y respiré profundamente.

Empecé un poco indecisa, tocando con cuidado las primeras notas, pero pronto olvidé que tenía un público y la melodía se apoderó de mí.

Ya no necesitaba leer la partitura; conocía de memoria cada acorde. Mi corazón se mecía con cada nota; mi diafragma se inflaba y mis pechos se elevaban, conforme inhalaba y exhalaba al ritmo de la melodía. Me sentía como un abeto que se sacudía la nieve del invierno.

El *crescendo* se acercaba y al tocar las notas finales, sentí que unos mechones del chongo se soltaban; cayeron sobre mis ojos e hice un gran esfuerzo por no apartarlos.

Sentía como si un espíritu que no era el mío se estuviera apoderando de mis dedos; bailaban, con gracia, a gran velocidad sobre las teclas.

Vincent estaba ya levantado, aplaudiendo, cuando quité el pie del pedal.

—¡Cuánta pasión artística! —exclamó con entusiasmo. Aplaudía con tanta emoción que incluso papá parecía avergonzado del arrebato de su invitado y de su absoluta incapacidad de ocultar su deleite.

Cuando tomé asiento, pude sentir la mirada fulminante de Paul. No le enseñaría sus cuadros a Vincent y sentí lástima por mi hermano menor, quien había intentado con desesperación impresionar a nuestro invitado.

*

—Necesito ir por una tintura para Vincent —murmuró papá a mi oído después del recital—. Es obvio que tu hermano está muy molesto por su interpretación. ¿Por qué no te llevas a Vincent y lo atiendes unos minutos? No tardo.

La sugerencia de papá me tomó por sorpresa, pero no podía protestar. Después de todo, ¿no era eso lo que había esperado, tener la oportunidad de estar a solas con él?

Le hice una señal a Vincent para que me siguiera. Yo temblaba por dentro; sabía que no estaba preparada para entablar una conversación, mucho menos para coquetear. Durante varios días mi mente estuvo abarrotada de preguntas que quería hacerle, quería saber cómo elegía su paleta de colores, cómo había aprendido el oficio. ¿Alguna vez se imaginó ser algo que no fuera pintor? Pero ahora no encontraba ningún tema de conversación y era incapaz de pronunciar una sola palabra.

—Toca a Chopin de forma magnífica —dijo al fin cuando entramos a la habitación.

—Gracias —respondí con una risita.

Podía escuchar a Henrietta, que afuera le hacía ruidos a las gallinas. Me parecía un sonido reconfortante, sobre todo cuando Vincent sonrió en el momento en que uno de los gallos cacareó.

—Cuando la escucho tocar, algo en usted se transforma. He tratado de determinarlo con exactitud... No es que su cabello se vuelva más dorado ni que sus manos revoloteen como dos palomas blancas; es... es sólo que... —calló—. Lo siento, me es difícil encontrar las palabras adecuadas. Sólo quiero decirle que su interpretación me conmovió profundamente.

—Es muy amable. Pero en realidad no tengo el talento que tenía mi madre. Ella era una pianista magnífica.

Vincent arrugó el entrecejo al oír mis palabras, como si le afligiera que yo me subestimara.

—Eso es intrascendente. Su talento es real, ¡tan real como la sangre en mis venas azuladas! —Se dio unos golpecitos en el antebrazo para reforzar el tono drástico en su voz—. Cuando la vi en el jardín esa primera tarde, me di cuenta de que tenía algo especial. Debajo de esa piel blanca como la leche hay una gran pasión por la vida. Puedo verlo.

—¡*Monsieur* Van Gogh, shhh! ¡Si mi padre lo escucha hablar así nunca más me volverá a dejar tocar el piano!

Reí de nuevo, nerviosa; nunca nadie antes me había halagado.

—¡Ah!, entonces no está acostumbrada a este tipo de atención —dijo con una ligera sonrisa. Seguía cómodamente sentado a cierta distancia de mí, pero yo podía sentir cómo su mirada se hacía más penetrante. Ahora, me miraba fijamente y empecé a sentir mi rostro acalorado.

—Lo que dice es verdad: no estoy acostumbrada.

El rubor se extendió por todo mi rostro: una pincelada rosada sobre una página húmeda.

Vincent se levantó de su silla. De pronto se mostraba más confiado y su voz se hizo más firme.

—Observo la casa de su padre y todo lo que veo son chucherías. —Señaló el pedestal de ébano en un rincón, las repisas llenas de piezas de porcelana—. Hay demasiada distracción. Pero usted, *mademoiselle*, resalta entre todo este mobiliario oscuro y de ornamentos dorados.

—Es usted muy amable —murmuré, y mi voz se atoró en la garganta.

—No, no lo soy —insistió—. Un pintor anhela plasmar lo que otros son incapaces de ver. Si alguien me dice que el cielo está lleno de nubes, yo soy el artista que se apresura a salir para buscar lo que se esconde detrás.

Se acercó a mí hasta quedar a unos cuantos centímetros de donde yo estaba sentada. Y aunque me obligué a esconder la mirada sobre mi regazo, sus ojos seguían plantados firmes sobre mí. Empezó a concentrarse en mis rasgos y comencé a sospechar que estudiaba mi rostro; imaginaba cómo podría representar la piel con delgadas capas de pigmentos mezclados.

Cuando al final alcé la cabeza, pude ver claramente sus pestañas, las arrugas en el rabillo de sus ojos, los folículos de su bigote. Su boca permanecía inmóvil. Las líneas suaves de sus labios parecían las diminutas nervaduras de una hoja de otoño y la piel bajo sus ojos era tan pálida que casi era azulada.

—No estaría tan distraído si pudiera pintarla a usted, *mademoiselle*.

Lo miré. Los iris de sus ojos no eran color aguamarina fuerte como creía, sino que tenían puntitos dorados y color durazno.

—*Monsieur* Van Gogh —tartamudeé. Sentía mi piel arder contra la seda de mi vestido. Nunca antes había estado tan cerca de un hombre y estaba temblando—. Tendrá que preguntarle a mi padre —espeté finalmente—. ¡Regresará en cualquier momento!

Soltó una risita; era obvio que estaba encantado con mi torpeza.

—No se preocupe, *mademoiselle* Gachet, tengo la intención de pedirle permiso a su padre. No podría hacerlo de otra manera.

Ahora se paseaba de un lado a otro, mientras yo permanecía sentada con el cuerpo paralizado. Y aunque podía escuchar que papá abría y cerraba los cajones de su despacho en el piso de arriba y podía oler el aroma a levadura de la masa que se horneaba, permanecí inmóvil, mirando cómo Vincent se movía a pasos lentos por la sala.

Fue él, de nuevo, quien rompió el silencio.

—Quiero que sepa que no considero mis retratos a la ligera. Elijo con mucho cuidado a mis modelos, con deliberación. —Se detuvo junto a la ventana, con la mirada alejada de mí—. Deseo que las personas que vean mis retratos dentro de cien años lo hagan de la misma manera en la que yo los pinté: como apariciones, como rayos de luz elegidos de lo divino.

Deseaba con desesperación decirle lo honrada que me sentía de que quisiera pintarme, pero antes de encontrar las palabras para hacerlo, escuché los pasos de mi padre en el pasillo. Entró a la sala como una ráfaga, con las manos extendidas hacia adelante como si hiciera una entrega importante.

—Aquí está, Vincent. Tome tres dosis diarias. Esto le ayudará a calmar los nervios.

Vincent volteó a ver directamente a mi padre y tomó el frasco.

—La pasiflora todavía no está lista, pero tome esto, es artemisia —explicó papá. El frasco contenía un líquido color musgo que era casi traslúcido cuando Vincent lo alzó contra la luz del sol.

—Los sajones creían que era una de las nueve hierbas sagradas. Incluso yo la tomo en ocasiones, cuando me siento deprimido.

—Se lo dije —tartamudeó nervioso—, llevo ya varios meses tratando de dejar al demonio de ojos verdes. No creo que deba tomar esto —agregó, devolviendo el frasco a mi padre.

Papá sacudió la cabeza y presionó el frasco de tintura en la palma de la mano de Vincent.

—No, esto no es ajenjo, Vincent. —Dejó escapar una risita—. Es medicinal. Llevo años prescribiendo remedios homeopáticos a mis pacientes en París.

Vincent lo miró escéptico.

—No sé... —Estaba agitado y el miedo en sus ojos parecía genuino—. No quiero hacerme adicto a nada otra vez, si tiene efectos secundarios... no podría soportarlo.

—Esto sólo lo ayudará a mejorar, Vincent.

Vincent seguía dudando.

—No, debo insistir en que la tome, Vincent —reiteró mi padre, con un tono serio esta vez—. Dudo que Theo se sienta contento cuando sepa que no sigue mis consejos. Después de todo, soy su médico.

Estaba segura de que Vincent miraba en mi dirección, como si pensara que un gesto de aprobación mitigaría sus dudas. Sin embargo, no respondí en ningún sentido. No porque no quisiera, anhelaba encontrar su mirada e interpretar sus expresiones con mayor claridad. Pero tenía miedo de que papá lo advirtiera y sospechara que yo estaba tratando de minar su autoridad. Yo no era médico; sabía muy poco de los poderes curativos de las plantas y las flores, y temía provocar la ira de mi padre una vez que Vincent se fuera.

—Tómela. —La voz de papá era más insistente; el apremio hacía que pareciera una orden.

Vi que Vincent tomó el frasco de manos de mi padre, lo metió en su bolsillo y, a regañadientes, aceptaba sus instrucciones asintiendo con la cabeza.

8
Una modelo femenina

Tuve problemas para dormir esa noche. Todo en lo que podía pensar era en la mirada penetrante de Vincent. No me había equivocado la primera tarde, cuando me regaló la amapola roja: había visto algo en mí. Ahora había expresado su deseo de que posara para él y la ilusión me provocaba mareos.

A la mañana siguiente, papá mencionó, a propósito, que Vincent deseaba tener una modelo femenina y que le había preguntado si yo podía posar para él.

—Posar no es una tarea fácil, Marguerite —me advirtió papá—. Tendrás que actuar como una profesional.

—Sí, papá —respondí lo más seria posible.

Tuve que hacer un gran esfuerzo por no mostrar lo feliz que me sentía.

—Algunas personas no estarían de acuerdo en dejar que él te retrate, pero le prometí a su hermano que haría todo lo que estuviera en mis manos para ayudar a Vincent a seguir pintando. De cualquier forma, no es como si posaras en una clase de pintura. —Mi padre rio para sus adentros—. No, ¡jamás permitiría que mi hija hiciera ese tipo de modelaje!

Me ruboricé con el comentario subido de tono de papá.

—Qué dices, papá, claro que no. Por supuesto que no.

Por mi parte, no hubiera podido sentirme más halagada de que Vincent cumpliera su promesa. De niña posé para Armand Gautier, otro amigo pintor de mi padre, pero eso ocurrió hace mucho tiempo.

Quería proclamar a los cuatro vientos que yo, Marguerite Gachet, había inspirado a un pintor brillante, que él había elegido inmortalizarme en un lienzo y su radiante pintura. Tenía la cabeza llena de preguntas. ¿Vincent usaría colores brillantes o elegiría los tonos apagados que yo creía que merecía mi semblante insípido? ¿Papá lo dejaría pintarme sin chaperones o me permitiría estar sola ante él?

No tenía a nadie con quien hablar de esto, salvo en mi diario y conmigo misma. Paul decidió posponer hasta el martes su regreso a París porque en la escuela era el periodo de lecturas antes de los exámenes. Y aunque seguía en la casa, no me había dirigido la palabra desde su fiasco con el piano. Esa noche no hizo el menor esfuerzo por hablar conmigo, incluso me ignoró cuando fui a la sala a bordar. Estaba sentado en uno de los sillones de papá, con la cabeza metida en uno de sus libros de texto, las piernas extendidas como dos tablones de madera; nunca volteó a mirarme.

Yo estaba acostumbrada a sus cambios de humor. Incluso de niño se enojaba cuando no se salía con la suya; pero ahora me molestaba que estuviera disgustado conmigo sólo porque toqué una pieza de piano sin cometer errores y porque escuchó que Vincent quería pintarme a mí y no a él.

—¿Cómo van tus pinturas? —al final tuve el valor de preguntarle—. Quizá puedes pedirle al *monsieur* Van Gogh que te dé algunas instrucciones; estoy segura de que podrá brindarte buenos consejos.

—No tiene mucho interés en mí, Marguerite. Lo sabes.

Sus labios se curvaron en una mueca cruel. Pasé varios minutos tratando de tranquilizarlo.

—Si Vincent no puede ayudarte, estoy segura de que otros artistas, amigos de papá, podrán orientarte en su próxima visita.

Paul negó con la cabeza.

—Papá los monopolizará tanto que tendré pocas oportunidades.

—Paul, debemos recordar que Vincent es uno de los pacientes de papá —dije sentándome junto a él y tomando su mano con cariño—; no podemos forzarlo mucho. Está aquí para recuperarse y ayudarlo a que vuelva a pintar.

Paul asintió.

—Por mi parte, deseo conocerlo más —dije bajando la voz—. Pasará con el tiempo. Cuando vuelvas a casa en unas semanas para el verano, estoy segura de que tendrás muchas oportunidades.

Paul sonrió.

—Sí, quizá cuando haya terminado los exámenes y esté aquí todo el tiempo pueda darme algunas recomendaciones.

—Sí, estoy segura de que lo hará.

Apreté cariñosamente la rodilla de Paul y me fui a la cocina. Había dejado unas papas en el fregadero. Cuando abrí la cortina de algodón y seda de la cocina, Louise-Josephine estaba parada frente a las papas, con un tazón de agua y un pelador en la mano.

—Ah, gracias —dije.

Me sorprendió encontrarla ahí. Con rapidez tomé un cuchillo y empecé a ayudarla. Nos mantuvimos de pie una junto a la otra, con el delantal puesto, las cáscaras de papa caían en el fregadero. Ella tarareaba bajito mientras trabajaba, con una sonrisa fija en los labios. Después de un momento, volteó a verme y dijo:

—Mamá me comentó que *monsieur* Van Gogh va a pintar un retrato tuyo.

Mi corazón se detuvo; hablaba como si lo que sabía de la solicitud de Vincent estuviera grabado en piedra.

—Lo siento —titubeó—, quizá no debí decir nada.

Al principio no respondí y me quedé sosteniendo una papa en la mano. Esperaba que dejara de mirarme por timidez. Pero Louise-Josephine no cedió, me siguió observando fijamente, con sus ojos oscuros como el vino tinto.

—Sí —respondí finalmente—. Es verdad. Le preguntó a papá si podía pintarme.

Ella asintió y colocó una de las papas en el tazón de agua fría.

—Sospecho que este verano habrá algo de entusiasmo en la casa. —Sus labios esbozaron una leve sonrisa—. Será un cambio agradable, ¿no crees?

La miré como si no entendiera a qué se refería con ese comentario.

Se alejó de la mesa y se limpió las manos en el delantal.

—De todos los tesoros que abarrotan esta casa, tú eres lo único que atrapó su atención —agregó sincera, mirándome a los ojos.

Me dieron ganas de abrazarla cuando dijo eso. Probablemente era lo más amable que nadie me había dicho en veintiún años.

—¿En verdad lo crees? —pregunté acercándome a ella.

Me comportaba como una niña hambrienta y desesperada por recibir cualquier halago suyo, por mínimo que fuera.

—Sin duda —respondió—. Nunca hubiera pedido pintar algo que no lo inspirara. Debe ser un sentimiento maravilloso saber que le pareces muy hermosa a alguien.

9
Secretos

Durante años traté de convencerme de que *madame* Chevalier y Louise-Josephine eran sólo visitas de paso, que un día Chouchette, como mi padre la llamaba de cariño, empacaría su maleta y se marcharía con su hija.

Imaginaba que se iba de la misma manera en la que había llegado: vestida con ese inolvidable vestido negro, los botones plateados aún brillantes y su figura huesuda sobresaliendo de la tela. Ahora que lo pienso, era una fantasía ridícula, porque siempre supe, aunque no quería aceptarlo, que mi padre jamás planeó que fuera nuestra institutriz.

No sé si se debía a que buscaba a alguien que confirmara mis sospechas de que Vincent se sentía atraído por mí o porque ella había adivinado mis sentimientos hacia él, pero de pronto acepté las muestras de amistad de Louise-Josephine.

Tenía veintitrés años. Aunque había vivido nueve años bajo nuestro techo, nunca habíamos forjado una relación estrecha. Todos estos años habíamos sido amables y en ocasiones habíamos trabajado juntas en la cocina cuando yo necesitaba ayuda. Ella me ayudaba con la limpieza de primavera, incluso cuando su madre permanecía en su recámara bordando. Tal vez en más de una ocasión intentó hablarme con amabilidad, pero nuestros intercambios pocas veces iban más allá de los cumplidos de cortesía.

Si bien nuestra falta de afinidades tuvo algo que ver con eso, ahora me doy cuenta de que mi esnobismo también influyó. Me sentía resentida con ambas porque vivían con nosotros sin que sus responsabilidades quedaran claras. Paul y yo ya éramos grandes y no necesitábamos la supervisión de *madame* Chevalier. Yo no esperaba que me atendieran, pero tampoco entendía por qué mi padre, quien claramente tenía sentimientos por *madame* Chevalier, se esforzaba tanto en fingir que ambas vivían aquí para ayudarnos a Paul y a mí, cuando era obvio que no era así.

Sin embargo, empezaba a agradarme la idea de tener a una chica aproximadamente de mi edad en la casa. Parecía que Louise-Josephine ya no se preocupaba por mimar a Paul, ya estaba muy grande para eso. Y estaba segura de que ella también se daba cuenta, que Paul atravesaba una etapa difícil porque trataba de hacer todo igual que nuestro padre.

Empecé a sentir afecto por ella. Después de todo fue amable al decirme que creía que Vincent pensaba que yo era hermosa, y tenía ganas de pasar algunos momentos a solas con ella para preguntarle por qué creía que era así.

Empecé a observar su rutina. Noté cómo trataba de no interponerse en nuestro camino, cómo tenía pequeños gestos para intentar ser útil. Nunca había advertido que a menudo recortaba las flores marchitas de mis ramos para que parecieran frescas durante más tiempo. Tampoco apreciaba cuando, a veces, olvidaba la hora y Louise-Josephine rescataba la comida que yo había metido al horno para que no se quemara.

Sus idas y venidas también me intrigaban. Aunque Louise-Josephine permanecía secuestrada en los confines de nuestra casa, había excepcionales ocasiones en que se aventuraba a salir con el permiso de papá. Unos años después de que Louise-Josephine llegara a vivir con nosotros, *madame* Chevalier planteó que llevaría a su hija a Pontoise una vez al mes para comprarle algunos artículos de primera necesidad. Papá estuvo de acuerdo porque sabía que *madame* Chevalier y Louise-Josephine podrían tomar los caminos secundarios detrás de la casa hasta el siguiente pueblo, donde sus actividades pasarían inadvertidas.

Cuando regresaban de su excursión mensual, llegaban cargadas de paquetes de telas, un bolso lleno de botones de cristal y ribetes. Papá le daba a *madame* Chevalier una pequeña pensión y yo sabía que ella ahorraba todo para estas salidas con su hija.

Nunca me había interesado por sus compras, pero ahora me sentía de alguna manera eufórica. Quería indagar qué tipo de vestidos se confeccionaría Louise-Josephine, quería ayudarla a seleccionar los botones del corpiño. Y aunque no le decía nada a ninguna de las dos cuando subían al tercer piso con sus paquetes en los brazos, me hice la promesa de que intentaría hacerme amiga de Louise-Josephine.

Los siguientes días empecé a hacer contacto visual con ella y le sonreía cuando nos cruzábamos en el pasillo, lo que antes siempre evité hacer.

Ahora que mi hermano estaba en París, traté de acercarme a esta chica delgada y callada, cuya vida quizá era más difícil que la mía.

10
La reina de los sauces llorones

Había pasado toda mi infancia imaginando lugares muy alejados de nuestra casa en Auvers. Leía todo el tiempo, intentando extraer todo lo que podía de esos volúmenes encuadernados en piel que hablaban de mundos distintos al mío. También aprendí que las fronteras de nuestra casa tenían sus propios rincones encantados. Más allá de nuestro jardín, mucho más atrás del cobertizo de mi papá y del gallinero, se encontraba un lugar mágico: una cueva de piedra caliza cuya mitad estaba expuesta a la luz del sol y la otra mitad cubierta de hiedra. En esta gruta apartada en nuestro patio trasero, donde crecían helechos silvestres y colgaban vides como sogas majestuosas en espera de ser escaladas, por primera vez, me di cuenta de que si usaba mi imaginación escaparía de la soledad de ser una niña silenciosa en una casa oscura y melancólica.

A veces Paul me acompañaba mientras entretejía las hierbas silvestres para convertirlas en coronas para mi cabeza. Cuando me lo pedía, lo coronaba como el rey de los cerezos silvestres y yo era la reina de los sauces llorones, así corríamos sobre el musgo aterciopelado, cantando canciones imaginarias. También fue ahí, bajo la luz verde esmeralda de nuestro pequeño escondite, que por primera vez alimenté mi amor por las flores. Recogía la rosa malva de los arbustos y los botones delicados de las zanahorias silvestres. Salía de la gruta con ramilletes de violetas diminutas en una mano y un gran helecho en la otra, me abanicaba como si fuera una princesa griega y pateaba los dientes de león al tiempo que bailaba descalza sobre el pasto.

Supongo que en ese entonces me consideraba hermosa, o al menos imaginaba que lo era. Me comparaba con las heroínas de mis cuentos de hadas, la princesa cuyo destino era conocer a su príncipe, la bella durmiente que seguiría hechizada hasta su primer beso.

En la adolescencia, ya no me consideraba una princesa. Me recogía el cabello sin mucho cuidado porque me decía que no tenía tiempo para vanidades o gratificaciones personales. El sentido de la aventura que cultivé de niña me había abandonado. Sin embargo, en ocasiones, casi siempre cuando estaba al piano o cuando hundía las manos en la tierra, sentía que mi espíritu volvía a mí. Encontraba su camino de regreso de las maneras más extrañas; quizá el olor de las hojas de limón que penetraba por la ventana o las cipselas de un diente de león que caían sobre el pasto. Y cada vez que sucedía, contenía la respiración esperando que, si no expulsaba el aire de mis pulmones, de alguna manera engañaría a ese sentimiento de euforia para que permaneciera y pudiera sentirlo unas horas más.

La primavera de ese año en el que Vincent llegó, yo tenía otras distracciones. Mi imaginación se estaba alimentado de todas las novelas que había leído y que hablaban de cortejos románticos e historias de amor consumadas. Si Cuasimodo pudo encontrar el amor en la torre donde era prisionero, sin duda yo también podría hallarlo. Me propuse convencer a mi padre de que estaba lista para tener un marido y una familia. Me aterraba la posibilidad de quedarme en nuestra casa oscura y abarrotada de Auvers el resto de mi vida. Por las noches, me atormentaba la imagen de mi madre, agitada en su lecho de enferma, llorando por su antigua vida en París. Yo intentaba encontrar alivio en alguna de mis novelas, pero era inútil; despertaba a la mañana siguiente llena de frustración.

Quería experimentar todo por mí misma y no a través de los personajes de mis libros. Deseaba hacer más que pellizcarme las mejillas para darles un poco de color. Quería usar lápiz de labios y rubor como lo hacía *madame* Chevalier. Quería usar vestidos coloridos y recuperar la alegría que había conocido de niña cuando escalaba la hiedra y ponía pétalos entre las agujetas de mis zapatos.

Quizá, cuando Vincent llegó ese verano advirtió en mí esa emoción naciente. Vio que anhelaba volver a la vida. Tenía veintiún años y, por primera vez desde que era niña, deseaba bailar y cantar en el jardín. Las palabras de Louise-Josephine me daban vueltas en la cabeza: «Tú eres lo único que atrapó su atención». Al recordarlas, apenas si podía reprimir una sonrisa.

11
La bodega

—Lo curaré.

Escuché que decía padre mientras recogía una canasta de mimbre y un par de cizallas. Luego oí el movimiento entusiasta de papá en el jardín, su tarareo incesante y sus suspiros inagotables. Miré hacia la puerta trasera de la casa y lo vi de rodillas, el mechón rojizo de su barba de chivo acariciaba los tallos altos de las bolsas de pastor y las flores de saúco.

Desde que era niña lo había visto preparar sus hierbas medicinales. Cuando empecé a sembrar distintas rosas en el jardín, él se dio a la tarea de mostrarme dónde no podía plantar. A unos pasos de la casa había apartado una parcela donde sus plantas medicinales —álsine y cola de caballo, prímulas y primaveras, entre otras— crecían en abundancia.

Papá había ido a la escuela de Medicina en Lille, pero se interesó por la medicina natural cuando conoció al barón de Monestrol, un homeópata reconocido, mientras vivió en París. Papá siempre se consideró positivista; creía que el conocimiento científico se basaba principalmente en la observación. Por lo tanto, la escuela de homeopatía lo intrigó de inmediato: uno de los principios básicos era que una sustancia que produce ciertos síntomas en una persona sana puede aliviar los mismos síntomas en una enferma, pero con una dosis diferente. Por ejemplo, una pequeña dosis de *Coffea* cruda podía aliviar el insomnio; una pequeña píldora hecha de veneno de abeja era capaz de reducir la hinchazón del piquete de una avispa.

Con los años, papá empezó a cultivar diversas plantas y hierbas en su jardín para usarlas en tinturas. Muchos de sus remedios los experimentaba en sí mismo y a veces nos daba a Paul, a mí y a nuestra madre para comprobar sus efectos. Nos daba dulcamara cuando el clima cambiaba de seco a húmero para evitar resfriados. Cuando mi madre tenía problemas para dormir, le recetaba una tintura de belladona. Para el persistente dolor de garganta de Paul, preparaba un remedio especial de musgo.

Yo sabía que, si se levantaba temprano para recolectar sus hierbas, pasaría el resto del día haciendo tinturas. Era un acontecimiento mensual. Recogía flores, raíces y hojas especiales y luego las sumergía en alcohol. Dos semanas después, trituraba las hierbas impregnadas en una prensa para hacer vino y vertía el líquido en frascos. Sería sólo cuestión de horas antes de que me pidiera que le llevara todos sus suministros.

En un esfuerzo por satisfacerlo, decidí buscar los frascos y las botellas vacías de vodka con anticipación. Ajusté la temperatura de la estufa y bajé a la bodega donde, aparte de las varias fanegas de manzanas y papas, papá almacenaba todos los accesorios para preparar los remedios homeopáticos. Ahí también guardaba todas las posesiones de mi madre, de su antigua vida en París.

No estoy segura de por qué mi padre no vendía o regalaba las cajas de las figurillas de animales exóticos que mamá coleccionaba. Aparte de las cajas llenas de vidrio soplado de cisnes elegantes y jirafas, largos jarrones de cristal y garrafas bordeadas de oro, había otras chucherías que habían sido parte de su dote. Contra una de las paredes había un librero de roble tallado, así como varias piezas de palo de rosa, una caja llena de porcelana japonesa y un guardarropa lleno de enaguas de seda blanca, camisolas y un chal francés de cachemir.

Yo sabía que su vestido de novia estaba guardado en un baúl de cedro en uno de los rincones del sótano. Lo evitaba a propósito cada vez que bajaba en busca de alcohol y frascos. No quería probármelo, ni siquiera me atrevía a tocar sus capas sedosas, hasta que supiera con quién iba a casarme. Por infantil que pareciera, no quería invocar a la mala suerte.

En su lugar, me dirigí al extremo opuesto de la bodega y saqué los frascos de vidrio, los metí a mi canasta y en el otro brazo cargué el alcohol. Cuando regresé a la cocina, papá seguía en el jardín; le hablaba a veces a las gallinas y otras a Henrietta, la cabra.

Casi había terminado de preparar un quiche cuando papá entró a la cocina y dijo:

—Marguerite, tengo que esterilizar algunos de los frascos para mis tinturas. —Colocó su canasta sobre la barra de pino y se llevó uno de los tallos de hisopo a la nariz—. Decidí preparar algunos remedios para *monsieur* Van Gogh, necesitaré mis provisiones.

—Pensé que quizá necesitarías tus frascos grandes, papá, así que me tomé la libertad de hervirlos.

Levanté la tapa de la gran cacerola de hierro que hervía en la estufa y se lo mostré.

Se quedó ahí, en la cocina, mientras los primeros rayos del sol entraban por la ventana. Papá siempre tenía aspecto cansado en las mañanas; las manchas azuladas bajo sus ojos y las sombras doradas de la luz estival lo hacían parecer una pera ligeramente magullada.

—Qué agradable sorpresa, Marguerite. —Bajó la cabeza y hurgó en su canasta de hierbas—. Estoy pensando en hacer una tintura para la ansiedad de *monsieur* Van Gogh. Un poco de pasiflora, un poco de hisopo y escutelaria... —Colocó las hierbas sobre la barra, un racimo de campanillas diminutas colgaba de los tallos—. Mientras tanto, tomará su dosis diaria de mi elíxir y un par de dosis de artemisa.

—Sí, papá —respondí en voz baja—. Si a ti te funciona, estoy segura de que le servirá a *monsieur* Van Gogh.

Mi padre asintió y dio unas palmaditas sobre el bolsillo del pecho, siempre llevaba consigo un frasco medicinal de plata y tomaba un trago de su tintura autorrecetada de manera ocasional a lo largo del día. En la casa no era un secreto que se medicaba para su propia depresión. Después de todo, en su tesis escribió que todos los grandes hombres del mundo padecían algún tipo de melancolía.

—Los artistas son sensibles, Marguerite —dijo, y su voz se distendió un poco como si hablara consigo mismo—. Los pintores quizá más. Un escultor puede encontrar alivio en el barro, puede aferrarse a él y canalizar su frustración en la tierra y el lodo. Pero un pintor... su tarea es mucho más ardua; siempre debe luchar contra la brecha que existe entre su visión y el lienzo.

—Sí, papá.

—Si el pincel lucha en tu contra, estás desamparado. ¡Siempre estás a la merced del pincel!

Agitaba un tallo de escutelaria en mi dirección y vi cómo los tegumentos diminutos se desprendían hasta caer al suelo.

Recordé cuando vi a Vincent pintando el otro día en nuestro jardín. Lo hacía con mucha energía, con un pincel colgando de su boca y blandiendo otro con el brazo extendido. Observé cómo extendía en el lienzo un color sobre otro. Podía ver los trazos donde aplicaba el pigmento el pincel, cómo en ocasiones pasaba la espátula y tallaba sobre la pintura para mostrar la primera capa de otro tono. Mirarlo me hipnotizaba.

Papá empezó a quitar el extremo de los pistilos y las anteras de la pasiflora. Sus manos estaban muy arrugadas, sus nudillos eran grandes e irritados. Sin embargo, se movían con agilidad. Trabajaba con cuidado pero con rapidez. En cuestión de minutos, el frasco estaba lleno de pétalos prístinos color carmín.

—Estuve mirando a *monsieur* Van Gogh cuando pintaba en nuestro jardín —dije—. ¿Crees que lo que pinta se parece a las imágenes que tiene en la cabeza?

—Sospecho que sí —respondió papá distraído.

Revolvía una mezcla de hierbas y alcohol.

—Imagino que también los colores que ve... —suspiré—. Lapislázuli y mandarina... —La cabeza me daba vueltas. Papá alzó una ceja. Era obvio que mi comentario lo había afectado. Me miró inquisitivo.

—¿Por qué piensas esas cosas, Marguerite? —preguntó—. Tienes muy poca experiencia con la complejidad de la mente de un artista.

Levantó el índice e hizo un gesto para indicarme que tuviera cautela.

—Papá, no pretendía nada, es sólo que...

Me detuve a media frase. Él me miró con atención, como si tratara de determinar la raíz de mi curiosidad. Luego habló con voz suave, pero colmada de advertencia.

—Marguerite, debes entender que me encuentro en una situación excepcional, que me obliga a tener una gran sensibilidad. Los artistas acuden a mí porque saben que los voy a comprender. Quizá no tuve éxito en mi carrera como pintor, pero siento una gran compasión por ellos. —Hizo una pausa y se enderezó—. Poseo una gran empatía.

—Sí, papá —alcancé a responder. Mi labio inferior temblaba. Papá puso las tinturas en una charola.

—Vincent no está bien, Marguerite. Eso debes entenderlo. Antes de que viniera conmigo, estuvo en un sanatorio mental en Saint-Rémy.

Miré a mi padre, impasible, tratando de ocultar mi incredulidad.

—Ahora está bajo mi cuidado. Es todo lo que te diré. Es un gran pintor y quiero ver que use todo su potencial. Su hermano

Theo cree que es un genio y yo empiezo a sospechar que tiene razón. —Papá respiró profundo—. En cualquier caso, debes aceptar que un hombre como Vincent no ve el mundo como la mayoría de la gente.

Asentí y agaché la cabeza.

En algunas ocasiones yo veía al mundo como lo retrataban los cuadros de Vincent: puntadas de colores brillantes, pinceladas voraces de verde malaquita y azul eléctrico. Podía sentirme aislada en mi soledad, pero mi jardín me brindaba una paleta de carmesí y amarillo pálido en el verano que me permitía apreciar los colores cambiantes del exterior. Incluso cuando podaban mis rosales y los setos para el otoño, disfrutaba el follaje de octubre, cuando los castaños adquirían su color cobre y los enormes robles se mecían con sus hojas rojas y doradas.

Sin embargo, en noviembre ya no podía compartir la visión brillante que él tenía. Las piedras mojadas del invierno, las ramas desnudas y temblorosas me pesaban. Nuestra casa se hacía aún más oscura, las paredes más húmedas y la falta de acceso al mundo exterior me parecían aún más intolerables.

Tenía curiosidad de saber cómo Vincent retrataba el invierno. ¿Seguía usando tonos coloridos? ¿Renunciaba a los rojos y verdes, y los intercambiaba por una paleta de azules pálidos y blancos marmóreos? Y, ¿cómo pintaba cuando estuvo en Saint-Rémy? Aunque papá me horrorizó al principio cuando me confesó que Vincent había pasado un tiempo en un sanatorio mental, entre más lo pensaba, menos alarmante me parecía. Después de todo, en mi compañía Vincent parecía cuerdo por completo. Quizá, a veces, era un poco extraño en sociedad, pero la manera extravagante en la que se vestía y su entusiasmo por pintar no era menos excéntrico que el comportamiento de mi padre.

Papá siguió trabajando metódicamente destilando sus tinturas. Encorvado sobre la mesa de madera, con los tallos de las flores frente a él, podía ser un artista disponiendo los elementos de una naturaleza muerta. La botella de cuello largo que contenía el alcohol podría sin problema estar llena de trementina, los frascos podrían estar llenos de agua y pinceles. Al observar a papá, me estremecí. No podía evitar advertir otra similitud entre él y Vincent. Ambos parecían tener una genuina indiferencia por lo que otros pensaran de ellos. Mi padre se abocaba a la homeopatía y su amor por la pintura con una pasión que me provocaba respeto. Despreciaba la vida burguesa clásica y, muy parecido a Vincent, nada parecía importarle más, siempre y cuando hiciera lo que de verdad amaba en el mundo. Y si bien las pinturas de Vincent eran infinitamente mejores que las de papá, el entusiasmo de ambos por sus respectivas pasiones era, sin lugar a dudas, el mismo.

12
Un trozo de papel

El martes volvió a nuestra casa. Había escuchado a papá decir que quizá Vincent vendría ese día, así que dediqué la mayor parte de la mañana procurando verme bonita.

Me puse un vestido verde pálido con cinta amarilla en la bastilla y me cepillé el cabello hasta que mis muñecas se cansaron. Hice un gran esfuerzo para que mis rizos enmarcaran mi rostro, los ricé y esponjé hasta que mi peinado se pareciera al de las muñecas de porcelana que me regalaban de niña. También me puse un camafeo y un poco de perfume detrás de las orejas y en el cuello.

Como hice dos días antes, corrí por el pasillo cuando la campana anunció su llegada. Sentía el latido de mi corazón a través del corpiño y mi respiración se aceleró cuando la campana volvió a sonar.

—*Monsieur* Van Gogh —saludé sonriendo al abrir la puerta—. Estamos encantados de que pudiera visitarnos de nuevo.

Parecía exhausto, mucho más perturbado que la última vez que lo vi. No llevaba abrigo y el saco que traía puesto estaba manchado de pintura.

—¡Al fin un buen día! Al fin un poco de sol... Pinté la casa del viejo Pilon bajo la lluvia y desde entonces me he sentido enfermo.

Dejó su caja de pinturas en el piso y ajustó el lienzo que llevaba colgado a la espalda.

Me hice a un lado para que entrara al vestíbulo. Cuando lo observé por detrás, parecía más delgado; tenía los hombros de un joven, quizá de la edad de Paul. Veía las gotas de sudor en su cuello, la pequeña mancha de pecas sobre la camisa. Me acerqué a él.

—Preparé pan de maíz esta mañana... ¿le gustaría probarlo antes de empezar a pintar?

—Por desgracia, debo rechazarlo, *mademoiselle*. He tomado varias tazas de café y me muero de ganas de empezar a trabajar.

—Sí, por supuesto —respondí tratando de ocultar mi decepción.

Volteó para ponerse frente a mí; su cabello rojizo estaba apelmazado en mechones y sus ojos se clavaron en los míos.

—Quiero terminar el cuadro que empecé en el jardín de su padre la semana pasada. Quiero aprovechar la luz del sol.

—¡Ah!, sí... —traté de responder.

Tenía un nudo en el estómago; temía que pensara que estaba vestida como una tonta.

—Lo acompaño al jardín —agregué abriendo el camino para que me siguiera.

—¡Vincent! —exclamó papá al tiempo que cruzaba la reja—. Qué gusto que viniera. Me complace que considere mi casa digna de su caballete.

Le dio una palmada en la espalda y me di cuenta de que la fuerza con la que lo hizo provocó que todo su cuerpo se precipitara hacia adelante. Papá volteó a verme—: Hoy almorzaremos afuera, Marguerite.

Asentí y me marché. Al llegar a la puerta, volteé para ver si Vincent me miraba, pero estaba ocupado acomodando su lienzo, no se había dado cuenta de que me había marchado.

*

Los observé desde la sala; papá estaba parado a unos pasos de Vincent y su sombra se mezclaba con la larga silueta oscura de su caballete. Tenía los brazos cruzados sobre el pecho y lo observaba preparar su paleta de colores, cómo estrujaba los tubos de pintura sobre la gran tabla en forma de riñón. El destello de la espátula de Vincent, un brillo plateado, se movía con energía sobre los pigmentos, mezclándolos en lo que yo imaginaba era una consistencia suave y opaca; como el chocolate derretido o la crema satinada de limón cubren una cuchara.

Envidiaba la proximidad que papá tenía con él. Sin duda podía ver cómo Vincent ponía las capas de colores, cómo resaltaba los tonos de la pintura con la punta de la espátula. El otro día había pintado primero el ciprés como una alta flama violenta de pinceladas verde botella y verde oliva. Luego surgieron las ramas con púas de la yuca en color turquesa y espuma de mar, con los bordes dentados delineados en azul de Prusia.

Volvía a pintar con la misma furia. No dudó en aplicar el pigmento directamente en el lienzo y arrastrarlo sobre él hasta crear la forma de la hoja o la flor que deseaba. Pintaba fresco sobre fresco, hasta que era imposible saber dónde empezaba un color y terminaba otro. Esa tarde agregó un destello naranja: la línea de los tejados de las casas de la calle de abajo. El cielo que imaginó eran miles de pinceladas diminutas de azul cobalto y celeste. Parecía que había penetrado el azul insondable del horizonte, como si hubiera capturado la inverosímil llovizna.

Me maravillaba que alguien pudiera pintar con tanta velocidad. Había observado a otros pintores que venían a visitar a papá y pintaban en nuestro jardín; todos dedicaban varias horas a un solo árbol, arbusto o incluso a la campana que estaba en la reja del jardín. Pero Vincent pintaba como si estuviera en trance; los colores saltaban del pincel.

*

Los dos hombres almorzaron solos bajo la sombra de los árboles ancestrales; la luz del verano iluminaba sus melenas color zanahoria. Vincent partía el pan con avidez y parecía comer con más entusiasmo los platillos ligeros que les serví que la comida que había preparado unos días antes.

Después del café, se despidieron de mí. Mi padre me informó que iban a la posada Ravoux a ver algunas pinturas de Vincent, de modo que no regresaría sino hasta tarde.

Vincent caminaba detrás de papá, las suelas de sus zapatos pisaban el suelo de madera con delicadeza. Hasta sus pisadas me parecían poéticas, tenían un ritmo y una singularidad propias.

Me quedé de pie junto al arreglo floral del vestíbulo; estallidos de geranios rosas y verdes de Irlanda asomaban en mis largas mangas de algodón.

—Que tenga una linda tarde —dije en voz baja cuando Vincent se acercó a mi lado. No me miró, pero me di cuenta de que disminuyó el paso. No estaba segura de lo que estaba sucediendo cuando sentí que sus dedos buscaban mi mano temblorosa.

—Tómelo —murmuró y deslizó un trozo de papel en mi mano—. Para después —agregó. Sus labios apenas se movieron para decir estas palabras.

Sostuve el papel doblado entre los dedos; la sangre corría por mis venas a tal velocidad y con tanta fuerza que pensé que perdería el sentido.

Cuando alcé la mirada, él ya estaba al final del pasillo, junto a papá, quien abría la puerta de la entrada. La luz del día era deslumbrante desde las sombras de nuestra oscura y tenebrosa casa. Lo vi bajar las escaleras, envuelto en un solo haz de luz. Me llevé el papel al pecho y me apresuré, rápida como un colibrí, a mi recámara.

13
Con el dobladillo enlodado y todo

Esperé para abrir la carta hasta que, desde la ventana de mi habitación, vi que papá y Vincent estaban al final de la calle.

Temblaba tanto que la delgada hoja de papel casi se me escapa de las manos.

No me llevó mucho tiempo leerla, era una sola oración: «Aún tengo la intención de pintarla», decía con una caligrafía perfecta.

No lo firmó, pero dibujó una pequeña mariposa en el borde inferior derecho, coloreada con su huella dactilar en pintura amarilla.

Esa noche no pude dormir. Dejé la nota sobre el buró para poder verla bajo la luz de la luna. Cuando llegó la mañana, la metí en mi diario, junto con la amapola prensada cuyos bordes, al tacto, ya eran finos como el papel.

*

Pasaron tres días sin noticias de Vincent. Empecé a dudar si vendría alguna vez o si su nota había sido sincera.

Pero ese sábado sonó la campana. Había pasado la mayor parte de la tarde en el jardín, fertilizando los rosales con harina de huesos.

Cuando abrí la puerta, jadeaba. Ahí estaba él, como siempre, con su saco manchado y su caja de pinturas.

—Me preguntaba si podría posar para mí esta tarde, *mademoiselle* Gachet.

No lo esperaba; bajé la mirada hacia mi vestido. El dobladillo de mi falda estaba enlodado y tenía las manos sucias por escarbar la tierra.

—Me temo que no estoy preparada para posar hoy, *monsieur* Van Gogh. Como puede ver, ¡parezco un agricultor de papas!

Parecía divertirse con mi comentario.

—Para su información, *mademoiselle*, ¡he pintado a más de uno!

—Tendrá que darme tiempo para cambiarme —insistí—. Padre jamás me permitiría posar así... Creo que la señora de la limpieza debe parecer más elegante que yo.

—Su vestido es tan blanco como esas flores —señaló un ramo de camelias que estaba en un florero de porcelana china azul y blanco— He querido pintarla... —agregó tartamudeando—. Espero que no haya creído que lo olvidé. —Respiró profundamente y me miró directo a los ojos—. Es sólo que últimamente me he sentido muy deprimido. Esta mañana, al despertar, la imaginé en su jardín, vestida tal cual lo está ahora.

Extendió la mano para tocar la tela de mi falda. Yo no estaba acostumbrada a este tipo de gestos tan atrevidos, tropecé con el dobladillo cuando traté de alejarme.

—*Monsieur* Van Gogh. —La vergüenza me vencía—. No creo estar a la altura de sus expectativas como modelo.

—No sea absurda. Si su padre me concede permiso, la pintaré ahora, con el dobladillo enlodado y todo.

*

Creo que a mi padre lo tomó desprevenido, igual que a mí. Ninguno de los dos esperábamos a Vincent esa tarde, por lo que su súbita presencia nos asombró. Desde el desayuno, Paul dibujaba a Henrietta, la cabra, y cerca de la silla del jardín donde había pasado casi toda la mañana había varias hojas de papel arrugadas. Sus libros de texto permanecían intactos en el banco de madera.

Igual que papá, se puso de pie y saludó a Vincent. Llevaba el cuaderno de dibujo bajo el brazo y tenía puesto un sombrero de fieltro que se agitaba cuando se movía. Al verlo caminar hacia Vincent, larguirucho y desgarbado, pensé que mi hermano parecía una parodia, una imitación torpe de Vincent y papá.

—Buenas tardes, *monsieur* Van Gogh. —Se llevó la mano a la cabeza como si fuera a quitarse el sombrero, pero no lo hizo—. Veo que viene a disfrutar las delicias visuales de nuestro jardín —agregó haciendo un gesto amplio con el brazo, como si él fuera responsable de la belleza del paisaje.

Mi hermano sonaba ridículo al usar ese lenguaje formal y adoptar esos aires; pero por la manera en que su manzana de Adán temblaba, supe que estaba nervioso e intentaba, a su manera, parecer sofisticado.

—Yo también he estado haciendo algunos bocetos —continuó extendiendo su cuaderno de dibujo.

Vincent le echó un vistazo a uno donde aparecían los animales de granja y masculló un comentario de que todo requiere tiempo y práctica. Paul pareció abatido.

—No es el momento, Paul —dijo papá, luego chascó la lengua para mostrar su disgusto—. *Monsieur* Van Gogh no vino a enseñar, sino a pintar y recuperarse. ¿Cierto, Vincent?

—Pienso pintar a *mademoiselle* Gachet hoy —respondió Vincent, y me miró con una sonrisa—. Siempre y cuando al doctor no le moleste.

A Paul le empezó a temblar el párpado como si fuera el ala de una urraca y pateó el suelo.

—Insisto en que no vaya a cambiarse. Quiero pintarla tal cual está.

De pronto, papá pareció alarmado.

—¡No creo que quiera pintar hoy a Marguerite!

—Por supuesto que sí.

—Pero, imaginé... pensé que le gustaría algo más formal... más... —Papá se detuvo a media frase—. ¿Dónde quiere pintarla?

—En el jardín, junto a los rosales y los geranios en flor.

Papá asintió y lanzó un suspiro.

*

Me pintó en medio del jardín, entre dos secciones en las que los rosales turgentes se mezclaban con las vides. Me cubrí el cabello con un tocado amarillo y me paré entre los zarcillos en flor hasta la cintura; el dobladillo de la falda se escondía detrás del velo de los indulgentes arbustos.

Esa tarde, la luz era dorada y los castaños proyectaban largas sombras sobre la hierba. Yo estaba de pie, recargada contra una de las columnas azules que dividían la terraza, mirando hacia el jardín. Sabía dónde empezaba cada arbusto, dónde se entrelazaban sus raíces con las del vecino, dónde floreaba un tallo y dónde estaba otro a punto de brotar. Sentía la suave calidez veraniega en el rostro y la brisa sutil acariciaba mi corpiño. De pronto, no pude evitar sonreír. Estaba encantada de que Vincent propusiera pintarme entre aquello que llevaba años trabajando, cultivando y cuidando con mis propias manos.

—¿Podría extender la mano, *mademoiselle*? —dijo desde atrás del caballete.

Alcé el brazo derecho y abrí un poco los dedos.

—Sí, así...

Era difícil mantener esta posición durante mucho tiempo, pero no quería decepcionarlo. Me quedé así casi tres horas; en ocasiones bajaba el brazo para evitar un calambre, pero tenía el cuidado de volver a la misma postura de antes.

Él pintaba con rapidez, como siempre lo hacía; asomaba la cabeza a un lado del caballete de cuando en cuando. Tenía la paleta frente a él, los montículos de pigmento se amontonaban sobre el lienzo como botones de rosa y su muñeca se flexionaba en una danza exuberante.

Deseaba poder estar en dos lugares al mismo tiempo, mantener mi posición como su modelo y ver cómo avanzaba la pintura. No podía dejar de pensar cómo sería la obra terminada. ¿Intentaría sólo capturar mi aspecto físico o trataría de ir más allá y revelaría algo de mí que ni siquiera yo era capaz de advertir?

Papá y Paul salieron al jardín cuando el sol empezaba a ponerse detrás de las nubes. Podía sentir que la humedad penetraba el aire. Los lirios de día se cerraban y los grillos empezaban a cantar.

Vincent permaneció encorvado detrás del caballete. Su trapo impregnado de aceite había caído al suelo y sus botas café estaban manchadas de pintura.

Sentía que mis piernas iban a ceder, estaba exhausta, pero me negué a sucumbir ante el cansancio. Esperaría hasta que él terminara.

No hizo ningún anuncio cuando finalmente acabó, aunque yo sabía que tanto papá como Paul esperaban que un «*Fini!*» desaforado saliera de sus labios. Vincent hizo lo que yo sospechaba que haría: colocó el pincel en el borde del caballete, se alejó y miró el lienzo. Asintió en mi dirección y luego se limpió las manos con un trapo.

—Gracias, *mademoiselle* Gachet —dijo—. Espero no haberla agotado.

—¡Oh, no! —exclamé de inmediato, caminando hacia él.

Avancé, pisando suavemente la hierba.

Mientras examinaba el cuadro, permanecí en silencio un momento. No era lo que yo había esperado. No se había molestado en pintarme a mí: no mostraba los distintos rasgos de mi rostro ni las peculiaridades o curvas de mi cuerpo. Pero percibió algo de mí, algo más privado y menos obvio que mi aspecto físico. Me retrató tal y como yo me percibía: esperando en mi jardín con el brazo extendido, como si invitara a alguien a aceptar mi mano.

La pintura era sobria, casi dolorosamente inmóvil. Estaba ahí, sola, con mi vestido blanco: inmerso en una audiencia de flores y hojas, mi cabello y el tocado en llamas como un halo en mi cabeza.

—¿Le gusta, *mademoiselle*?

Temblaba, mientras me esforzaba en encontrar las palabras correctas para responder. No sabía qué podía decir. No podía expresarle que pensaba que me había pintado hermosa, no podía decirle que mis rasgos eran exactos; todo eso hubiera sido inexacto.

—Me veo solitaria —dije.

Antes de poder terminar mi idea, advertí la mirada de reproche de mi padre.

—¡Marguerite! —estalló—. ¡Cómo te atreves a insultar a nuestro invitado!

—Lo siento, pero...

Sentí que me sonrojaba y que las lágrimas comenzaban a anegar mis ojos.

—No se disculpe —intervino Vincent de inmediato—. Ella tiene razón, así es como la pinté, solitaria —agregó haciendo énfasis en la última palabra—. Un pilar blanco entre un mar de vides y flores.

Paul se acercó al lienzo y entrecerró los ojos.

—*Monsieur* Van Gogh, creo que se le olvidó pintarle la boca.

Vincent fulminó a mi hermano con la mirada, su disgusto era evidente.

—¡No he olvidado nada! ¡Esas omisiones tienen razón de ser!

La vergüenza invadió a Paul de inmediato. En su cuello brotaron manchas rojas y sus mejillas se encendieron rojo escarlata.

—Sí, sí —intervino mi padre calmando los ánimos—. Por supuesto que en sus cuadros hay una psicología que no es obvia a las miradas menos sofisticadas. Por favor, disculpe la ingenuidad

de mi hijo cuando se trata de pintura. Apenas está aprendiendo.
—Papá le dio unas palmaditas a Paul en la espalda—. Vincent ha creado un cuadro maravilloso de tu hermana.

Vincent cerró de golpe su caja de colores. Estaba arrodillado sobre la hierba, recogía los instrumentos que luego metía a su mochila. Pero en lugar de agradecer los comentarios de mi padre, alzó la mirada para verme una vez más.

Estaba parada a unos centímetros de él; su cuerpo se curvaba como un brote de helecho sobre la caja de madera y la mochila. Al levantarse, pensé que era un girasol: su sombrero de paja se elevaba conforme él se enderezaba.

—Me gustaría regalarle este retrato —dijo Vincent dirigiéndose con respeto a mi padre—. Y también el cuadro que hice la semana pasada de su jardín.

La expresión de mi padre cambió al instante, la posibilidad de obtener nuevas pinturas para su colección lo llenó de júbilo.

—Ha sido tan gentil de ayudarme aquí en Auvers —agregó—. Y como no puedo pagarle sus honorarios, espero que considere estos lienzos como una muestra de mi gratitud.

Papá estrechó la mano de Vincent con firmeza.

—Será un honor —respondió, apretando la mano de Vincent—. Los expondré con orgullo.

—También me gustaría retratarlo a usted, doctor. Quizá en el interior, sentado frente a su escritorio...

El rostro de papá ahora estaba sonrosado, como el de un niño. No podía contener su deleite.

—¡Ah, me da tanto gusto que me lo pida, Vincent! —exclamó—. Sólo dígame cuándo y estaré por completo a su disposición.

—Y quizá me dé otra oportunidad para pintar de nuevo a su hija —agregó con un tono más moderado, un poco más nervioso que cuando le pidió a papá que posara para él.

—¿A Marguerite? ¿Otra vez? ¿Desea pintar a Marguerite de nuevo? —preguntó, visiblemente perplejo—. Si desea pintar otro retrato después del mío, Vincent, ¿por qué no pinta a Paul? En pocas semanas terminará sus exámenes.

Durante este tiempo, Paul había permanecido ahí de pie, inmóvil. Después del disgusto que le causó a Vincent por sus comentarios sobre mi retrato, no había pronunciado ni una sola palabra. Todos permanecimos en silencio en espera de la respuesta de Vincent.

—No quiero faltarle al respeto, doctor, pero espero que me permita elegir lo que quiero pintar.

Mi padre se sonrojó, avergonzado por su error, pero también por su hijo, quien ahora parecía más desolado que nunca.

En ese momento yo también me sentí muy mal por mi hermano. Sabía que papá lo había avergonzado con su osada solicitud, pero fue mucho más humillante la evidente falta de interés de Vincent para pintarlo.

Al mismo tiempo, me sentía complacida de manera extraña por ganar la atención de Vincent. Paul había disfrutado durante años de los mimos de *madame* Chevalier, mientras que a mí me trataba con completa indiferencia. Y el afecto de papá siempre se inclinaba hacia mi hermano, en particular ahora que trataba de cultivar cierto talento artístico. Por eso disfrutaba tanto la amabilidad que me mostraba Vincent, aunque a Paul le molestara.

—¿Necesita algo más esta tarde? —preguntó papá para acabar con el silencio incómodo.

—Sólo quiero agradecerle por permitirme retratar a su hija. Fue un gran placer poder volver a mi trabajo y al fin sentirme de nuevo inspirado.

Sentí la mirada furtiva de Vincent sobre mí. Me pregunté si mi padre también se había dado cuenta porque minutos después nos indicó a Paul y a mí con un gesto que entráramos a la casa.

—Hijos, discúlpennos a Vincent y a mí un momento, tengo que hablar con él en privado.

—Por supuesto, papá —respondí con modestia.

Hice una pequeña reverencia en dirección de Vincent y me despedí. Paul me siguió con torpeza.

Al entrar a la casa, volteé para cerrar la puerta y vi que papá se llevaba la mano al bolsillo del pecho para sacar un frasco de vidrio que puso en la mano de Vincent. Observé que Vincent negó con la cabeza y trató de devolvérselo, fue un ir y venir que duró algunos segundos. Al final, Vincent accedió. Metió el frasco en el bolsillo de su camisa y ambos bajaron las escaleras del jardín.

14
Dedaleras

Siempre me asombró que, a pesar del buen clima que teníamos en primavera y verano en Auvers, el primer piso de nuestra casa siempre estaba oscuro. Las pesadas cortinas de lana dejaban entrar muy poca luz a las habitaciones. Todas las chucherías que guardaba mi padre —sus brújulas de latón, estetoscopios antiguos, los objetos que había usado Cézanne para pintar una naturaleza muerta— abarrotaban los estantes. Había cuadros pintados por Pissarro: uno de unos castaños asomándose entre la neblina, otro de un barco que se deslizaba sobre aguas plomizas. Amontonados junto a ellos, había bocetos de Cézanne: una mesa llena de manzanas y peras, un florero repleto de dalias blancas y una pintura de las casas de nuestra calle: tejados de terracota que contrastaban con el cielo azul y blanco. Mi padre había colgado estos cuadros tan cerca uno de otro que la habitación parecía el sótano del Louvre.

Cuando me sentaba en la sala siempre sentía que me costaba trabajo respirar. Pero la melancolía de papá era con frecuencia más asfixiante que el desorden. En ocasiones nadie en la casa, incluida *madame* Chevalier, podía sacarlo de su aflicción.

«¡Necesito mi soledad! ¿Qué no puedo tener un poco de paz?», vociferaba contra Paul y contra mí si lo interrumpíamos.

Se quedaba sentado durante horas en la misma silla de la sala, con las lámparas apagadas y un libro abierto sobre el regazo, mientras miraba en otra dirección.

En los meses antes de la llegada de Vincent, los episodios de depresión de mi padre habían sido más frecuentes. Si en verdad estaba tan deprimido como parecía, era evidente que sus medicamentos no estaban funcionando y yo no podía evitar cuestionarme cómo podía tratar a sus pacientes si era incapaz de curarse a sí mismo.

A veces sus tinturas parecían ser eficaces y reaccionaba con gran vitalidad. Se mostraba tan entusiasta que ni Paul ni yo, ni siquiera *madame* Chevalier, podíamos estar a la altura de su deseo de actividad constante. Pero otras veces la medicina tenía el efecto contrario: parecía más agitado y nervioso después de tomar lo que se había autorrecetado. En más de una ocasión lo sorprendí tratando de controlar sus manos temblorosas.

Me di cuenta de que a las pocas semanas de que Vincent llegó, papá empezó a preparar con más frecuencia su tintura de dedaleras. No sabía si lo preparaba para sí mismo o para Vincent, pero debido al volumen de su producción, sospechaba que era para ambos.

Se levantaba en las mañanas y sacaba el frasco de hojas pulverizadas, la botella de cloroformo y la solución de bicarbonato de sodio. Cuando bajaba las escaleras, él estaba en mi mesa de trabajo, agitando su solución bajo la luz de una lámpara de queroseno para después verter el líquido por un embudo.

Las dedaleras siempre le brindaban una energía temporal. Tenía rachas de productividad, en las que sentía la necesidad de reacomodar su biblioteca u organizar su colección de grabados con un furor maniático. Sospechaba que había consumido una dosis adicional la noche después de que Vincent me pintó.

Había preparado un quiche con papas rostizadas y ejotes. No era inusual que padre olvidara elogiar la comida, raras veces lo hacía y esta vez no esperaba que fuera distinto. La diferencia fue que no dejó de mirarme fijamente a lo largo de la cena. Levantaba la mirada de su plato a cada momento, pero entrecerraba los ojos como si me escudriñara. Sabía que estaba haciendo un esfuerzo para saber por qué Vincent insistía tanto en pintarme.

Mantuve la mirada fija en la mesa y no le di razones para que se molestara conmigo. Sin embargo, cuando llegó el momento de recoger los platos, volvió a mirarme.

—¿Escuchaste, Marguerite? Vincent también prometió pintarme a mí —dijo con voz clara y sarcástica.

Asentí y le dije lo feliz que me hacía escuchar esas buenas noticias.

—Hará un retrato mío.

—Qué honor, papá.

Madame Chevalier juntó las palmas de las manos.

—¡Qué maravilla, Paul-Ferdinand!

Vi cómo tocaba con el pie la pierna de su hija, debajo del mantel de la mesa para que celebrara las buenas noticias de papá.

—¡Felicidades! —le dijo Louise-Josephine a papá. Giró la cabeza en su dirección y lo miró de manera tímida—. *Maman* tiene razón, es un gran honor.

Asintió, sonrió y limpió sus labios con la servilleta, antes de empezar a comer de nuevo.

Papá agradeció a Louise-Josephine con un movimiento de cabeza y le devolvió la sonrisa. Parecía muy complacido con el respeto que ella le mostraba.

—¿Cuándo piensa venir Vincent? —preguntó *madame* Chevalier.

—Quiere empezar mañana. Anoche, cuando lo acompañé a su casa, me invitó a pasar a la posada. Bajó de su recámara ¡y en cuestión de minutos dibujó un boceto magnífico de mí en un pequeño pedazo de metal!

—¿Y quiere regresar mañana? —*Madame* Chevalier chasqueó la lengua—. ¡Está impaciente por pintarte!

Escanció más vino en la copa de papá, la tela negra de su manga colgó muy cerca del borde. Pude oler su fragancia cuando extendió el brazo hacia mi padre; era una combinación de rosas y clavo de olor, era abrumadoramente intensa.

—Sin duda es productivo —continuó papá—. Lleva aquí dos semanas y ya terminó varias obras.

Paul hizo una mueca de amargura.

—No me parece muy normal —masculló en voz baja.

—Nunca podremos entender por completo la mente de un artista. —Mi padre lo miró con severidad; era obvio que había escuchado las palabras de Paul—. No nos toca a nosotros juzgar... En fin, acabo de darle una dosis de dedaleras y eso deberá ayudarlo a evitar los ataques epilépticos.

—¿Epilepsia? —exclamé en un susurro ahogado.

Era la primera vez que papá lo mencionaba y no pude ocultar mi sobresalto. Pero el comentario sobre las dedaleras confirmaba que se las administraba también a Vincent. Después de todo, sabía que había preparado la medicina con esa planta.

—Sí —respondió con seriedad—. Tuvo varios ataques fuertes cuando vivía en Arles. Pudo deberse a los efectos prolongados de su adicción a la absenta. —Papá suspiró—. Independiente de eso, le prometí a su hermano que lo ayudaría con un poco de medicina preventiva. Un poco de dedalera lo ayudará a calmar sus nervios... hasta yo la tomo a veces.

Le dio otro trago a su copa de vino.

—Parece estar contento aquí, eso me alivia. Y ahora, con otro retrato en camino... uno mío, ni más ni menos. Parece que va en camino hacia una completa recuperación. ¡Tengo que darme un poco de crédito por eso!

Dejó la copa sobre la mesa y le guiñó el ojo a *madame* Chevalier.

La jactancia de mi padre me molestó. Me puse de pie y empecé a recoger los platos. Apenas entraba a la cocina cuando escuché los pasos de Louise-Josephine detrás de mí.

—Ten cuidado —dijo—. Tu padre es muy posesivo con Vincent. Sospecha que se siente atraído por ti.

Estaba demasiado cerca de mí y pude ver que sus ojos revelaban la sabiduría de alguien mucho mayor.

La miré incrédula.

—¿Por qué dices eso?

—Es inherente a la naturaleza humana —explicó, quitando unas migajas de la tabla de cortar.

Yo quería preguntarle a qué se refería, pero habló antes de que yo pudiera hacerlo.

—Tu papá obstaculizará que algún hombre te ame. No quiere que dejes esta casa jamás. Cada vez depende más de ti y eso sólo va a empeorar.

Antes me hubiera enfurecido que tuviera el descaro de hablarme de ese modo, pero hoy era distinto. Si bien nuestras conversaciones seguían siendo esporádicas, ahora la escuchaba con atención. Empezaba a darme cuenta de que cuando Louise-Josephine hablaba, en general tenía razón.

15
Una evasión nocturna

Mi corazón casi se detuvo la noche que sorprendí a Louise-Josephine salir por la ventana de su habitación.

Yo estaba leyendo en mi recámara y escuché el sonido de una ventana que se abría, luego el crujido de pasos indecisos sobre la cornisa. Dejé el libro y escuché con atención. Oí el susurro de los árboles, pero no el que provocaba el viento cuando pasa entre las ramas o el de la ropa recién lavada que se seca al sol. Parecía el sonido de un pequeño animal que se precipita hacia el suelo.

Me puse de pie de inmediato y miré por la ventana. En la oscuridad, vi a Louise-Josephine que bajaba por el enrejado del jardín delantero, vestida sólo con un camisón y una bata.

Noté que el lino blanco de su camisón le llegaba a los talones cuando abrió el pestillo de la reja. Su cabello castaño estaba despeinado, el viento lo levantaba y dejaba expuesta su nuca y el escote entre los omóplatos. Era más delgada que yo y un poco más baja, se veía más joven a pesar de tener veintitrés años.

Recuerdo que, antes de escaparse, volteó a ver la ventana de su recámara. Después de eso, no volvió a hacerlo; corrió por la *rue* Vessenots, su camisón blanco brillaba como un relámpago en el cielo.

La observé desde mi ventana; mi aliento formaba nubes de vapor sobre el vidrio. Durante un momento no pude creer lo que había visto. ¿En verdad Louise-Josephine acababa de escaparse por la ventana de su cuarto en medio de la noche? Sabía que no estaba huyendo. Nunca se hubiera ido vestida de esa manera; si no pensara volver, al menos, se habría puesto un abrigo y empacado una maleta.

De pronto, pensé en la posibilidad de que hubiera conocido a alguien en el pueblo. Imaginé que caía en los brazos de él, que sus manos bajaban por su espalda sobre el camisón de lino, el cabello suelto de ella cual algas sinuosas. Me pregunté quién podría ser y dónde lo había conocido. ¿Acaso sus salidas al pueblo e interacciones con los aldeanos no habían estado tan limitadas como las de Paul y las mías? No podía creer que hubiera tenido la oportunidad de conocer a alguien. ¿Acaso ella, tan sólo dos años mayor que yo, ya tenía un amante, cuando a mí ni siquiera me habían besado por primera vez?

Esa noche fui a su habitación en busca de algunas pistas. Había entrado muy pocas veces a su recámara y jamás le puse especial atención a nada ni me quedé más de un momento. Pero ahora que estaba ahí, vi cómo, al contrario de mi modesta habitación, la de ella estaba llena de varias antigüedades que había acumulado a lo largo de los años y la había decorado con un estilo muy personal.

Me acerqué al baúl de pino donde estaban sus productos de aseo personal. Había un pequeño peine de carey, un cepillo de madera y un cojín para alfileres. Nada de esto era extraño, pero al lado había una pequeña caja hermosa que Louise-Josephine había hecho con recortes de revistas: mariposas de ejemplares viejos que había pegado y barnizado con laca.

Al examinar con mayor detalle, advertí que su recámara estaba llena de curiosidades. Había un conejo viejo que sólo tenía un ojo de vidrio, una pequeña tortuga de cerámica con una piedra lunar en el lomo. En el buró había una fotografía de su madre. El marco era de madera, pero Louise le había pegado cuentas de vidrio en todo el perímetro, de modo que parecía lujosamente adornado con gemas aguamarina y amatista.

Su evidente creatividad me asombraba. A pesar de su falta de escolaridad, se las había arreglado para ser más inventiva que Paul y yo.

Me senté en su cama y me acosté. Sentí el patrón cosido de la colcha bajo el camisón; la luz de la luna iluminaba mis pies descalzos. Escuché la respiración de *madame* Chevalier en el cuarto adyacente y me asombré de la buena suerte o la astucia de Louise para elegir una noche en la que su madre no visitaba a mi padre.

Me acerqué a la ventana y me di cuenta de que Louise-Josephine la había dejado entreabierta. No había cuerda ni escalera; nada salvo el enrejado que cubría la fachada de yeso de la casa. ¿Cómo haría para regresar? ¿Escalaría o entraría por la puerta principal?

Hasta esa noche, había pensado que yo era la única en la casa que tenía un amor secreto. Entonces caí en la cuenta de que no podía estar más equivocada. Papá, *madame* Chevalier y, en este momento, Louise-Josephine tenían los suyos.

Era irónico. En nuestra casa, donde nos esforzábamos tanto por mantener una apariencia de rectitud burguesa, pululaban los amores clandestinos y el escándalo. Volví a recorrer con la mirada la habitación de Louise-Josephine, pensé en su cama vacía y sentí como si un barco de fiesta se alejara en el mar, dejándome sola en el muelle.

En ese momento tomé una decisión: si deseaba que Vincent pensara en mí como algo más que una conocida, tendría que tomar el ejemplo de las otras mujeres de mi casa; no tenía otra opción: aprendería a ser más osada.

16
Un puñado de luciérnagas

Louise-Josephine regreso a las 5:30 de la mañana; subió las escaleras con pasos ligeros. Me desperté cuando escuché que giraba el picaporte de su recámara y tuve que apresurarme para que no se diera cuenta de que me había quedado dormida en su cama.

Cuando entró y me encontró sentada sobre las cobijas, casi lanza un grito de sorpresa.

—¡Marguerite! —exclamó ahogando la voz—. ¡Me asustaste!

—Lo siento —murmuré.

Permaneció parada en el umbral. Se había quitado la bata y el camisón cubría su cuerpo como atuendo griego. Su largo cabello castaño caía sobre sus hombros y sus mejillas estaban encendidas por la brisa nocturna.

—¿Qué haces aquí? —preguntó alzando una ceja, asombrada, mientras cerraba la puerta—. Ya casi amanece.

—Lo sé, lo sé —respondí avergonzada—. Te vi salir y esperé a que regresaras.

—No debiste hacerlo, Marguerite.

Por su tono de voz me di cuenta de que estaba molesta conmigo. Debió pensar que la espiaba.

—Fue una casualidad que te viera. Escuché cuando bajabas por el enrejado y me acerqué a la ventana; luego vi cómo corrías por la calle.

Ella estaba enfrente de su buró, trenzándose rápido el cabello para ponerse el gorro de dormir.

—Tengo menos de dos horas para dormir, Marguerite —dijo, mirándome con severidad—. En verdad no tengo por qué dar explicaciones, a menos que te quedes ahí sentada y me digas que piensas acusarme con mi madre.

—No, no —respondí de inmediato—. Nunca se me ocurriría decirle a nadie.

Se sentó en la cama, haciendo un gesto para que me hiciera a un lado.

—Entonces, dime —murmuró acurrucándose en las cobijas—, ¿por qué estás aquí?

Me sentí nerviosa en su compañía, intimidada, aunque sabía que debía ser yo quien inspirara respeto. Me pareció irónico que sintiera más confianza con Vincent que con la hija de *madame* Chevalier.

Me alisé el camisón sobre las rodillas y, despacio, la miré a los ojos.

—Vine a pedirte un consejo. No tengo a nadie más en quien confiar.

Louise-Josephine arqueó las cejas, intrigada.

—¿Estás segura? —preguntó—. ¿De qué se trata? Lograste despertar mi curiosidad.

—Yo... quisiera que me digas cómo se siente.

—Qué se siente... ¿qué? —preguntó negando con la cabeza.

Pasé el brazo debajo de mi mejilla.

—Dime qué se siente tener a alguien a quien amar.

*

No dejé que Louise-Josephine durmiera mucho esa noche; la bombardeé con preguntas.

Al principio habló con prudencia, reveló pocos detalles. Pero conforme la madrugada avanzaba y se dio cuenta de lo poco que yo sabía de esos asuntos, empezó a disfrutar contándome los detalles. Murmuraba al hablarme de los besos robados de su amado, de las reuniones secretas y de la pasión que se apoderaba de ella cuando estaba a su lado.

—A veces siento que no puedo respirar —susurró. Se acarició la clavícula con los dedos y volteó en mi dirección—. Así fue la primera vez que lo vi. Tu padre estaba en París y mi madre me dijo que podía pasear por los campos detrás de la casa. —Su boca dibujó una sonrisa traviesa—. Pero yo no tenía ganas de pasear en los campos, ¡así que aproveché la oportunidad para ir al pueblo!

Sonreí. Me gustaba escuchar que había desobedecido tanto a mi padre como a su madre.

—Decidí ir a comprar un jabón de lavanda a la farmacia. Tenía sólo unos centavos y eso era todo lo que podía costear. —Suspiró profundamente y exhaló como si disfrutara revivir el recuerdo de su primer encuentro—. Él estaba a mi lado en el mostrador. Volteé y nuestras miradas se cruzaron. Sentí punzadas en toda la piel, fue como una plancha ardiente sobre un vestido de algodón.

Su descripción me sonaba familiar. No quise confesarle que también me había sentido así la primera vez que Vincent me miró, pero estaba desesperada por confirmar lo que yo había experimentado.

—Pagué el jabón y al salir intenté evitar el contacto visual —continuó—. Él me siguió por la plaza Marie y hasta la *boulangerie*. Cuando me acerqué a la colina de Château Léry, di media vuelta y lo encaré—. ¿Por qué me sigue? —le pregunté—. Estaba nerviosa de que alguien pudiera sospechar que vivía en casa de tu padre y sabía lo enojado que estaría de que hubiera traicionado sus órdenes, así que lo miré de frente, a los ojos, y traté de intimidarlo. Pero al interior temblaba. Apretaba el paquete de jabón contra mi pecho para poder calmar mis nervios.

—Porque usted es la mujer más hermosa que haya visto jamás —me respondió—. Imagine que yo soy una abeja que está siguiendo a la flor elegida... Théophile Bigny —agregó, tomó mi mano y la presionó contra sus labios—. Es un placer conocerla.

Louise-Josephine esbozó una sonrisa al recordar su primer encuentro. Sus ojos oscuros me recordaban los castaños sedosos y húmedos después de la lluvia. Y aunque casi todo su cabello estaba sujeto bajo el gorro, varios rizos suaves y castaños sobresalían a los lados. Se veía hermosa.

—¿Lo has visto muchas veces desde entonces?

—Sí —respondió en un murmullo; su boca rosada sonrió de nuevo—. Pero debes jurarme, por tu honor, que jamás le contarás a nadie lo que te he dicho. Ni a Paul ni a nadie.

—No, nunca —prometí y presioné dos dedos contra mi pecho.

Ella se acurrucó aún más en la cama; podía sentir su aliento cerca del mío.

—A veces no podemos esperar que el amor nos encuentre; tenemos que salir a buscarlo.

Sonreí, agradeciéndole en silencio su consejo y su apoyo. Sus ojos se empezaron a cerrar.

—Tengo que dormir un poco, Marguerite —anunció.

Acostada a su lado, mi mente seguía agitada. De pronto, me sentí culpable por nunca haber aceptado a Louise-Josephine todos estos años como a una hermana, incluso como una amiga. Quería despertarla para disculparme, decirle lo agradecida que me sentía de que viviera en nuestra casa.

Escuché el ritmo de su respiración y no pude evitar sentirme menos sola que cuando daba vueltas en mi recámara. No tenía sueño y observé cómo se quedaba dormida; su perfil delicado, su pequeña nariz respingada, el cabello castaño sujeto debajo del gorro. Era tan hermosa. Muy diferente a su madre, cuyos rasgos eran muy adustos.

Temí que *madame* Chevalier sospechara algo si me veía salir de la habitación de su hija en la mañana, decidí que debía regresar a mi cuarto. Con cuidado, me quité las cobijas de encima y crucé la habitación de puntillas.

Desde la ventana por la que Louise-Josephine había escapado unas horas antes, podía ver el amanecer sobre los campos de betabel. La luz del cielo era como duraznos maduros y las cabañas con techos de paja parecían incendiarse con el alba. Pensé que sería una pintura hermosa y di media vuelta para salir. Esperaba que Vincent se hubiera despertado temprano esa mañana para que él también pudiera ver esa belleza. Lo imaginé capturándola con sus pinceles y pinturas, como un niño que atrapa un puñado de luciérnagas.

17
Como una hermana

Vincent no perdió tiempo para empezar el retrato de mi padre. Llegó la mañana siguiente, lleno de energía y entusiasmo.

—Buenos días, *mademoiselle* —saludó cuando abrí la puerta—. Su padre me está esperando.

Sonreía como nunca lo había visto antes y sus pupilas estaban dilatadas. Me pregunté si eso se debía a la dedalera.

—Pase, por favor —lo invité con un gesto.

Tomé su sombrero y lo colgué en uno de los percheros de la pared.

Esa tarde me había vestido diferente porque sabía que Vincent nos visitaría. El recuerdo de cuando me tomó por sorpresa en un viejo vestido de algodón para retratarme usándolo, seguía fresco en mi mente; deseaba con desesperación tener un aspecto más elegante.

Había confeccionado un nuevo vestido amarillo con la ayuda de un patrón que encontré en una revista de modas. El cuello era un poco más escotado de lo que usaba con normalidad, pero lo hice de cualquier manera, pensé que sería agradable cambiar los cuellos altos que siempre utilizaba.

Esa mañana me miré en el espejo y apenas me reconocí. El escote cuadrado dejaba expuesta un área de piel que rara vez

mostraba. Mis pechos se insinuaban como dos manzanas madu-
ras y mi cuello parecía más largo y esbelto que antes.

Dudé. Me preocupaba que el cambio pudiera parecer un tanto indecoroso, pero cuando alisaba la parte delantera de la falda,
Louise-Josephine pasó frente a mi puerta y me convenció de lo
contrario.

—Estás muy hermosa hoy, Marguerite —me dijo con dulzura.

Entró a mi recámara y se paró a mi lado. Ambas nos refleja-
mos en el espejo: ella, pequeña y menuda, cabello negro y ojos oscuros; yo, alta y rubia.

Pasó la mano sobre el patrón del vestido.

—Es un vestido maravilloso. ¿Es éste en el que has estado trabajando toda la semana?

—Sí —respondí—. Temo que es un poco atrevido.

Louise-Josephine lanzó una risita.

—¡Por supuesto que no! Es encantador y te va a la perfección.
No deberías avergonzarte. No tiene nada de inapropiado.

Giré en círculos y el ribete de mi falda flotó formando una
campana.

—No podrá quitarte los ojos de encima. —Volvió a lanzar
otra risita—. ¡Apuesto a que cambiará de parecer en cuanto te
vea y decida que prefiere hacer tu segundo retrato en lugar del de
tu padre!

—¡Dios mío! ¡Espero que no! —Sacudí la cabeza y me cubrí
la boca para ocultar mi sonrisa—. ¡Papá se pondría furioso!

Negó con la cabeza.

—No deberías preocuparte mucho. Cuando vivía en París
con mi abuela, los primeros tres años le tuve miedo, pero cuando cumplí once años empecé a darme cuenta de que no podía
hacer gran cosa para castigarme. Si me encerraba en mi habitación todo el día, ¿qué tan diferente era de cualquier otro? Yo
era una hija bastarda con poco futuro, ¿por qué no disfrutar
algo de libertad? Quienes tienen una posición más segura en

la vida, arriesgan más. —Me miró y se encogió de hombros—. ¿Qué puedo perder?

Volteé a mirarla; su franqueza me desconcertaba.

—No te sorprendas tanto, Marguerite —agregó—. Yo tenía ocho años cuando mi madre me abandonó para venir a vivir aquí. Empacó su pequeña maleta de piel, me dio un beso en la frente y me dijo que regresaría en un año. Como sabes, no lo hizo. —Fijó la mirada al frente—. Afortunadamente, mi madre me enseñó a leer cuando tenía seis años, así que pude encontrar una suerte de consuelo en los libros que dejó. Por lo demás, viví en un departamento pequeño, frío y húmedo, con una anciana que no me quería mucho. No dejaba de recordarme que era el resultado de los deslices de mi madre. Mi abuelo había sido soplador de vidrio en Biot y soñaba con crear candeleros para la gente rica de París. Murió pocos años después de una insuficiencia cardiaca y dejó a mi abuela en la capital, con deudas enormes y ningún ingreso. Mamá no tenía más opción que buscar un empleo. Tu padre era un joven estudiante de medicina en esa época y la contrató para que limpiara su departamento. Antes de que se comprometiera con tu mamá, mantenía en orden su oficina, hacía los quehaceres domésticos y lo ayudaba con sus expedientes.

Siempre me pregunté cómo papá había conocido a *madame* Chevalier para que fuera nuestra institutriz. Ahora lo sabía.

—Yo nací el año que tus padres se casaron y mi mamá dejó de trabajar para tu padre un mes antes de su compromiso. Conozco pocos detalles; sólo sé que tu padre siguió siendo generoso y que nos apoyó a las dos. A mi abuela le enviaba el sueldo que mi madre ganaba como su institutriz para que no tuviera que preocuparse por la renta o la comida. A veces nos visitaba, cuando iba a París.

Arqueé las cejas; me pareció improbable que papá hiciera esas visitas sociales a gente que estaba claramente por debajo de su posición social y sin ninguna relación con el mundo del arte.

¿Era ésta la confirmación de lo que siempre sospeché? ¿Louise-Josephine era mi media hermana, nacida antes de que papá y mamá se casaran?

En secreto siempre cuestioné la coincidencia de su nombre. El padre de mi papá se llamaba Louis y su madre, Clementine-Josephine.

Louise-Josephine se aclaró la garganta. Tomó el listón que rodeaba mi cintura e hizo un moño más apretado.

—No te cuento todo esto para que me tengas lástima, Marguerite. Te lo digo para que sepas por qué creo que se debe aprovechar la aventura cuando se presenta. Ya ves, tengo poco que perder. No tengo un acta de nacimiento y sin ese documento nunca podré casarme. Es la ley napoleónica.

No tenía idea de su situación.

—Lo siento, Louise-Josephine —dije tocando su mano con suavidad—. He sido muy egoísta por quejarme de mí cuando tu vida ha sido tan difícil.

Sonrió y negó con la cabeza.

—Tu padre ha sido generoso conmigo, Marguerite, aunque me prohíba mostrarme en público. No puedo negar que, de alguna extraña manera, siempre me ha cuidado.

Permanecí callada y ella continuó.

—Justo antes de llegar aquí, tu padre se puso de acuerdo con un joven médico para que lo ayudara a él y a su familia en la Costa Azul. Pagó mi boleto de tren e incluso me dio algunos francos para comprarme un vestido nuevo. El doctor y la señora Lenoir tenían dos niñas pequeñas y yo las atendía en las tardes. Rentaron una pequeña casa en los acantilados que daban al mar y todas las recámaras olían a jazmín y nardo, sublime, con un pequeño toque de agua de mar. La familia fue muy buena conmigo. Me trataban como si fuera una tercera hija; me incluían en sus conversaciones sobre arte y música. El esposo me prestaba libros de su biblioteca, su esposa siempre elogiaba la manera en la que trataba a las niñas. Nunca me había sentado a la mesa con cubiertos de plata y platillos elaborados, ella me enseñó con dulzura a mejorar mis modales. Estaba muy triste cuando fue el momento de partir, en secreto esperaba que me pidieran que fuera a vivir con ellos a París. Pero no lo hicieron. Cuando nos despedimos, me dieron un beso en ambas mejillas y me desearon buena suerte. No puedo explicarte la congoja que sentí cuando me marché y supe que tenía que venir a vivir aquí.

—Qué devastador. Debiste pensar que tu situación aquí era absolutamente insoportable.

—Sí y no, Marguerite. Aquí, tu padre ha sido generoso al darme un techo, pero me aleja de la mirada pública para preservar su privacidad. Es injusto, incluso cruel, pero aun con esas restricciones conocí a Théophile. Como ves, la vida no es tan mala. —Puso las manos sobre mis hombros y sonrió—. Si una mujer es verdaderamente inteligente puede encontrar la libertad incluso en las circunstancias más restrictivas. —Se dio unos golpecitos en la sien—. Sólo necesitamos un poco de imaginación y fortaleza.

—Envidio tu creatividad.

Lancé un suspiro. No sólo me refería a todos los artilugios que había en su recámara, había logrado engañar a papá. Y nadie mejor que yo sabía que era una gran hazaña.

—De alguna manera has permanecido optimista aquí. Es admirable.

Rio.

—No te preocupes por mí, Marguerite. Ve y arregla allá abajo, te alcanzo en un momento.

De su bolsillo sacó una cajita de latón y levantó la tapa. Al interior había una cera rosa pálido.

—Ven —dijo—. Un último detalle... —Metió el dedo en la pasta y aplicó un poco en mis labios y mejillas—. Ahora estás más encantadora.

Me miré al espejo por última vez y arreglé los broches que sujetaban mi cabello.

—Estos últimos dos días has sido como una hermana para mí —murmuré tomando su mano entre las mías—. Gracias.

Ella no respondió, pero apretó mi mano con fuerza. En mi corazón, sabía lo que quería decirme.

18
El símbolo del hombre moderno

Fue evidente que el vestido tuvo el efecto deseado en Vincent. Cuando lo guie al jardín, me di cuenta de que no podía quitarme los ojos de encima.

—Se ve diferente esta tarde, *mademoiselle* —dijo mientras caminábamos por el pasillo—. Incluso más radiante que antes.

Le sonreí y alisé mi vestido con las palmas.

Vincent parecía cómodo. Habló con gran entusiasmo de un pastelillo de almendra que había comido esa mañana.

—¡Los neerlandeses no tenemos pastelillos como los franceses! —Rio y se pasó la mano por la barba para asegurarse de que no habían quedado migajas en sus bigotes pelirrojos—. Debí guardar mis centavos para comprar un tubo de pintura verde malaquita, pero uno debe sucumbir ocasionalmente ante la seducción de una panadería, *non?*

Lancé una risita.

—El señor Cretelle tiene los mejores del pueblo. Estaríamos perdidos sin sus *croissants*.

Vincent sonrió. Nuestro intercambio fue natural y alegre; me sentí tan contenta de que hubiera hecho cualquier cosa para prolongarlo. Sin embargo la distancia de la casa al jardín era corta.

Avancé más despacio conforme nos acercábamos a la puerta trasera. No fui yo quien la abrió, fue Vincent; yo no quería separarme de él.

*

Mi padre esperaba a Vincent en el jardín, estaba sentado frente a la mesita roja de campo; su mejilla descansaba sobre una mano y la otra colgaba a un costado. Llevaba un saco brillante azul cobalto y un fular enorme color escarlata. Su cabello color zanahoria estaba cubierto con un gorro de algodón blanco.

Por la manera en la que Vincent se acercó a mi padre, despacio y en silencio, supe que ya había encontrado la pose que quería. Ahí, sentado frente a él, estaba papá con aspecto triste, melancólico y ensimismado.

Cuando al fin escuchó el sonido de nuestros pasos, alzó la mirada, un poco sorprendido, y se incorporó.

—¡No los escuché llegar! —exclamó; era evidente que se estaba esforzando por parecer animado—. ¡Me sorprendió, Vincent! Me estaba quedando dormido.

Vincent se quitó la mochila del hombro y puso la caja de pintura sobre la hierba.

—Me alegra haberlo hecho, así pude verlo en un entorno natural... perdido en sus pensamientos. Creo que me gustaría pintarlo en esa misma posición.

Papá frunció el ceño.

—¡No estoy seguro de que me gustaría posar durmiendo, Vincent!

Vincent se pasó los dedos por el cabello y entrecerró los ojos hacia el sol.

—Ésta no sólo será una pintura, doctor, será un símbolo... un testimonio sobre el hombre moderno y los conflictos que lo asolan.

Mi padre quedó impresionado.

—¡Yo, un símbolo! Su hermano me envió una copia del artículo que *monsieur* Aurier escribió sobre usted. Si voy a ser uno de sus símbolos, ¡me concede un gran honor!

La incomodidad de Vincent ante los halagos innecesarios de papá era evidente. Masculló algo como que él no elegía sus símbolos, sino que ellos lo encontraban a él.

—Tenemos que ponernos a trabajar —dijo con una voz tan fuerte que parecía que le daba una orden a papá—. La luz del sol es perfecta. Quiero hacerlo rápido antes de que mis ideas se escapen.

Papá estuvo de acuerdo. Veía lo emocionado que estaba por comenzar. Alisó su saco y se pasó las palmas sobre las mejillas.

—¡Éste será un día importante! —le dijo a Vincent mientras lo observaba colocar su caballete y sus pinturas.

—¿Necesitan algo antes de que regrese a la casa? —pregunté.

Papá negó con la cabeza, pero Vincent volteó a verme y me pidió que me acercara.

Mi padre ya se había sentado de nuevo frente a la mesa. Yo estaba a unos metros de él, junto a Vincent, quien colocaba el lienzo en el bastidor del caballete.

—*Mademoiselle* —dijo en voz baja; su mirada no permaneció en la mía como las otras veces; ahora parecía viajar de mi cuello a mi pecho, igual que lo hizo en el pasillo—. Si no es problema, necesitaré que me traiga dos libros de la biblioteca de su padre. Busque si tiene ejemplares de *Manette Salomon* y de *Germinie Lacerteux*. Pero si no encuentra las novelas, traiga cualquier cosa de los hermanos Goncourt. —Juntó las manos detrás de su espalda y miró alrededor—. Marguerite, ¿me puede traer también un vaso pequeño con agua?

Asentí para mostrarle que entendía sus instrucciones.

—Usted es de gran ayuda —agregó.

Alcé la barbilla y lo miré directo a los ojos. Esta vez estaba segura de que la conexión entre nosotros no era producto de mi imaginación.

—Regreso en unos minutos, *monsieur* —respondí dando media vuelta; vi que mi padre me lanzaba una mirada de desaprobación.

—¡No nos hagas esperar! ¡Vincent y yo tenemos mucho trabajo por delante!

*

No tardé en volver con lo que había solicitado. Conocía la biblioteca de papá como la palma de mi mano porque había sacudido esos estantes demasiadas veces. Los lomos ocre de ambas novelas estaban quebrados por las innumerables lecturas de papá en su época de soltero. Yo misma había leído ambos. *Manette Salomon* era una de las novelas favoritas de mi padre porque equiparaba la trama —un grupo de artistas que vivían en París a mediados de siglo— con sus días de la *vie bohème*. Su amor por *Germinie Lacerteux* también se debía a la temática. La novela narraba el deterioro fatal de una mujer de la clase trabajadora a través del alcoholismo, la tuberculosis, la locura y, finalmente, la muerte. En general, a papá le fascinaba cualquier novela en la que uno de los personajes padeciera melancolía. Germinie, igual que Emma Bovary de Flaubert, era la encarnación de esta aflicción. No era sorprendente que la cubierta de esta novela estuviera tan desgastada.

Tomé los ejemplares, fui por el vaso de agua y le llevé todo a Vincent.

—Gracias, Marguerite —dijo tan pronto me vio.

—Encontré las novelas que pidió —dije.

Se sonrojó de emoción.

—Excelente, excelente. ¡Arte y neurosis! —exclamó, refiriéndose a los libros—. ¡Las dos cosas que su padre conoce mejor! —Lanzó una risita—. ¿Sería tan amable de ponerlos junto a él?

En silencio me acerqué a papá, quien seguía mirándome sin parpadear; coloqué los libros y el vaso en la mesa.

—Ahora, si pudiera molestarla con una cosa más... ¿podría conseguirme dos ramitas de dedalera?

Sabía que mi padre no estaría contento de que entrara a su jardín medicinal sin su permiso, así que volteé en busca de su aprobación y le pregunté si no tenía inconveniente.

Por la forma en que me respondió, me di cuenta de su incomodidad, le disgustaba la idea de que entrara en su jardín privado, pero no quería mostrarse grosero frente a Vincent, así que accedió a regañadientes.

Estaba a sólo unos metros de la mesa de campo, rodeado por una barda baja de postes blancos. Como las dedaleras eran una de las plantas que mi padre cultivaba más, crecían en abundancia en el rincón izquierdo. Me remangué la falda y me arrodillé para cortar con cuidado dos tallos de las campanillas color lavanda.

—Volveré en unas horas para ver si les apetece comer —dije al tiempo que colocaba las dedaleras en la mesa junto al vaso y los libros.

Ambos asintieron; sonreí y me marché para dejar que papá fuera inmortalizado, como siempre soñó, en un lienzo plagado de pintura cremosa. Al fin era el símbolo de todos los grandes hombres; su agobiada conciencia, su espíritu melancólico. Ya no era sólo Gachet, el médico, el coleccionista, ahora lo habían incluido en un círculo privilegiado: un artista temperamental y un pensador profundo. Papá estaba radiante.

*

Vincent pasó varias horas trabajando en el retrato, pintando a su velocidad acostumbrada. Hizo que papá apoyara la cabeza inclinada sobre una mano y que la otra descansara sobre la mesa con la palma hacia abajo. Al final, el rostro de mi padre se suavizó: pasó de tener la expresión llena de energía cuando llegaban las visitas, al rostro que lucía en privado. Era una expresión cansada, triste y absorta en sus pensamientos.

Hasta que Vincent terminó pude advertir las pinceladas rápidas e intensas que se extendían en el lienzo. Mi primera impresión al ver el cuadro fue como si Vincent hubiera tomado un escalpelo con pintura en el extremo y hubiera esculpido la frustración que emanaba de papá en cada uno de sus rasgos: las manos, su rostro largo, sus ojos lúgubres.

Su piel eran capas de amarillo y gris topo, acentuado con tonos morados. Parecía enfermo; las cuencas de los ojos estaban hundidas, enmarcadas con matices verdes. Vincent usó una paleta de distintos tonos de azul ultramar. El saco azul marino de papá era una repetición de añil y gris. Una de las solapas se enrollaba sobre la otra; los tres botones redondos resaltaban en verde manzana.

La llamarada de cabello de mi padre se asomaba por debajo del sombrero blanco. Su mano pálida descansaba como la de un monje sobre la mesa rojo ardiente. Sus ojos miraban hacia la nada; las dos novelas de los Goncourt brillaban en amarillo y las dedaleras en flor se arremolinaban en primer plano en el vaso. Años después, cuando miraba la pintura, me pregunté si la ubicación de las hierbas era una alusión a la inminencia de una tintura, ¿estaba dirigida para mi padre o a Vincent? Nunca lo sabría.

19
Los aislados

Esa noche, Vincent se quedó a cenar. Subieron el lienzo húmedo al despacho de mi padre para que se secara. Mientras yo preparaba la cena, papá le mostró algunos de sus grabados.

Siguiendo las órdenes de mi padre, *madame* Chevalier y Louise-Josephine permanecieron detrás de las puertas cerradas de sus habitaciones. Paul estaba en la sala con su cuaderno de dibujo y pinturas. Como yo, se había arreglado para la llegada de Vincent, aunque yo sabía que no le había dirigido la palabra desde que llegó esa mañana. Sin embargo, Paul esperaba paciente en el sofá junto a la chimenea; su cabello negro y la barba de chivo brillaban por la pomada que se había puesto, su exuberante fular de seda roja estaba anudada debajo de la barbilla.

Se había dedicado a sus bocetos mucho más tiempo del que a mí me llevó preparar la cena. Cuando fui a la sala para escapar del calor de la estufa, lo encontré con el rostro arrugado, sus dedos apretaban el carboncillo con tanta fuerza que casi lo rompía.

—Has estado muy trabajador, Paul.

Me senté junto a él y subí los pies en el banquito acojinado. Me volteó a ver, pero su rostro no se suavizó.

—Llevo toda la tarde tratando de dibujar una escena de interiores, pero no tengo suerte con la perspectiva. —Tomó el cuaderno y me lo enseñó—. Tendré que dejarlo por el momento y ponerme a estudiar para los exámenes.

—Al menos ya empiezas a darte cuenta en qué necesitas enfocarte —dije, tratando de sonar optimista, aunque era claro que la falta de perspectiva no era el único problema de su boceto.

Refunfuñó al escuchar mi comentario, como si acabara de hacerlo sentir peor. Me arrebató su cuaderno, pasó tres o cuatro páginas y lo levantó por una esquina.

—Mira, hice otros bocetos de la misma escena, ¡pero cada uno es igual de malo que el anterior!

—Oh, Paul... —Suspiré—. No deberías sentirte mal por eso. Mira a papá, siempre quiso ser pintor y aunque no tenía el talento suficiente para ser un profesional, ha podido incursionar como diletante.

—Yo no soy como papá. ¡No me conformaré con ser sólo un aficionado!

La manera en la que Paul intentaba motivarse desesperadamente tenía algo de nobleza, pero carecía de practicidad.

—¿Viste el cuadro que Vincent hizo de papá? —preguntó.

—Sí, es algo que jamás había visto antes —respondí—. Usa los colores casi como una metáfora y todo, desde los objetos, el primer plano y la expresión de papá, es símbolo de algo. Ni siquiera estoy segura de entenderlo todo.

—Encontré esto aquí —dijo señalando una pequeña mesa junto a la silla tapizada.

Me dio un artículo recortado de una revista: «Los aislados: Vincent van Gogh», escrito por el crítico Aurier.

—¿Lo leíste? —pregunté en voz baja.

—Sí. —Paul no hizo ningún esfuerzo por bajar la voz—. Lo elogia. Menciona que pertenece a un nuevo movimiento de simbolistas.

Sostuve el artículo en mis manos y traté de leerlo rápidamente. Sabía que tenía que volver a la cocina en breve.

—Papá se enojará si descubre que esto no está. Deberías regresarlo al lugar donde lo encontraste.

Paul se encogió de hombros.

—No entiendo por qué tanto escándalo.

Dejó su cuaderno a un lado y me arrebató el artículo para colocarlo en la mesa junto a la silla.

—No me respondiste —continuó—. ¿Te gustó el retrato de papá?

Me puse de pie, inquieta por volver a la cocina.

—¿Me gustó? —repetí su pregunta—. Creo que capturó una cara de papá que pocas personas conocen.

—¿En serio? —dijo como si estuviera intrigado—. ¡Quiero verlo!

—Quizá deberías esperar hasta después de la cena —respondí para calmarlo—. Probablemente es mejor esperar a que nos inviten a hacerlo en lugar de interrumpir cuando él y papá están hablando de sus cosas.

—A papá no le importará —espetó—. ¿Qué tiene de malo que un hijo vea a su padre sin ser anunciado?

—No es a papá a quien incomodarías —dije casi en un murmullo—. Pensaba en Vincent.

20
Permiso

No sé qué pasó cuando Paul subió al despacho de papá; sólo sé que regresó rápido y con una expresión mucho más amarga-da que la que tenía antes. Pero no tenía tiempo para hablar con él. Había terminado de preparar la cena y acababa de hacer so-nar la campana que colgaba fuera del comedor para indicar que estaba servido.

Colocaba un tazón en la mesa cuando Vincent y mi padre lle-garon. Paul apareció unos segundos antes y estaba de pie junto a su silla.

—Siéntese aquí —dijo papá a Vincent, señalando el lugar en-tre él y Paul.

Regresé de la cocina y tomé el único asiento que quedaba li-bre; no estaba junto a Vincent, pero sí lo tenía frente a mí.

No me había cambiado el vestido amarillo que llevé toda la tarde; ahora, mi piel estaba húmeda por haber pasado tantas ho-ras junto a la estufa caliente.

Hice un esfuerzo por no cohibirme, pero con Vincent sentado enfrente era difícil escapar a su mirada. Él comía con frugalidad; pasaba más tiempo alzando la mirada del plato que disfrutando de la comida.

Para mí era difícil levantar la cabeza y encontrar su mirada, porque sentía que papá también me observaba con la misma insistencia. No estoy segura de que él se diera cuenta de que yo actuaba distinto o si advirtió que Vincent era incapaz de dejar de mirarme. Todo lo que sé es que hizo lo imposible para distraer a su paciente con conversaciones interminables.

Durante casi media hora, papá le hizo algunas preguntas sobre el tiempo que pasó en Saint-Rémy y sobre sus pinturas, en especial, de un cuadro llamado *La arlesiana*. Quería saber qué lo había inspirado y si deseaba pintar algo similar mientras estuviera en Auvers.

—Mi amigo Paul Gauguin —respondió Vincent después de beber un sorbo de vino— hizo una pintura cuando vivíamos en Arles, se llama *Cristo en el monte de los olivos*. Al principio no lo entendí, pero me obsesionó de la misma manera. Hoy, al pintarlo a usted, no recurrí a lo que ya conocía cuando hice *La arlesiana*. —Se calló y dio otro sorbo al tiempo que me lanzaba una rápida mirada—. En su lugar, busqué responder las preguntas que tenía del cristo que mi amigo había pintado. ¿Cómo pintar la belleza usando el color y creando una obra estéticamente satisfactoria y al mismo tiempo aludir a la desesperanza?

Papá asintió y lanzó una risita.

—Usted es tanto psicólogo como pintor. ¡Ha logrado hacer que todos los impresionistas parezcan perezosos!

—No puedo lograr lo que me propongo si no observo el alma de la persona a la que retrato. Prefiero pintar un paisaje a una persona que no me despierta ese interés psicológico.

Antes de que abriera la boca, pude anticipar que Paul interrumpiría a Vincent.

—¿Cómo sabe quién es interesante y quién no lo es?

Vincent respondió sin siquiera mirarlo.

—Lo sé porque miro detrás de los ojos. Con mucha frecuencia, ahí no hay nada.

—Pero ése no puede ser su único criterio, *monsieur* Van Gogh...

Vincent seguía sin mirarlo. Yo no me atrevía a ver a Paul. Él intentaba descubrir por qué Vincent aún no le había pedido posar para un retrato. Se aferraba a un clavo ardiendo, intentando con desesperación discernir qué hacía falta para que Vincent lo pintara.

—A veces, las personas son tímidas. A veces, sólo se esconden detrás de máscaras incómodas... —continuó Paul, usaba todos sus recursos para llamar la atención de Vincent.

—Puede ser cierto —respondió, con poca compasión en su voz—. Pero un artista sabe casi al instante qué lo inspirará y qué no. Ni siquiera empezaría a pintar algo que no me emociona de inmediato. A decir verdad, prefiero pintar lo que no llama la atención sobre sí mismo. Preferiría pintar a un agricultor, al cartero común o a una mesera ordinaria que a una hermosa aristócrata. Me gusta pensar que observo lo que el ojo promedio no ve, mostrar que existe una gran belleza en lo que se suele pasar por alto.

Al escuchar las palabras de Vincent, no pude evitar sonreír, aunque era consciente de que debía ser más sensible ante los sentimientos de mi hermano. ¡Vincent pensaba que yo poseía algo especial! Era la primera vez que sentía una suerte de autorrealización, casi estallo de felicidad. Si ni papá ni Paul jamás habían visto que yo tenía algo único, ¡al menos Vincent sí lo había advertido!

Mi hermano no estaba acostumbrado a que yo recibiera atención y era obvio que le molestaba. Que Vincent pintara a nuestro padre era una cosa, pero que yo fuera elegida, era una piedra en el zapato de Paul.

Su enojo era visible. Su rostro parecía hinchado como un suflé de castañas, que se acentuaba por la seda inflada de su fular escarlata. Las cosas empeoraron cuando Vincent mencionó que deseaba hacer un segundo retrato mío.

—He querido preguntarle, doctor, si sería posible que regresara a pintar un segundo retrato de Marguerite —dijo con amabilidad.

Padre alzó la mirada, sorprendido de que Vincent hubiera sido sincero la primera vez que mencionó este tema, ni yo misma podía creerlo. Conforme Vincent continuó, mi corazón empezó a latir con fuerza y mi rostro se ponía cada vez más caliente y sonrojado.

—Ella es muy versátil y ya le escribí a mi hermano que había imaginado retratarla sentada al piano.

Papá tardó en responder. Yo veía cómo removía las verduras en su plato con el tenedor, pensando qué decir.

—Nuestra Marguerite estará muy ocupada estos días en el jardín, además, con los quehaceres de la casa… —dijo con sequedad—. Desde que su madre murió, dependemos de ella para que se encargue de la casa mientras yo atiendo a mis pacientes y mi clínica en París. Apenas si tiene tiempo para hacer otra cosa. —Papá se aclaró la garganta y continuó—: En cambio, la siguiente semana Paul habrá acabado sus estudios y estará todo el tiempo aquí; quizá puede considerar pintarlo a él.

Observé a Vincent y luego a mi hermano Paul. Ambos miraban a mi padre, perplejos. Ya antes había sugerido a Paul y lo habían rechazado.

—Discúlpeme, doctor. Me gustaría tener su permiso para pintar a su hija sentada al piano. No es mi intención faltarle al respeto ni a usted ni a su hijo. Es sólo que ya imaginé el cuadro con Marguerite y no estaré tranquilo hasta que lo haga. —Hizo una breve pausa—. Caballeros, como colegas artistas, estoy seguro de que pueden entender cómo es eso.

Mi padre lanzó un pequeño suspiro y puso las manos sobre su regazo.

—Muy bien, Vincent, en unos días podrá pintar a Marguerite. Mientras tanto, lo exhorto a que pinte más de nuestros hermosos paisajes.

—Lo haré —respondió de inmediato—. Esta noche planeo pintar la iglesia local. —Volteó y echó un vistazo por la ventana—. La luz de la luna será perfecta en unas horas.

—El padre de Vincent era pastor protestante —papá se dirigió a nosotros, después regresó la mirada a Vincent—. Su hermano me dijo que estuvo cerca de tomar el hábito.

—Y ahora sólo soy un hombre de hábitos —intervino Vincent con una risita.

Me cubrí la boca y reí. Paul y mi padre no parecían divertidos.

—Espero con ansia ver el resultado de esa pintura, Vincent —dijo papá—. Me alegra que sea tan productivo desde que llegó a Auvers.

Vincent sonrió.

—Nunca sospeché que el norte me inspiraría tanto. —Exhaló—. Siempre y cuando tenga algo que pintar, puedo asegurar que mis ataques se mantendrán a raya.

—¡Eso es lo que no dejo de repetir! —exclamó papá emocionado. Le dio una palmadita a Vincent en el hombro—. Antes de que se vaya esta noche, recuerde que tengo su frasco semanal de medicina. —Bajó un poco la voz—. No me gustaría que se marchara sin él.

21
Un espíritu aventurero

Esa noche apenas pude contener la emoción de contarle a Louise-Josephine lo que había pasado. Acababa de explicarle lo que había sucedido en la cena cuando de pronto se animó.

—Si sabes que esta noche va a pintar la iglesia del pueblo, entonces debes escaparte y reunirte con él.

Sus ojos brillaron de pronto, traviesos; casi podía ver cómo su mente giraba tratando de planear la estrategia.

—Será muy difícil —murmuré—. De cualquier modo, él odia que lo molesten cuando pinta. No me gustaría distraerlo.

—En absoluto —convino—. Ve un poco más tarde, cuando creas que está por terminar. ¡Puedes esperar detrás de los arbustos hasta que veas que empieza a empacar sus cosas!

El plan era impecable y corroboraba, sin duda, que era una aliada invaluable.

—¿En verdad crees que debería ir? —pregunté con voz temblorosa al pensar en hacer algo tan secreto, tan romántico.

—Por supuesto —respondió sin dudar—. ¡Tienes que hacerlo! Será tu única oportunidad de verlo a solas.

Estaba muy emocionada de pensar en escabullirme por la ventana, igual que lo había hecho Louise-Josephine, y reunirme con

Vincent bajo las estrellas. Pensé si no sería imprudente sorprenderlo de ese modo.

—Pensará que tienes un espíritu aventurero —agregó.

Tomó mi cepillo y, con cuidado, me empujó hacia la cama y me sentó. Con sus pequeñas manos ágiles me quitó los pasadores del cabello y empezó a cepillarlo con fuerza.

—Creo que deberías dejarte el cabello suelto. —Tomó unos mechones entre sus dedos.

Era cierto que se veía magnífico sobre mis hombros y su peso me obligaba a mantener la cabeza erguida. Tomé uno de los rizos rubio ceniza y lo enrollé en mi dedo.

—Te ves hermosa, Marguerite —dijo sin dejar de verme, mientras me pasaba el espejo.

Lo sujeté frente a mi rostro y apenas me reconocí.

Sacó un frasco de bálsamo labial de su bolsillo y le quitó la tapa. Yo estaba muy emocionada con las nuevas posibilidades de esa noche; no sabía si tendría éxito para escabullirme de la casa y, si lo lograba, conseguiría ver a Vincent. Sin los ánimos de Louise-Josephine jamás hubiera tenido el valor de intentarlo.

Por mis venas corrió mucha adrenalina esa noche. Louise-Josephine se quedó conmigo mientras esperamos que mi padre y *madame* Chevalier se fueran a dormir y, por fin, escuchamos los pasos de Paul que entraba a su habitación.

—Antes de que salgas, debemos esperar hasta estar absolutamente seguras de que todos duermen —me aconsejó.

Esperamos, platicábamos en murmullos, pero atentas a cualquier sonido que hacía eco en la casa.

Por último, cuando pasó casi una hora completa de silencio, Louise-Josephine susurró a mi oído el secreto para bajar por el enrejado.

—No debes usar zapatos —dijo de forma seria, llevando un dedo hasta su boca—. Eso generaría ruido y entorpecería tu flexibilidad.

Bajó la mirada hasta mis pies, que estaban calzados con botas hasta los tobillos.

—Baja descalza y luego ponte tus zapatos de jardín que están junto a la reja.

Me arrodillé para deshacer las agujetas de las botas mientras ella seguía hablando de los detalles importantes de mi escape inminente. En los últimos meses, se había convertido en una maestra para salir a hurtadillas de la casa. Sabía qué baranda crujía y qué piedra sonaba cuando la pisabas. Incluso sabía cómo abrir el cerrojo de la reja sin hacer ruido.

—En la maceta, junto a la puerta, hay una llave de repuesto —me dijo con cuidado, y dibujó con el dedo un plano del jardín de enfrente—. Úsala para entrar cuando regreses y devuélvela a su lugar en la mañana, después del desayuno.

Afirmé, pero sentía que mi cabeza iba a explotar con toda la información que quería que recordara. Empezaba a sentir pánico; cuando alejé unos mechones de mi cara, Louise vio que estaba aterrada.

—No estoy segura de si seré capaz de hacerlo —murmuré—. ¿Y si papá me descubre?

—No sucederá —dijo para tranquilizarme—. Él y mi madre duermen profundamente. Tienes que confiar en mí, he hecho esto, por lo menos, una docena de veces.

Asentí. Mis hombros temblaban bajo el vestido y mi corazón latía con fuerza.

—No te preocupes tanto, Marguerite —dijo poniendo su mano sobre la mía—. La primera vez es aterrador, pero muy pronto te darás cuenta de que no es tan difícil.

Negué con incredulidad.

—Ojalá fuera tan valiente como tú —susurré.

Se echó el cabello negro hacia atrás y sonrió.

—Marguerite, ya has demostrado que lo eres.

22
El encuentro

Eran las once de la noche cuando empecé a bajar por la ventana de Louise-Josephine. Llevaba un vestido sencillo, de algodón azul, y el cabello suelto.

Esperé a que ella abriera el cerrojo y la ventana, estaba ahí, descalza.

—Sujétate a la cornisa cuando estés parada firmemente —me advirtió al tiempo que me ayudaba a bajar.

Me aferré al remate de la fachada con una mano y con la otra a los dedos pequeños de Louise-Josephine; la miraba sin parpadear conforme bajaba hasta el jardín.

Tenía razón cuando habló de la agilidad que se consigue al estar descalza porque podía meter los dedos de los pies en las hendiduras del enrejado. Louise-Josephine nunca dejó de mirarme el tiempo que me llevó cruzar el jardín y no cerró la ventana hasta que salí con seguridad por la reja de enfrente.

*

Con mis zapatos de jardín cubriendo con poca elegancia mis pies, bajé por la rue Vessenots. Nunca había estado fuera de casa a esta hora; disfruté el silencio del pueblo. La luna iluminaba la piedra caliza de las granjas y los lirios de día que crecían a lo largo de las calles empedradas, estaban cerrados como puños.

La brisa templada penetraba el tejido de algodón de mi vestido y mis pechos mostraban mi excitación. Llevar el cabello suelto y los pies descalzos contra las suelas tejidas de mi calzado era algo muy liberador. Al bajar por la calle, me percaté de que el aire estaba impregnado del perfume de jazmines y rosas. Podía ver el campanario de piedra de la iglesia y me pregunté si estaría ahí trabajando bajo el resplandor de la luna, con su lienzo cargado de pesada pintura.

Me llevó casi veinte minutos llegar al centro del pueblo; traté de recuperar el aliento antes de emprender el camino final hacia la iglesia. Me alisé el cabello con las palmas de las manos y me enjugué el cuello con mi pañuelo. Pude ver la débil silueta de su cuerpo cuando empecé a subir la colina hacia la entrada de la iglesia. Estaba encorvado sobre su caballete; las mangas de su saco cubrían sus manos.

No me atreví a acercarme; trabajaba con ahínco sobre el bastidor. Di un paso atrás y me oculté entre unos álamos.

Era un deleite verlo trabajar. Mezclaba los pigmentos de manera experta y exprimía los tubos de pintura sobre su paleta con deliberación y cuidado. No sólo usaba pinceles, sino que alternaba con una varita delgada de sauce, barriendo los pigmentos sobre el lienzo y cortando la pintura con una navaja.

Esperé casi una hora, contemplé como pintaba el amenazante chapitel de la iglesia, sus ventanales oscuros y huecos, las gárgolas acuclilladas de la parte superior. Cuando se alejó del lienzo y empezó a guardar todo en su mochila, me acerqué a él. Incluso en ese momento temblaba de miedo.

—Vincent —dije en un susurro.

Desvió la mirada del cuadro, alarmado de que alguien murmurara su nombre.

—Espero que no le enoje que haya venido —agregué, saliendo de entre los árboles.

Sería poco decir que estaba sorprendido. Apenas pudo hablar cuando me vio ahí parada frente a él, como una sirena desaliñada con el pelo suspendido sobre mi espalda.

—Casi no la reconocí —respondió tartamudeando para superar el asombro—. No esperaba visitas esta noche.

Limpió la espátula con un trapo, la puso en el borde del caballete y sonrió.

Me acerqué un paso más; lo miré a él primero y después a su pintura.

Era más oscura de lo que hubiera imaginado. La mayoría de sus otros cuadros estaban llenos de tonos brillantes: amarillos, verdes y blancos. Pero éste, con un cielo opaco azul cobalto, me produjo escalofríos.

Di un paso más hacia él; mi brazo rozó el suyo cuando me acerqué más a ver el lienzo. La estructura de la iglesia tenía algo de esquelético, los contornos eran nítidos y abruptos, la torre casi atravesaba el cielo cobalto. Parecía capturar la iglesia como si estuviera congelada. Blanco azulado, gris perla... estaba por completo desprovisto de luz salvo por un área encendida que salía del tejado.

Tenía un curioso sendero que se bifurcaba enfrente y estaba resaltado con *staccatos* rápidos café y amarillo. A la izquierda, dibujó la figura de una mujer neerlandesa con un tocado blanco puntiagudo; se recogía las enaguas y apresuraba el paso frente a las ventanas oscuras.

—¿Quién es ella? —pregunté señalando la figura—. He vivido aquí toda mi vida y nunca he visto a una neerlandesa paseándose alrededor de la iglesia en medio de la noche.

Al parecer, mi pregunta lo tomó por sorpresa, como si lo incomodara.

—No tiene que explicármelo —agregué en voz baja. Estaba segura que pensaba que era irrespetuosa.

—No, no es eso —respondió—. Supongo que sólo estoy gratamente sorprendido de que tanta comprensión viniera de una chica que, como usted dice, sólo ha vivido en Auvers toda su vida. —Me miró y sonrió—. Tiene razón en sospechar que la figura es un símbolo —dijo—. Alguna vez consideré ser parte del clero, pero la Iglesia me rechazó.

No dijo nada más, pero era obvio quién caminaba por ese sendero por el que se alejaba de la entrada de la iglesia.

—Leí el artículo de Aurier; dice que en París consideran que usted es uno de los grandes simbolistas.

—¿Leyó el artículo? —Parecía asombrado, aunque visiblemente complacido—. Bueno, entonces ya sabe que a menudo uso símbolos en mis pinturas.

—¡Como la literatura! —exclamé entusiasmada.

—Sí, como en la literatura, Marguerite.

Hizo una pausa.

—Eso quiere decir que las dedaleras y los dos libros que usó en el retrato de mi padre tenían una razón específica...

—Sí, la tenían —respondió, pero sin dar más explicaciones como yo esperaba.

Se hizo un silencio entre nosotros. Me preocupé por haber empezado una conversación para la que no estaba intelectualmente preparada. Entendía la noción de los símbolos y la metáfora, pero cualquier cosa más allá de eso era terreno desconocido para mí.

Permanecí ahí, temblando porque la noche enfriaba. Miré el lienzo oscuro y turbulento frente a mí, rodeé mis brazos con las manos y los apreté contra mi pecho.

—¿Su padre sabe que está afuera a esta hora? —preguntó Vincent al tiempo que se desabotonaba el saco y me lo ponía sobre la espalda.

Me miraba con intensidad, sus ojos fijos en mí. Deslicé los hombros al interior de su saco e inhalé el olor embriagador de trementina y sudor.

—No —respondí negando con la cabeza—. Me escapé por el enrejado para venir a verlo.

—¿Para verme? —Lanzó una risita y me di cuenta de que estaba encantado con mi respuesta.

—Sí —dije—. Quería verlo pintar.

—¿Se ha arriesgado tanto sólo para verme pintar, Marguerite? —preguntó frunciendo el ceño—. Es muy valiente.

—Bueno, yo... yo... —tartamudeé—. También quería ver...

—¿Sí? —insistió y se acercó más a mí.

Pude oler el aroma de su piel. Me recordaba al bosque, alto y verde, una combinación de pino y junípero.

De pronto, me sentí mareada. Estaba a sólo diez centímetros de mí y el aire que nos separaba parecía estar cargado de pequeños imanes que nos obligaban a acercarnos.

—Trae el cabello suelto —dijo.

Su suave aliento acarició mi mejilla.

Alcé la mirada y le sonreí. Levantó un dedo y lo puso debajo de mi barbilla para levantar mi cabeza y que nuestros ojos se encontraran.

Su mano permaneció debajo de mi barbilla durante varios segundos, mientras los dedos suaves de la otra me tomaron por la nuca. Debí cerrar los ojos cuando me besó, porque no recuerdo su mirada, sólo sus labios sobre los míos. Al principio fue suave y tierno, un beso que se le puede dar a un niño pequeño y frágil. Pero pronto su boca envolvió la mía con más pasión y yo hice eco a su impulso: mis dedos alcanzaron su espalda y se aferraron a los costados hasta llegar a sus hombros. Me correspondía cada vez con más intensidad. Sus manos ya no acunaban mi barbilla ni mi oreja, ahora se deslizaban sobre mis hombros. Desabotonó la parte superior de mi vestido y besó el nacimiento de mis pechos, presionando sus labios con suavidad.

Sus manos empezaron a escudriñar entre la tela de mi falda, haciendo crujir las enaguas. Sentí la cálida sensación de su mano en mi pierna, la presión de sus dedos callosos sobre mi carne. Apenas podía mantenerme de pie cuando me tocó ahí. Sentí que me colapsaba sobre él, pero una voz en mi cabeza me advirtió que me detuviera.

—Vincent —dije separándome un poco de él.

De inmediato, sus manos se apartaron y una brisa fría infló mis enaguas donde sus palmas habían estado momentos antes.

Se alejó de mí y se pasó las manos por el cabello pelirrojo, que ahora se paraba en todas direcciones en donde mis dedos lo habían recorrido.

—Lo siento... lo siento —dijo.

Yo temblaba de nuevo por el aire frío que recorría mi piel.

—No hay necesidad de disculparse —respondí—. Es sólo que tengo muy poca experiencia en este tipo de cosas. —Hice una pausa—. Bueno, de hecho, ninguna.

Me habían criado no sólo para ser casta sino para ser por completo innaccesible al sexo opuesto. Ahora, no sólo había traicionado los deseos de mi padre, sino también lo que yo pensaba que se esperaba de las chicas de mi posición social. Sin embargo, para ser honesta, en secreto estaba encantada por haber tenido la capacidad de llevar a cabo dicha aventura.

—Fue un error de mi parte. Usted es mucho más joven que yo y debería saber que no puedo arriesgar mi relación con su padre que ha sido tan amable conmigo.

Asentí. Podía sentir que mi vergüenza subía por el cuello en largas pinceladas rojas. Mi rostro enrojeció por la incertidumbre que sentía por mis acciones.

—Ya veo —respondí alisando mi falda—. Quizá, después de todo, sí fue un error.

—No. Yo no lo llamaría error, Marguerite.

Lo miré en busca de claridad.

—Es sólo que hay algo de verdad en lo que dijo. Deberíamos tomarnos esto con más calma. En vista de mi... pasado... necesitaré ganarme la confianza de su padre si usted y yo vamos a tener una relación más permanente.

Volví a sonreír; entendía lo que decía.

—Mire —dijo.

De pronto, sacó de la mochila su cuaderno de dibujo. Pasó las páginas hasta que encontró un boceto de mí, uno en el que me había imaginado sentada al piano.

—Quiero pintarla sentada al piano. Después, quizá un tercer retrato, iluminada como santa Cecilia, frente al órgano y con jazmines de Madagascar en el cabello. Se parece tanto a ella, tan musical, tan pura. —Acarició mi mejilla de nuevo—. Quizá haga toda una serie, como la que hice de mi amigo: el cartero de Arles.

Mi corazón latía con fuerza en mi pecho. Me había dibujado de memoria. Sin duda, eso significaba que pensaba en mí cuando estaba solo en su habitación rentada en la posada Ravoux.

—Por supuesto que usted es mucho más bonita que él, y no recuerdo haber besado a mi amigo. —Vincent sonrió, juguetón—. Después de todo, estaba casado.

Lancé una risita.

—Sólo necesito el permiso de su padre —continuó—. No nos arriesguemos a su ira. —Acarició mi mejilla con la mano—. Apresúrese a regresar a casa —murmuró—. Es muy tarde para que esté afuera.

Así lo hice. Salí corriendo por las calles y el corazón casi se me sale del pecho. Mi ropa no pesaba, mis pies apenas tocaban el empedrado.

Hasta después de subir las escaleras y entrar a mi habitación, me di cuenta de que tenía una mancha de pintura amarilla, como fuegos artificiales, en la mejilla. ¡Cómo hubiera deseado dejarla ahí y nunca lavarla! Pero eso sería insensato. En lugar de arriesgarme a que me descubrieran, sumergí la toalla de mano en el cuenco de agua y, poco a poco, afligida, borré la evidencia de nuestro beso.

PARTE II

23
La huella amarilla

Mi encuentro con Vincent me había dejado sin aliento y estaba agradecida porque papá no me sorprendiera cuando entré a mi habitación a hurtadillas. Si me hubiera visto en las escaleras, descalza y sonriendo de oreja a oreja, habría sabido que regresaba de hacer algo escandaloso.

La primera persona a la que quería ver era a Louise-Josephine. No la encontré dormida en mi cama como había esperado, pero sobre la almohada había una nota:

Mañana hablamos. No quiero que mi madre se despierte con nuestros murmullos.

Siempre tuya,
L-Josephine

Doblé la nota y la metí al cajón de mi escritorio. Me paré frente al espejo y miré la mancha amarilla que seguía húmeda en mi mejilla, una huella débil formaba una espiral en el pigmento. Cuando me llevé las manos al rostro aún podía detectar el aroma de la trementina en mi piel. Impregnó los lugares donde las palmas de

Vincent me habían tocado; con avidez, inhalé los últimos rastros de nuestro encuentro.

*

La mañana siguiente bajé tarde a la cocina, pero, por fortuna, Louise-Josephine se había levantado temprano. Al bajar las escaleras vi que ya había puesto la mesa para el desayuno.

Entré a la cocina y la saludé. En la mano tenía una jarra de vidrio azul y un mechón de cabello castaño caía sobre el lado izquierdo de su rostro. Me recordó a una gatita, incapaz de esconder la travesura en su mirada.

—Entonces... —dijo sonriendo—. ¿Qué pasó? ¡He contado los minutos hasta el momento de verte!

Cerré la cortina del umbral y corrí hacia ella.

—¡Me besó! —exclamé.

De inmediato me cubrí la boca con la mano y lancé una risita; me costaba trabajo contenerme.

Había practicado cómo le diría a Louise-Josephine lo que había pasado, de cómo Vincent y yo empezamos a hablar de sus pinturas y sus ideas, su deseo de pintarme otra vez. Pero ahora que estábamos resguardadas por las paredes de la cocina, no podía molestarme con esos detalles. Lo único en lo que podía concentrarme era en el momento fantástico en el que sus labios tocaron los míos.

Louise-Josephine esbozó una gran sonrisa.

—¡Sabía que lo haría! ¡Lo sabía! —dijo juntando las palmas de las manos—. ¿Y qué tal?

Inclinó la cabeza hacia un lado y arqueó las cejas. Yo volví a reír.

—¡Dime! —insistió.

—Fue maravilloso. Me acerqué a él cuando terminaba su pintura. Era hermosa, una imagen evocadora de la iglesia del pueblo...

—¡No me importa la pintura! —me interrumpió—. ¿Qué dijo cuando te vio ahí?

—Se sorprendió, por supuesto —expliqué, trabándome un poco al hablar—. Pero, al parecer, fue una sorpresa agradable.

—¿Lo volverás a ver?

Ya me llevaba ventaja. Yo ni siquiera había pensado qué pasaría después, seguía disfrutando mi triunfo al haber logrado escabullirme de la casa y encontrarme con Vincent en medio de la noche.

—No, no quedamos en nada.

Ella agitó la cabeza.

—¿Te dio alguna pista de cuándo piensa verte de nuevo?

—Sólo dijo que no quería hacer enojar a papá —respondí al tiempo que tomaba unas peras para pelarlas.

Puse una frente a mí y me quedé con otra en la mano.

—Tu padre terminará por enterarse y se enojará. —Me quitó la pera de la mano—. Sí lo sabes, ¿verdad?

Louise-Josephine hablaba con seguridad, como si reconociera lo ingenua que yo era.

—Si las intenciones de Vincent son serias y le demuestra a mi padre el suficiente respeto y la atención que demanda, no veo por qué papá pueda oponerse —insistí.

Louise-Josephine volvió a negar con la cabeza.

—¿Recuerdas lo que te conté de mi abuela? ¿Cómo dejé de tenerle miedo cuando me di cuenta de que, aunque me castigara, mi vida no podría empeorar? Tienes que entender que tu padre nunca será tu aliado para encontrarte un marido.

Negué con la cabeza.

—No entiendo lo que quieres decir.

—No creo que tu padre quiera que te cases.

La miré y mis ojos debieron revelar mi incredulidad.

—¿Por qué insistes en eso? —pregunté molesta—. Papá tiene muchas cosas en qué pensar, es sólo que no ha podido dedicarle mucho tiempo a ese tema.

—En unos días cumplirás veintiún años. ¿Cómo es posible que no lo haya pensado? La mayoría de las chicas en tu situación tienen padres que están ansiosos por encontrar pretendientes para sus hijas. —Respiró profundamente y tomó otra pera—. Tu padre no ha hecho nada salvo avisarte qué es lo que quiere cenar cada noche.

—No veo por qué no querría verme casada —protesté—. No tiene sentido.

—Sí lo tiene —respondió—. Tiene perfecto sentido. ¿No ves cómo trata a mi madre? Por lo que mi abuela me contó, cuando mi madre era más joven atendía hasta sus más mínimas necesidades. Le cocinaba cuando llegaba tarde a su casa de los salones con sus amigos artistas, barría los pisos, lavaba la ropa. Ahora que está más vieja, no quiere que mi madre levante un dedo. Y estoy segura de que te has dado cuenta de que le incomoda pedirme cosas a mí. Tú, Marguerite, eres una sirvienta mucho más barata que cualquier persona que pudiera contratar.

—¿Sirvienta? —Fruncí el ceño—. No piensa en mí en esos términos...

En ese momento, a unos metros de la cocina, papá me llamó.

—Marguerite, ¿dónde está mi café? —gritó.

No pudo haberlo dicho en un momento más oportuno.

Louise-Josephine bajó los ojos. Ambas sabíamos que no era necesario señalar lo obvio. De nuevo, tenía toda la razón.

24
Un trazo gris

La mañana siguiente desperté llena de energía. Dormí bien y, en mi sueño, había olvidado las palabras de advertencia de Louise-Josephine; sólo soñé con Vincent. Era maravilloso ser una mujer joven; todo mi ser estaba inundado de esa sensación embriagadora que brinda el enamoramiento. Me sentía como un bulbo de azafrán que estallaba en el suelo frío del invierno, mis hojas estaban sedientas de sol.

Me acerqué a la ventana de mi recámara y abrí las persianas. A unos metros de distancia, las praderas estaban encendidas con las hileras de amapolas. Todo lo que yo podía ver era el carmesí, kilómetros de flores rojas que se intensificaban por los destellos de hierba alta y verde.

Era domingo y las campanas de la iglesia empezaron a repicar. Rápidamente me lavé el rostro con agua fría y me hice un chongo apretado.

No esperaba que Louise-Josephine prepara otra vez el desayuno por mí, así que me vestí de inmediato con un vestido gris sencillo y bajé corriendo la escalera para preparar el desayuno de papá.

*

—¿Vas a ir a la iglesia esta mañana? —me preguntó mi padre cuando le llevé al jardín la charola con *croissants* y café.

—Sí. Supongo que no querrás acompañarme —dije, sabiendo bien cuál sería su respuesta.

Lanzó una risita.

—Deja de hacerme esa pregunta, Marguerite. Iré cuando me muera.

Le reproché con un movimiento de cabeza. Hacía años que mi padre no iba a la iglesia. Una vez, durante la cena, exclamó: «La escuela de Medicina me enseñó que el único dios es la ciencia». Se oponía con vehemencia a la religión organizada y estaba a favor de las enseñanzas de Darwin como su filosofía personal. Obviamente su actitud había influido en Paul, quien también había dejado de ir varios años antes.

Esa mañana, Paul se sentó a unos metros de papá, con un cuaderno de dibujo en el regazo. Ambos estaban ocupados, intentaban copiar una de las naturalezas muertas de Cézanne, un cuadro pequeño con flores y frutas.

—¿Tú tampoco vas? —le pregunté en broma.

Paul negó con la cabeza.

—Padre y yo preferimos pasar los domingos pintando —masculló sin dejar de dibujar. Inclinaba la cabeza sobre el dibujo, pero yo podía ver los trazos del lápiz y las pequeñas manchas donde había pasado la mano sobre la página—. ¡Quizá deberías rezar para que apruebe mi último examen de historia este miércoles!

Le dio unos golpecitos a su libro de texto que estaba en un banquito y rio.

—Hablaré bien de ti —dije bromeando.

Papá me miró y sonrió. Me despedí agitando la mano y me apresuré a bajar las escaleras; me tropecé con los zapatos de jardín que había usado antenoche.

*

Me encantaba ir a misa, no porque fuera una persona particularmente espiritual, sino porque me brindaba la oportunidad de pasar unas cuantas horas lejos de la casa y de mis deberes. Debajo de las pesadas nervaduras del techo abovedado de la iglesia, era fácil dejar que mi mente divagara libremente.

Lo hacía desde niña, vestida con listones y encaje, sentada junto a mi madre, quien usaba las misas de los domingos como una excusa para usar su ropa más elegante. Ahí aprendí a crear historias con los personajes multicolores de santos y obispos que estaban congelados en los vitrales. En ese entonces debimos parecer tan fuera de lugar, extravagantes con nuestros atuendos, en contraste con los aldeanos que vestían con ropa sencilla de algodón. Ahora, cuando voy a la iglesia siempre me visto de colores discretos para mezclarme con los otros feligreses, aunque la comunidad sigue sin aceptarme como una de los suyos.

Yo era tímida y mi familia era diferente. Esta combinación siempre me mantendría a distancia. Así como los aldeanos preferían al médico local, el doctor Mazery, que a mi padre —al doctor se le podía ver en la primera fila, con su encantadora esposa y una hija angelical sentadas a su lado—, a mí me dejaban sentarme sola en la iglesia, nadie intentaba tener ninguna conversación conmigo. Nadie, salvo Edmund Clavel.

Edmund era bajo, con un rostro redondo y pálido que me recordaba un *brioche*; era el propietario de un pequeño comercio en el pueblo. Sólo una vez bromeó conmigo, fue un tartamudeo extraño de palabras que resultaron ser un comentario sobre el clima. La mayor parte del tiempo prefería lanzarme miradas furtivas. La primera vez que advertí su mirada pensé que era mi imaginación. Esto sucedió varios meses antes de que llegara Vincent. Edmund estaba sentado tres bancas más delante de mí; de frente al altar. Sin embargo, conforme avanzaba el sermón, poco a poco, su cabeza giró sobre su hombro.

Nadie podría decir que era apuesto. Su piel era color mostaza y sus ojos, gris apagado. Incluso su sonrisa, que me mostró triunfante y con total seguridad, era torcida.

Si hubiera tenido una suerte de atractivo u originalidad, estoy segura de que sus defectos físicos no me hubieran parecido tan molestos. Pero parecía inexpresivo, como si fuera una marioneta cuyo creador olvidó dibujar sus ojos.

Aunque su interés por mí era evidente, nunca me imaginé como su esposa, como ya empezaba a hacerlo con Vincent. Vincent me parecía inmensamente más atractivo. Me intrigaban sus excentricidades, su extraño atuendo, su indiferencia ante las convenciones sociales y su búsqueda del arte y la belleza. Cerré los ojos y lo imaginé frente a su caballete de nuevo, el saco sin abotonar, una mancha de pigmento en el borde de las mangas; sucumbí encantada ante mi visión. Si a mí me consideraban una rareza, una singularidad en el pueblo, entonces los dos estábamos destinados a ser almas gemelas.

*

Soñaba mi encuentro con Vincent mientras el órgano resonaba contra las vigas y las largas reverberaciones azules y rojas de los vitrales en el piso de piedra.

Pensé en el cuadro de Vincent con la paleta de colores azul medianoche y las nervaduras de la iglesia. Las pintó oscuras y fatídicas como una fortaleza impenetrable, plomiza y solitaria. Yo estaba sentada dentro de las paredes que él había pintado tan opacas. Y yo veía la iglesia en mi cabeza tal como él la había visto. Las ventanas sin reflejo y el reloj del campanario sin números ni manecillas.

El coro cantaba, el órgano sonaba y el cura de nuestro pueblo hablaba sin cesar de los sacrificios de Cristo y de nuestros errores en un mundo pecador.

Dudaba entre confesarme y pedir perdón por mis pecados de la noche en que me escabullí de casa. «¡Sin duda un beso tan

apasionado como el que compartí con Vincent es un pecado!»,
pensé. «¿No debería pedir perdón?».

Pero yo no quería entrar a ese gabinete de palo de rosa para
buscar el perdón por algo que me hacía sentir más viva que nunca. No quería escuchar que eso era malo ni hacer penitencia y, sin
duda, no deseaba que el recuerdo se esfumara. Pedir la absolución
era lo más cruel que podía imaginar.

Por lo tanto, después de misa y de recibir la comunión, me
abstuve de confesarme. Salí por el atrio, el que Vincent había pintado aquella noche, y recordé cuando estuvimos ahí para besarnos
por primera vez. Si hubiera podido recordarlo mil veces, lo hubiera hecho. Pero el campanario indicaba el final de la misa y papá y
Paul me esperaban para que les sirviera de comer.

Alcé un poco mis enaguas y empecé a recorrer el sendero que
Vincent había pintado de manera tan simbólica. Eché un último
vistazo al chapitel de la iglesia, el techo alto que había represen-
tado parcialmente en llamas. Ahora parecía de carbón contra el
cielo del mediodía.

Tomé el sendero izquierdo, en la misma dirección que había
tomado la pequeña neerlandesa en su camino apresurado. Cuando mi falda gris se hinchó detrás de mí, me divirtió pensar cuánto
me parecía a ella.

25
Regalos y advertencias

Los siguientes días pintó en nuestro jardín y en los campos aledaños. Cuando despertaba cada mañana, salía al pueblo y lo buscaba. A veces encontraba rastros de su presencia: un trapo manchado de pintura que había olvidado o un bastidor que se había caído de su mochila. Cada vez que advertía un signo de que había estado en cierto lugar, me quedaba ahí un momento y observaba el paisaje; inhalaba lo que él había considerado suficientemente hermoso como para pintar.

Empecé a tomarme en serio las palabras de Louise-Josephine. Cada vez se confirmaban más mis sospechas, papá sólo esperaba de mí que me hiciera cargo de su casa. No me permitiría terminar infeliz ni desilusionada como lo fue mi madre en sus últimos meses. Quería amar.

*

Al inicio de la semana, me alegró escuchar a padre mencionar que había invitado a la familia de Vincent a almorzar.

—Quizá los Van Gogh nos ayuden a levantar un poco los ánimos de Vincent —le dijo a *madame* Chevalier durante la cena.

Me mordí el labio para ocultar mi emoción, no quería adelatarme y que papá viera lo dichosa que me sentía. Estaba nerviosa; después de todo, iba a conocer a la familia de Vincent.

—Cuando fui a París, le envié una invitación a Theo —papá siguió explicando a *madame* Chevalier—. Su esposa puede traer al bebé y Marguerite preparará la comida. Yo los recibiré a todos en el jardín.

—Eres muy amable, Paul-Ferdinand —dijo ella.

Pensé que su comentario era irónico, porque sabía que no estaría invitada al almuerzo. Pero volteó a ver a papá y le sonrió. Se había maquillado. Su rostro, cubierto con dos círculos de colorete, resaltaba sobre el cuello negro de su vestido. Aunque había quedado una ligera capa de polvo de maquillaje en los rizos que caían sobre sus orejas.

—Yo ayudaré en la cocina —intervino de pronto Louise-Josephine.

Su voz me sorprendió, no estaba acostumbrada a escucharla hablar en la mesa del comedor. Fue clara y firme; era evidente que estaba decidida a regalarme un gesto amoroso para mí en honor de la ocasión.

—Oh, no, no digas tonterías —respondió papá—. Marguerite se las arreglará sola, no tendrá problema para preparar algo para la comida.

—Sí, sé que puede hacerlo —agregó Louise-Josephine mirando a papá a los ojos—. Pero dos pares de manos son mejores que uno. Después de todo, yo necesito aprender a cocinar mejor.

Papá arqueó las cejas y me miró. Sospechaba del gesto de Louise-Josephine. Sabía que nunca habíamos sido cercanas, apenas intercambiábamos palabras en su presencia.

—Bueno, las dos pueden organizar los detalles. Mientras tanto, le enviaré la invitación a Vincent.

*

Esperé la visita toda la semana. Estaba muy ansiosa y mi único escape era abocarme a mis tareas. Saqué una cubeta de metal, un cepillo y me puse a fregar los pisos. Lavé las cortinas, aunque lo había hecho la primera semana de abril. Me deshice de la maleza del jardín con mayor tenacidad, arranqué los altos tallos verdes, a veces tres al mismo tiempo. Sacudí los libreros de mi padre y tomé una de las novelas de los Goncourt que Vincent había pintado, acariciando con la yema de los dedos la encuadernación de piel.

Abrí todas las ventanas para que entrara luz a la sala. Llené varios de los jarrones de Dresde de mi madre con ramos de gardenias y peonías para que la casa tuviera algunos detalles rosas y blancos. El aire ya no olía a las tinturas rancias de mi padre; ahora tenía una ligera fragancia floral.

Al parecer, papá también tomaba medidas adicionales para prepararse para la llegada de la familia de Vincent. Del ático bajó más cuadros y los colgó en el pasillo de la casa, haciendo que todo el primer piso estuviera más saturado que nunca. Guardó en la bodega, que estaba detrás de la mesa de campo, una caja de vino que había mandado traer de París y trajo a casa una canasta llena de quesos frescos y carnes frías de sus tiendas favoritas. El viernes, cuando volví de las compras, encontré a papá sentado en el jardín; *madame* Chevalier masajeaba su cabello con un champú de henna. Le había atado una franja delgada de algodón a lo largo del nacimiento del cabello para que su piel no se manchara de naranja.

—Marguerite —dijo mi padre cuando me acerqué.

La mezcla verde olivo olía muy fuerte y parecía que toda su cabeza estaba cubierta de lodo. Hacía muchos meses que *madame* Chevalier no le había aplicado el champú y yo sabía que papá deseaba ocultar sus canas lo más pronto posible.

—¿Ya decidiste el menú para el domingo? —preguntó.

—Sí, papá —respondí.

Madame Chevalier no alzó la mirada; estaba ocupada quitando un poco de la mezcla seca que había caído sobre la nuca de mi padre.

—Bien. —Se aclaró la garganta—. Todo se encuentra en orden, entonces.

Asentí.

—El sol está muy fuerte hoy, papá. No te quedes afuera mucho tiempo o tu cabello se pondrá rojo carmesí.

Rio.

—Pues quizá lo haga; después de todo, es posible que así Vincent quiera hacerme un segundo retrato. ¡Sabemos cuánto le gustan los colores brillantes!

*

Era domingo, Vincent llegó poco antes del mediodía con Theo, Jo y el pequeño hijo de ambos. Louise-Josephine había pasado gran parte de la mañana ayudándome y me sentí muy mal cuando sonó la campana y tuvo que apresurarse a regresar a su recámara.

Su colaboración había sido invaluable. No sólo me ayudó a hornear todo y hacer las preparaciones, también me aconsejó qué vestido ponerme y cómo trenzar mi cabello.

—Vístete de azul —me dijo esa mañana—. Resaltará tus ojos. Y trencemos un listón en tu cabello antes de recogerlo.

Eligió un azul aciano encantador que había en mi cómoda y empezó a trenzarlo de inmediato. Como siempre, tenía razón: el color hacía que mis ojos parecieran más grandes. Retrocedió un paso y me pellizcó las mejillas.

—Y el toque final —dijo con un gesto triunfal.

Metió la mano al bolsillo de su delantal y me pasó un lápiz de labios que había robado del cajón de su madre.

—Gracias —dije con efusividad.

Tener cerca a Louise-Josephine era estimulante y sentía un gran cariño por ella, como si de pronto comprendiera la bendición de tener una hermana. Su sofisticación y carácter reconfortante me brindaban una mayor confianza antes de ver a Vincent.

Papá recibió a Vincent y a su familia tan pronto llegaron. Los llevó directamente al jardín, donde la mesa roja de campo estaba abarrotada de comida. El bebé, quien llevaba el nombre de su tío Vincent, iba en brazos de Jo y de inmediato se interesó por los animales de mi padre.

Más tarde, justo antes de que todos nos sentáramos a comer, Jo se acercó a mí y me agradeció por haber preparado un almuerzo tan encantador.

—Theo y yo queremos darles un pequeño obsequio a usted y a su hermano por ser tan amables con Vincent —dijo. Metió la mano a su canasta y me ofreció un pequeño paquete plano bien envuelto en un papel colorido—. Me temo que Theo ya le dio el suyo a su hermano...

Busqué a Paul con la mirada y vi que reía de buena gana con Theo. Tenía un libro en una mano y el papel para envolver en la otra. Paul había terminado su último examen un día antes y llegó a casa en el tren anterior al que tomó la familia de Vincent.

—Gracias —dije agradecida—. No era necesario. Vincent es más un amigo de la familia que un paciente... y sé lo feliz que es mi padre, todos nosotros, de tenerlo aquí en Auvers.

Jo sonrió y me exhortó a abrir el regalo.

Despegué con cuidado los bordes del papel para no rasgarlo. Adentro había un libro sobre xilografías de arte japonés.

—Vincent es un gran admirador de estas xilografías —explicó con voz suave—, y pensamos que usted y su hermano también las disfrutarían. Compramos los libros en una exposición sobre arte japonés en París, hace unas semanas. De hecho, fuimos con Vincent, justo antes de que viniera a Auvers.

—Son maravillosas —exclamé pasando las páginas, admiraba las hermosas escenas de mujeres en kimonos, los puentes al atardecer y las ramas de los cerezos en flor.

—Theo y yo estamos muy contentos de ver lo bien que Vincent está aquí —me dijo, tocando mi brazo otra vez—. Teníamos mucho miedo antes de que viniera al norte, pero parece que su padre ha tenido una influencia positiva en él.

Traté de sonreír, pero me resultaba difícil. Era obvio que Vincent no le había escrito a Theo para contarle que mi padre lo obligaba a tomar sus tónicos homeopáticos.

—En fin, lo bueno es que está pintando mucho —declaré, tratando de sonar optimista—. Parece que pinta por lo menos un cuadro al día… a veces más.

Jo me sonrió.

—Es productivo —añadió con su sonrisa cálida—. Y Theo está convencido de que es un genio. Es una lástima que haya desperdiciado sus primeros años en Goupil. —Lanzó un profundo suspiro—. Luego, esos horribles años que pasó como evangelizador... —Sacudió la cabeza—. Ha pasado la mayor parte de su vida adulta buscándose a sí mismo, buscando algo más grande que él. Theo está muy feliz de que por fin Vincent haya encontrado algo que le brinde un poco de paz.

—Sí —afirmé—. Mi padre dijo que era fundamental que Vincent siguiera pintando.

Jo volvió a suspirar.

—Ha sido difícil —continuó sacudiendo de nuevo la cabeza—. Hemos vivido momentos muy penosos con él: los ataques, las deudas... Ha sido un camino complicado lograr que se recupere. —Me miró, sonrió y con cuidado tocó mi muñeca en un gesto afectuoso—. Mi marido y yo estamos, por supuesto, muy preocupados por su salud. No sé lo que Theo haría sin Vincent... son como gemelos, sabe, tienen una relación muy estrecha.

Asentí. Me dolía pensar que Vincent hubiera sido tan desdichado en el pasado.

—Amo sus pinturas, demasiado —dije en voz baja.

Jo soltó una risita.

—Sí, son hermosas. Pero ahora debemos esperar que los coleccionistas las vean y las compren.

Hizo un sutil énfasis en la última palabra y volvió a sonreírme.

Yo asentí de nuevo y ambas miramos a Vincent, quien estaba muy ocupado haciendo muecas a su sobrinito.

—Sin duda es muy bueno con los niños —dije, más para mí misma que para Jo, pero ella escuchó.

—En breves arranques, supongo —respondió cruzando los brazos—. Pero es seguro que no sería muy buen marido. Su último romance es una prueba de ello.

Volteó a verme y sonrió. Quizá era una advertencia, porque era claro que sabía lo que yo estaba pensando.

26
Puentes en el jardín

Partieron después de las tres de la tarde. Vincent quería llevar a Theo a la posada Ravoux para mostrarle algunas pinturas antes de que regresaran a París. Fue una tarde alegre y la mesa de campo era una muestra del buen apetito que todos habían mostrado tener. En nuestros platos sólo quedaron los huesos de pollo y, en un pequeño tazón de cerámica, un montón de huesos de aceitunas. En el centro de la mesa, quedaba sólo una rebanada de pastel con algunas fresas mezcladas con crema batida.

Papá estaba recostado en una de las sillas del jardín; tenía el chaleco a medio desabotonar y su vientre abultado estaba impaciente por liberarse del cinturón de piel. Las mangas de su camisa estaban remangadas por encima de los codos, dejaba a la vista las pecas pálidas que parecían pequeñas constelaciones sobre sus brazos largos y nervudos.

Mientras recogía los platos para lavarlos, escuchaba el piar de los pájaros y los ronquidos de papá. Los animales estaban acurrucados en la hierba y Paul enjuagaba los muebles con una manguera para que los bichos no se dieran un banquete con los restos de comida.

Las palabras de advertencia de Jo seguían resonando en mi cabeza. Nunca había imaginado a Vincent con otra mujer, aunque ahora me daba cuenta de que era ingenuo de mi parte. Quizá había sido una de sus modelos; la idea invadió mi cabeza como hormigas que se dan un festín con las migajas. La imaginé morena y con experiencia, los ojos negros de una arlesiana, el vestido de colores brillantes y un delantal dejado al descuido sobre una de las sillas de su estudio.

*

Nunca me había imaginado despojándome de mi ropa tan fácilmente. A lo largo de los años, había cultivado mi recato a niveles artísticos. La afición de *madame* Chevalier por el rubor y el lápiz labial, su recámara de colores estridentes y el andar de puntillas a medianoche hasta la habitación de papá, me había inspirado a ser todo lo contrario de ella. Pero ahora todo lo que hacía era pensar en las maneras de llamar la atención de Vincent. Mi piel, que no había conocido más manos que las mías; mi cuerpo, que nunca había sido acariciado por algo más que una toalla y la barra de jabón, ahora anhelaban esas manos que yo alejé aquella noche frente a la iglesia.

Fregué con furia los platos restantes. Quería llegar lo más rápido posible a la habitación de Louise-Josephine y contarle la conversación que tuve con Jo, admitir frente a ella que los amores pasados de Vincent me habían hecho sentir más insegura sobre mi propia falta de experiencia.

Pero justo cuando terminaba, Paul llegó arrastrando los pies hasta la mesa. Por primera vez en meses, sonreía. Había terminado la escuela y el almuerzo había sido un éxito. Su estado de ánimo fue tan raro y novedoso que por un momento olvidé a Vincent y acepté de buen grado la conversación de Paul.

—Creo que la reunión de hoy salió bien, ¿no crees? —preguntó.

Se acercó. Me di cuenta de que ya no llevaba puesto el fular y lo había metido en el bolsillo de su camisa. Su garganta desnuda mostraba un área pálida y rosada de la piel. Me parecía más joven y más dulce, así lo recordaba de niño.

—Fue muy amable de su parte darnos un regalo —agregó.

Me di cuenta de que ese gesto lo había conmovido.

—Sí —exclamé—. Las xilografías son muy interesantes.

Yo había dejado mi ejemplar en mi recámara para guardarlo, pero Paul dejó el suyo en una bolsa junto a la mesa. Se agachó y lo sacó.

—Son maravillosas —agregó pasando las páginas—. Los puentes de Hiroshige tienen un efecto tranquilizador. Me gustaría construir uno en nuestro jardín... ¡Podríamos poner un pequeño estanque con carpas debajo del puente!

Reí.

—Creo que sería un poco ambicioso, Paul.

—Voy a hacer algunos bocetos y se los mostraré a papá —continuó. Era evidente que mi escepticismo fortalecía su determinación—. ¡Estoy seguro de que la idea le encantará!

Era cierto que a mi padre le fascinaba el Lejano Oriente. Había pintado los caracteres chinos en una de las puertas del segundo piso, copiándolos de un libro. En su biblioteca tenía varios catálogos de pinturas japonesas y chinas. También poseía algunas piezas de cerámica azul y blanca de oriente; la de Cézanne era sin duda la favorita de su colección.

Cuando era niña, poco después de la muerte de mi madre, recuerdo que papá regresó a casa con una maleta llena de xilografías japonesas. Eran demasiadas para verlas todas: unas de ciruelos torcidos, otras de mujeres vestidas con kimonos preparándose para tomar un baño, y otras de veredas y puentes de madera largos y estrechos.

Al igual que Paul, estaba ansiosa por mirar el libro que Theo y Jo me habían regalado. Los fuertes trazos negros y las delicadas acuarelas no sólo me intrigaban, sino que, según lo que Jo había dicho, también fascinaban a Vincent.

Cuando Paul se fue al jardín para trabajar en unos bocetos, subí las escaleras para enseñarle el libro a Louise-Josephine. Aunque tal vez tenía más ganas de contarle lo que Jo me había dicho.

Estaba acostada en la cama, el azul de Prusia de la cobija contrastaba con su cabello castaño. El sol de la tarde entraba por la ventana y Louise-Josephine se veía magnífica, como un pavo real pintado en una porcelana azul y blanco. Aunque llevaba un vestido de algodón sin adornos, tenía un aspecto asombrosamente majestuoso. Me quedé de pie en el umbral, mirándola, y me pregunté: «Si Vincent estuviera aquí, ¿se enamoraría de ella?».

Su rostro daba hacia la ventana. Su cuello largo descansaba sobre la almohada, la clavícula se marcaba en su piel color almendra.

Miraba a través de la ventana, hacia los tejados distantes de Auvers que había frente a ella. No quise hablar mientras la observaba. Me pregunté si estaría pensando lo mismo que yo cuando estaba sola en mi habitación, al contemplar el horizonte azul y dorado, más allá del jardín.

Fuera de este pequeño pueblo había un mundo que apenas conocía. No sólo no tenía experiencia en el amor, sino que también tenía serias carencias de cómo funcionaba el mundo. Había pasado mis veintiún años como un dulce en un frasco y ahora deseaba desesperadamente deshacerme de la envoltura y que todo lo que hubiera estado dormido al fin cobrara vida.

Louise-Josephine por lo menos había disfrutado de la vida en París. Me contó del olor de los callejones oscuros, el interior esculpido del Louvre. Podía describir cómo se iluminaban los vitrales de Notre Dame al atardecer, el destello de los barcos que navegaban el Sena. Fui a París sólo en pocas ocasiones. Papá nos llevó a Paul y a mí a su consultorio en uno que otro viaje. Pero había visto la capital de manera fugaz a través de la ventana de un coche.

Me preguntaba si era peor haber experimentado la libertad en la vida de la ciudad, para luego verse obligada a pasar el resto de sus días en una casa estrecha y abarrotada. No podía creer que Louise-Josephine hubiera pasado casi una década con nosotros y no hubiera tenido sus aventuras nocturnas antes. Quizá había desobedecido las órdenes de papá durante años, se escapaba por la ventana mientras todos dormíamos y recorría las calles en secreto con la luz de la luna bañando sus miembros largos color ámbar.

Seguí observándola, sin que ella lo advirtiera.

—¿Marguerite? —murmuró tiempo después, despertando de su sueño—. No te vi parada ahí. —Se sentó en la cama—. Ven —agregó dando unas palmaditas en la colcha.

Me acerqué a ella y me senté. Puse el libro de xilografías japonesas entre nosotras.

—¿Cómo salió la reunión?

—Muy bien. Todos disfrutaron la comida y el sobrino de Vincent es adorable. —Hice una pausa—. También conocí a la cuñada de Vicent.

Louise-Josephine alzó una ceja.

—¿Y cómo es ella?

—Muy agradable, inteligente. —Jugueteé con mis dedos—. Me dijo que Vincent había tenido un romance fallido. Sentí como si me estuviera advirtiendo que no me encariñara mucho.

Louise-Josephine escuchaba atenta y asentía.

—No es una sorpresa, Marguerite. Después de todo, ya está grande. —Rio para sí misma—. Es un artista. Probablemente ha tenido muchos amoríos. Esto no debería afectar tu actitud hacia él. Cuando viví en la Costa Azul con los Lenoir, la señora siempre decía con un guiño: «Todo corazón tiene sus secretos».

—Sí. —Suspiré—. Supongo que es verdad.

Louise-Josephine se acercó más a mí.

—¿Hay algo más que te moleste?

—Bueno, quizá sólo soy una tonta que alimenta esta fantasía de que tengo talento y belleza para conservar el interés de Vincent.

Louise-Josephine me tocó la muñeca.

—No es una fantasía, Marguerite. Eres hermosa —dijo en un murmullo y con tanta confianza que casi le creí—. Si tu madre viviera, estoy segura de que se pararía detrás de ti, miraría su reflejo en el espejo y te diría lo encantadora que eres. —Sacudió la cabeza y se enderezó como si estuviera decidida a terminar con mis inseguridades—. ¡Y qué tal tu talento con el piano! Tienes más que cautivado a Vincent, ¡ya dijo que quería pintarte al piano, con tus dedos elegantes sobre las teclas!

Su confianza en mí era halagadora y por un momento calmó mis miedos.

Le sonreí y le dije cuánto me calmaban sus palabras. Abrí el libro de xilografías de Hiroshige. Era raro poder compartir algo ajeno con Louise-Josephine; me alegraba tener la oportunidad de mostrarle algo nuevo.

27
Impaciencia

La mañana siguiente, llegó a la casa sin anunciarse, sujetaba su sombrero contra el pecho. Se veía apuesto con el saco blanco; justo debajo de la línea del cuello, su piel estaba roja. Había olvidado ponerse un fular.

—Quería agradecerle por la encantadora tarde de ayer —dijo con dulzura—. Estaba distraído con mi sobrino y temo que no le mostré el aprecio que merece por todas las molestias que se tomó para hacernos sentir tan bienvenidos a todos.

Parecía relajado, muy seguro de sí mismo, y eso me ayudó a sentir confianza. Quizá no se había molestado por mi torpeza cuando fui a la iglesia. Traté de recordar todas las cosas agradables que Louise-Josephine me había dicho la noche anterior para no mostrar lo insegura que me sentía cuando estaba en su compañía.

—Supongo que viene a ver a papá —dije haciendo un gesto para invitarlo a pasar—. Está descansando en el jardín. ¿Desea que le avise que usted está aquí?

—Más tarde —dijo con firmeza—. No hay prisa.

Él ni siquiera imaginaba cómo mi pulso empezaba a acelerarse cuando estaba sola con él. Todo sentido del control se esfumaba y me sentía mareada sólo por la cercanía.

Me quedé paralizada en el vestíbulo durante unos segundos.

—Me alegra que su padre esté en el jardín —continuó, mordiéndose nervioso el labio, por primera vez parecía dudar de su francés—. Quiero decir que me alegra tener un momento a solas con usted. Su padre la vigila muy de cerca, ¿no es así? Sospecho que usted es la pieza más valiosa de su colección.

—¡En absoluto! —respondí de inmediato—. ¡Es su Renoir!

Vincent negó con la cabeza y sonrió.

—Entonces no es el coleccionista que sospechaba que era; sólo un loco preferiría un Renoir a usted.

¿De qué color estaría mi rostro en ese momento? ¿Rojo cornalina? ¿Rosa malva con un toque de amarillo indio? ¿Cuál sería mi aspecto, sonrojada ahí frente a él?

Él estaba resuelto. Acercó su rostro al mío e inclinó un poco la cabeza como si me examinara.

—Usted es como una escultura bajo las distintas luces del día. —Sus dedos sujetaron mi manga para acercarme a él—. Un momento está detrás de una sombra, y al siguiente ilumina toda la habitación.

Una parte de mí quería quitar su mano de la tela de mi manga para tomarle la mano; quería sentir su piel contra la mía, trazar las líneas de su palma, tocar sus yemas callosas. Quería sentirme como el mango de su pincel, que mis dedos se mantuvieran firmes contra los suyos. De pie, temblando a su lado, mi cuerpo se esforzaba por permanecer erguido.

Él no movió la mano; su cuerpo estaba tan cerca del mío que sentía su calor con intensidad, como si estuviera frente a una chimenea.

Yo temblaba; mis manos, mis hombros, incluso la mandíbula, se estremecían. Me alejé un poco de él.

—Alguien podría vernos... En esta casa hay más ojos de los que usted imagina. No me gustaría que alguien nos descubriera así.

Vincent negó con la cabeza.

—No necesita explicarme. Pero hay lugares en los que podríamos estar solos, Marguerite...

—Pero, mi padre...

—Shhh... —dijo poniendo un dedo sobre mis labios—. Este pueblo está lleno de escondites, cuevas cubiertas por hojas... un cojín en donde reposar la cabeza.

Sonreí. No era difícil imaginarlo. Recordé la gruta en la que Paul y yo jugábamos a ser rey y reina tantos años atrás.

—Una noche, usted va a venir a mi encuentro como lo hizo antes. Entonces, hablaremos con libertad.

Volví a sonreír, era como un sueño. Sus palabras eran miel para mis oídos. Yo no hubiera podido formularlo mejor.

28
Chubasco

El miércoles pintó una vista de los viñedos de cara al Este, hacia las colinas de Montmorency. Papá dijo que había visto a Vincent con Henrietta, con la hierba hasta las rodillas, caminando por uno de los caminos sinuosos cerca de nuestra casa.

—Es un cuadro muy hermoso —nos dijo papá durante la comida—. Cada día sus pinturas son más fuertes, más ambiciosas. Hoy pintó uno de los viñedos y la manera en la que ejecutó la pendiente de la colina, la perspectiva de los muros bajos que se fusionaban con las cercas dispersas, parecía como si toda la pradera estuviera en el mar, a la deriva. —Papá tomó un sorbo de vino y se inclinó sobre la mesa—. ¡Si hubieran visto esas pinceladas! Pintaba las vides como si fueran los mechones de cabello de una sirena: azul aciano y verde botella, bordeado de amapolas rojas. Era como si fuera posible meter la mano y tomar un puñado de ellas.

En esa época, Paul estaba muy interesado, por no decir obsesionado, con todos los cuadros en los que Vincent estaba trabajando. Cuando se enteraba de que había una nueva pintura en proceso, le hacía varias preguntas a mi padre sobre la paleta de colores que Vincent había elegido y la composición que imaginó. A mí me intrigaba más el hecho de que, al parecer, Vincent elegía paisajes cada vez más cerca de nuestra casa. Como sabía que en sus pinturas ponía símbolos, esperaba que ésa fuera su manera de decirme algo.

La tarde siguiente lo vi en otro campo cerca de la rue Vessenots. Había empezado a llover; me puse un pañuelo en la cabeza y me acerqué al lugar donde pintaba.

Cuando llegué, la parte baja de mi falda estaba totalmente cubierta de lodo y el algodón de mi vestido se pegaba a mi pecho.

Parecía que no se había dado cuenta de mi presencia conforme yo me acercaba; sus ojos estaban fijos en el lienzo. Se veía igual que aquella noche en que lo observé pintar la iglesia: la espalda encorvada sobre el caballete, el mango de un pincel entre los dientes y otro en la mano.

Estaba a unos pasos de él y jadeaba por haber caminado entre la hierba espesa, jalando mis enaguas.

—Vincent —dije sin saber cómo había encontrado el valor para interrumpir su trabajo—. ¡Desde el camino pude ver que estaba pintando aquí!

Alzó la mirada, su piel estaba húmeda por la lluvia.

—Marguerite —respondió antes de poder sacarse el pincel de la boca—. Debe regresar a casa antes de que la lluvia arrecie. ¡Se va a morir de frío aquí afuera!

—Quería verlo pintar de nuevo —expliqué. Respiraba con dificultad. Sabía que sonaba nerviosa—. Sé que ésta no es una cueva o el lugar más clandestino, pero...

Casi gritaba por el sonido del viento, que azotaba mi cabello contra mi rostro.

—La tormenta está empeorando, Marguerite. Necesito cubrir todo esto con una lona o se arruinará.

Extendió la mano y vi cómo los chorros de agua golpeaban su palma.

El lienzo seguía sobre el caballete: un campo de chícharos en flor frente a hileras rosadas de alfalfa. Las pinceladas eran pequeñas puntadas en algunos lugares y, en otros, cintas largas como encaje. Largas columnas de humo blanco azuladas ascendían de una locomotora recortada en un cielo azul Tiffany. Un camino blanco dividía el lienzo en dos, y un pequeño carruaje negro avanzaba entre la llovizna de líneas azules y grises.

—Déjeme ayudarle —propuse. Me hinqué junto a su mochila y desplegué una lona.

—Llevo varias horas aquí, pero algunas partes del cuadro siguen frescas. Debemos envolverlo sin apretar para evitar que se manche.

Asentí y lo ayudé a envolver el lienzo.

—Pinta casi un cuadro cada día —dije sorprendida.

Sonrió y se llevó la mochila al hombro.

—Todavía tengo que pintarla a usted un par de veces más antes de siquiera pensar en verdaderos logros.

—Tiene mi permiso para hacerlo —bromeé.

—Me temo que necesito más que eso.

Con la mochila a la espalda, se hincó en el suelo y empezó a acomodar la lona. Quise volver a ayudarlo.

—No —dijo para corregirme—. No podemos poner la lona directamente sobre el lienzo. Sigue húmedo, se manchará.

Observé cómo creaba una especie de puente de protección con unos bastidores. Me maravillaba verlo tan tranquilo, tan controlado, y lo admiré aún más. Tenía el cabello mojado echado hacia atrás y yo podía ver todos los ángulos de su rostro; su piel, brillante por la lluvia. Parecía una piedra húmeda.

La lluvia empezó a arreciar y temí que mi vestido pronto estuviera transparente.

—Vincent —grité—, ¡creo que debo irme a casa!

Se levantó y pasó la pintura envuelta bajo el brazo.

—Sí, es lo mejor, mi pequeña pianista... —Sorprendí su mirada sobre mis pechos resaltados bajo la tela mojada—. De lo contrario, su padre enviará a los gendarmes...

Era cierto, debía apresurarme a volver a casa o mi padre se daría cuenta de que llevaba mucho tiempo fuera. No logré mantenerme seca; mi vestido estaba empapado por completo y mis botas, arruinadas por el lodo.

Subí la estrecha escalera a toda velocidad y escondí las botas debajo de la cubeta del jardín. Las limpiaría cuando la lluvia cesara y, con suerte, con la cera adecuada mi padre no advertiría cuánto se había encogido el cuero.

Pero cuando entré a la casa, no fue papá quien me reprendió; fue Paul.

—¿Dónde has estado, Marguerite? —preguntó.

Estaba de pie en el umbral, enojado. Tenía los brazos cruzados sobre el pecho y se expresión era reprobadora, como la de papá cuando estaba de mal humor.

Permanecí en el vestíbulo, temblando. La ropa mojada colgaba sobre mi cuerpo como pesadas cortinas empapadas.

Traté de avanzar. Quería cambiarme y secarme el cabello.

—Paul —exclamé y le di un empujoncito con el hombro—, ¡sólo salí una hora! Vi a Vincent que pintaba uno de los campos de papas y me acerqué a saludarlo.

Mi mano estaba apoyada sobre el barandal y Paul me tomó del brazo.

—No deberías comportarte de esa manera, es paciente de papá; no es correcto.

Logré zafarme de su mano. Una marca roja se empezaba a formar bajo la tela donde él me había sujetado.

—¡Suéltame, Paul! —exclamé—. ¡Tengo que cambiarme antes de que papá llegue a casa!

—Si te viera regresar a casa así, ¡nunca más te dejaría salir!

—No entiendo por qué haces esto. Empezó a llover y pensé que Vincent necesitaría ayuda para envolver su pintura.

—Es un adulto, ¿de qué le serviría tu ayuda? Estoy seguro de que sabe envolver sus propios cuadros.

Sacudí la cabeza. La casa, en penumbras por la lluvia, proyectaba sombras largas sobre el rostro de Paul. Su nariz prolongada, los párpados pesados, todo lo hacía ver menos atractivo, no le favorecía la luz gris azulada.

—No entiendo por qué te molesta tanto que ayude a Vincent con sus pinturas.

No respondió y subí la escalera hasta mi recámara. Pero sabía muy bien por qué estaba enojado: tenía celos.

*

Estaba en la cocina, más por comodidad que por necesidad. Saqué una pila de platos y me dispuse a reacomodarlos en la alacena para calmar mis nervios. Unos minutos después llegó Louise-Josephine. Llevaba una novela bajo el brazo y la puso sobre el bloque de madera para picar.

—Escuché lo que te dijo Paul —dijo comprensiva—. Ha tenido muchos problemas estos días y he tratado de ser amable con él.

Era cierto. Si bien mi relación con ella era reciente, Paul y Louise-Josephine habían sido muy unidos antes. Después de todo, fue ella quien ayudó a su madre con el cuidado de mi hermano cuando era pequeño.

—Quizá se siente amenazado... Tú y yo somos amigas ahora, y también se da cuenta de que Vincent se interesa en ti. No puede evitar sentirse un poco celoso.

Sacudí la cabeza. Sabía que Louise-Josephine tenía razón. Paul era observador y estoy segura de que se había dado cuenta del vínculo cada vez más fuerte entre ella y yo. Para empeorar las cosas, Vincent aún no le había pedido que posara para él.

—¿Crees que le dirá a mi padre?

Louise-Josephine se quedó pensativa un momento.

—No lo sé, Marguerite. Espero que no, pero siempre ha anhelado ganarse el favor de tu padre.

Asentí. Tenía razón y sólo podía imaginar lo que Paul sería capaz de hacer para contar con la aprobación de papá.

29
Tinturas y retratos

El viernes, papá me dijo que había invitado a Vincent a almorzar el domingo. Lancé un suspiro de alivio. Era evidente que Paul no le había comentado nada a papá, al menos no todavía.

—¿Puedes preparar un quiche y una ensalada? —preguntó—. Vincent se queja de tener una digestión delicada.

—Por supuesto.

—Bien. Necesito hacer más tinturas para él, así que, por favor, trata de no molestarme esta tarde.

Asentí y bajé la escalera en busca de sus frascos de vidrio y la prensa. Los llevé a la estufa que teníamos en el jardín y regresé al interior para dejarlo solo.

Como a las tres de la tarde salí a regar el jardín y vi que papá seguía ahí, cortando tallos y flores. Cargaba una canasta en una mano y unas tijeras en la otra. La canasta de mimbre estaba repleta de hisopos y cola de zorro.

Pasé a un lado de papá y me dirigí a los rosales para regar sus abundantes retoños: rosa y blanco. Me molestaba pensar que papá medicara a Vincent y me costaba aún más olvidar la imagen de mi padre presionando con fuerza la tintura en su mano.

Quería creer que los remedios homeopáticos de mi padre sí funcionaban. Después de todo, Vincent no parecía quejarse de ninguna de las afecciones que había padecido en Arles. Nunca lo había visto débil o vulnerable, pero había escuchado sus conversaciones con papá, en las que describía los horribles periodos de su vida en los que no podía hacer nada, ni siquiera pintar.

No quería considerar que los remedios de papá tenían defectos; deseaba confiar en sus poderes curativos no sólo porque se trataba de mi padre, sino también porque anhelaba desesperadamente que Vincent estuviera bien. Sin embargo, me sentía inquieta: la aparente productividad inagotable de Vincent desde que había llegado a nuestro pueblo no era normal. Una pintura al día parecía extenuante. Recordaba cuando, en veranos pasados, Cézanne y Pissarro trabajaban con ahínco en el inicio de una pintura para capturar la inmediatez del paisaje, pero después volvían a su estudio con el lienzo y trabajaban en él durante semanas.

Sin duda, mi padre se comportaba diferente después de ingerir uno de sus propios remedios caseros. Tras una dosis, apenas podía mantenerse de pie y, de pronto, su energía era ilimitada. Me preguntaba si a Vincent le estaba dando una dosis similar.

Sólo una vez toqué el tema con Vincent; fue la tarde que vino a la casa para agradecerme por el almuerzo que organicé para Theo y Jo. Mientras caminábamos al jardín, Vincent mencionó cómo antes había dependido demasiado de la absenta para calmar sus nervios. El doctor de Saint-Rémy le había advertido que su afección, sobre todo los ataques, empeoraban por su afición a ella.

—¿No puede tomar planta de ajenjo? —le pregunté, inquieta.

Sabía que, antes, papá había recetado esto a sus pacientes con frecuencia, porque la absenta era un derivado del aceite de ajenjo; temía que papá hubiera vuelto a despertar la adicción de Vincent.

—Su padre está consciente de que estoy tratando de acabar con mi adicción, Marguerite. Sabe que una de las razones principales por las que vine a Auvers fue para asegurarme de no volver a tener ataques o padecer depresión.

—¡Ha sufrido mucho... es terrible!

Podía ver a papá a la distancia y me aseguré de que mi voz fuera sólo un murmullo. La expresión de Vincent cambió.

—Fue terrible. Esos meses en Saint-Rémy fueron los peores de mi vida, pero debo seguir siendo optimista si deseo estar bien. Confío en la experiencia de su padre. —Agitó la mano para saludar a papá a lo lejos—. Si atendió al maestro Pissarro y a su familia con sus medicinas, entonces estoy en buenas manos.

Mi conciencia me rogaba corregirlo, pero callé. Papá no había tratado a *monsieur* Pissarro ni a su familia por depresión; atendió a su hijo una vez por una muñeca rota y al resto de la familia por dolores ocasionales.

*

Se presentó en la puerta al mediodía; llevaba con él su cuadro más reciente, que había terminado apenas la noche anterior.

—Lo voy a llamar *Orejas de trigo* —le dijo a papá al tiempo que lo colocaba sobre una de las bancas. Se retiró un poco para dejar que mi padre pudiera verlo.

Era un cuadro hermoso, una composición aumentada donde se podían ver a detalle los fardos de trigo, las trenzas diminutas de los largos tallos amarillos. Las hojas resaltaban en ocre pálido y verde cian. La pintura había capturado el movimiento del viento. Tanto la hierba como el trigo se entretejían, oscilando uno en otro.

—Es exquisito —le decía papá cuando me acerqué con el almuerzo—. Pintó los fardos como cintas delicadas.

—Disfruté hacer un estudio detallado. Me obliga a examinar cada pormenor. —Vincent respiró profundamente—. Sin embargo, sigo ansioso por empezar a trabajar en más retratos.

De inmediato agucé el oído, esperaba que Vincent empezara la conversación para pedirle a papá que yo posara de nuevo para él.

—Bueno, ésa es una buena idea —respondió papá distraído. Seguía estudiando el cuadro de Vincent.

—Estoy esperando más material de París, así que en unos días tendré más pigmentos. Espero hacer un retrato de la hija del posadero, Adeline; y por supuesto, quiero hacer otro de Marguerite.

—¿Adeline? —preguntó papá; ahora había despertado su interés.

—Sí —respondió Vincent—. La hija de *monsieur* Ravoux.

Papá lanzó una risita.

—Es muy bonita, ¿verdad? Sus ojos son brillantes y su perfil, encantador.

Por la forma tan clara en la que habló, me di cuenta de que papá quería asegurarse de que yo escuchara bien la conversación. Era obvio que deseaba que me diera cuenta de que no era tan especial como había creído. Así, quedaba claro que había otras chicas que atrapaban el interés de Vincent. Sin embargo, mi padre no necesitaba esforzarse tanto; yo estaba muy cerca y podía escuchar cada palabra.

Sujetaba la jarra de agua con tanta fuerza que creí que las pequeñas venas de la palma de mi mano estallarían.

Sabía que Adeline sólo tenía trece años, pero parecía madura para su edad y, si *monsieur* Ravoux no le dijo a Vincent qué edad tenía su hija, era fácil pensar que por lo menos tenía dieciséis.

Por lo demás, era hermosa, tenía ojos redondos y grandes, una boca amplia cuyas comisuras se alzaban como la cola de un gato; no era de sorprender que Vincent le pidiera que posara para él. Sin embargo, me enojaba que mi padre sugiriera que Vincent tenía ojos para todas las jóvenes del pueblo de manera indistinta. Y me enfurecía que Vincent quisiera pintar el retrato de otra chica antes de intentar hacer el mío, por más que fuera el segundo.

Las dudas empezaron a invadirme. ¿Su beso no había significado nada? ¿Yo había creído ingenuamente que no tenía sentimientos por ninguna otra chica en el pueblo? En ese momento pensé que podría desmayarme de la humillación.

Vincent cambió el rumbo de la conversación.

—Así que sólo necesito su permiso para hacer un segundo retrato de Marguerite.

Vincent parecía entusiasmado y sin conciencia alguna de que hubiera podido molestarme que pintara a Adeline.

—¿Quizá el miércoles sería un buen día? —agregó.

Mi padre parecía tan asombrado como yo. Temblaba tanto que el contenido de la jarra se escurrió por mi muñeca. Papá asintió de mala gana y me miró.

—Muy bien. Pero no esta semana, la siguiente.

Yo trataba de ocuparme de la mesa, pero era evidente que estaba escuchando todo, tal como mi padre sospechaba.

—¿Necesitan algo antes de que regrese a la casa? —pregunté tartamudeando.

Vincent me miró, pero yo me volteé de inmediato. Quería que supiera que estaba molesta porque quería pintar a Adeline. Pero ni Vincent ni papá advirtieron mi disgusto, probablemente porque parecía normal que Vincent quisiera tener tantos modelos como fuera posible. Quizá fue ésa la razón por la que mi padre no entendía por qué Vincent quería pintarme más de una vez.

De regreso a la casa, escuché las últimas palabras de su conversación.

—Vincent, recuérdeme darle su siguiente lote de tinturas —dijo papá estirándose para servirse un poco de ensalada—. No me gustaría que pintara, nada menos que a mi única hija, sin su dosis correspondiente.

30
Una grulla y una flor de ciruelo

Hizo su retrato. Lo escuché de mi padre, quien lo supo por *monsieur* Ravoux. Vincent creó el cuadro de Adeline en una sinfonía de azules, miles de pinceladas diminutas en cobalto. De alguna manera, fue similar a la paleta que usó para papá, pero sin los acentos más oscuros ni el verde pútrido ni los ojos refractarios teñidos de melancolía y arrepentimiento. Adeline estaba representada como un ángel inocente; sobre un fondo azul compuesto de innumerables puntadas color zafiro, se apilaban pequeños bloques lapislázuli entre pinceladas de índigo y celeste.

Ella estaba esculpida en amarillo: el cabello rubio sujeto hacia atrás con una cita perfecta azul cenizo, las mejillas en remolinos durazno y azafrán, y las manos color limón que descansaban con delicadeza sobre su regazo.

Yo no quería que papá o Paul supieran cuánto me disgustaba que Vincent hubiera pintado a Adeline; después de todo, no quería parecer egoísta. Iba a pintarme por segunda vez y aún no había pedido hacer un solo retrato de Paul. Pero seguía sintiendo celos. A diferencia de Adeline, él no había pintado mis rasgos con claridad en el primer cuadro, y me intrigaba saber cómo me retrataría esta segunda vez.

Mi cumpleaños, que compartía con Paul, era ese fin de semana. Papá nos sorprendió con una pequeña fiesta sorpresa en nuestro honor. Nunca lo celebrábamos de manera formal, por lo que fue absolutamente inesperado.

No faltó Vincent. Papá escribió una invitación en una tarjeta que tenía un hermoso dibujo de una mujer japonesa vestida de kimono, parada junto a una grulla y una flor de ciruelo.

Paul estaba tan desconcertado como yo cuando papá nos informó de sus planes. El único tipo de celebración que habíamos tenido en cumpleaños anteriores consistía en un libro que nos regalaba a cada uno.

—Quizá es una buena señal —le dije a Louise-Josephine—. Permitió que Vincent me pintara y lo invitó a mi celebración de cumpleaños. —Me moví inquieta—. Es evidente que no está tratando evitar que vea a Vincent, así que creo que Paul no le ha dicho nada de lo que pasó ese día lluvioso.

Ella se encogió de hombros.

—Paul tampoco me ha comentado nada a mí. Parece estar más ocupado que nunca en sus pinturas. Ayer pasó casi tres horas en el despacho de tu padre.

Asentí.

—Sí, vi dos lienzos terminados y uno nuevo montado en el bastidor. Con suerte, estará demasiado cansado como para interferir.

Louise-Josephine rio.

—¿Y tu madre? —pregunté—. ¿Crees que sepa algo?

—Mi madre tiene sus propios secretos. Sería una hipócrita si intentara aleccionarte.

Sonreí. Todos nos regíamos por las reglas de papá y las manipulábamos para tener un poco de libertad cuando él menos lo esperaba.

—Nunca pensé que fuera posible desafiar a papá. Supongo que me equivoqué.

—No dejes de tener cuidado con él, Marguerite. Tiene un interés particular en ti: tú diriges su casa y no va a ofrecerle ese título a mi madre; sólo le daría a los aldeanos motivos para alimentar sus rumores.

—Pero si algo pasa entre Vincent y yo, papá acabará por saberlo.

Louise-Josephine asintió.

—Sí, lo sabrá.

—Quizá mi padre piensa que soy una buena influencia para Vincent. —Respiré profundamente—. O ahora que Vincent toma la medicina que papá le prepara, tal vez se siente más cómodo con un posible noviazgo entre nosotros.

Louise-Josephine negó con la cabeza.

—No creo que ninguna de las dos sepamos exactamente qué piensa tu padre.

Pero su mirada me hizo sospechar que ella sí lo sabía.

*

Para la fiesta me puse otra vez el vestido amarillo, el del escote pronunciado, y Louise-Josephine me ayudó a peinarme.

—Vamos a hacer que te veas aún más bonita que antes —murmuró esa mañana cuando yo estaba frente al espejo.

Acercó una de las sillas de mimbre, me senté y puso las manos sobre mis hombros.

Me cepilló el cabello con movimientos vigorosos y luego lo dividió por la mitad. Sin dejar de sonreír y tararear suavemente, trenzó cada lado y sujetó ambas secciones en la parte superior de mi cabeza.

—Ahora pareces una reina. —Miró nuestro reflejo en el espejo y guiñó—. Horneé un pastel de naranja esta mañana —agregó—. Así tendrás un poco más de tiempo para prepararte.

Giré y la abracé, estrujé su pequeño cuerpo contra mi pecho.

—Feliz cumpleaños —susurró.

—Me gustaría que estuvieras con nosotros —dije cuando la solté.

Sonrió y negó con la cabeza.

—¿Cómo explicaría tu padre nuestra presencia a estas alturas?

Tenía razón. Sería extraño que papá presentara ahora a Louise-Josephine y a su madre. No podía presentarlas como sirvientas, porque Vincent ya las hubiera visto servir y recoger en las varias comidas que ya había compartido con papá. Y tampoco podía presentarlas como miembros de la familia, porque nunca lo había hecho, ni siquiera con Paul ni conmigo.

Para ser una casa con tantos cuadros coloridos y brillantes en sus paredes, aún había muchos tonos grises entre nosotros.

*

Vincent llegó alrededor del mediodía; no llevaba su mochila y caja de pinturas acostumbradas, sino un regalo para Paul y otro para mí.

—¡Feliz cumpleaños! —canturreó cuando abrí la puerta.

—Gracias —respondí invitándolo a pasar.

—Estos son para usted y para su hermano —agregó poniendo dos paquetes planos en mis brazos—. Espero que los disfruten.

—No era necesario que trajera nada.

Rio.

—Mi hermana Wilhelmina me educó bien.

Lancé una risita y le agradecí su cortesía. Mi enojo contra él por haber pintado a Adeline la semana anterior había desaparecido.

*

Me esforcé para que el jardín tuviera un aspecto festivo para la ocasión. Colgué unas pequeñas lámparas de papel de china en los dos tilos, también puse un hermoso mantel rojo con florecitas amarillas en la mesa de campo y llené un jarrón con ramos de rosas color champaña.

Cuando Vincent me siguió hasta el jardín, tanto Paul como papá se levantaron de un salto de su silla para saludarlo.

—Qué gusto que pudiera venir —dijo papá acercándose a Vincent y le dio unas palmaditas en la espalda.

A su paso lo seguía un pavo real y uno de los muchos gatos que teníamos. Me detuve, con los dos paquetes en la mano.

—Vincent nos trajo esto por nuestro cumpleaños. —Miré a Vincent—. ¿Cuál es para mí y cuál es para Paul?

Bajé la mirada y me percaté que en una de las envolturas de papel estraza había un dibujo de una mariposa amarillo brillante. Aparte de eso, ambos paquetes parecían idénticos. Cada uno estaba envuelto y atado con un cordel burdo de carnicero.

—El suyo es el que tiene la mariposa amarilla.

Paul tomó el otro regalo de mi mano y le agradeció a Vincent.

Cuando Paul se distrajo, Vincent metió la mano a su bolsillo y sacó una cajita envuelta en papel de arroz azul. Sujeto bajo el listón había una pequeña grulla doblada.

—Ábralo después. —Sus labios dibujaron la frase. Yo asentí y metí la cajita en uno de los bolsillos de mi vestido.

Mi hermano y yo empezamos a abrir nuestros regalos, al parecer idénticos, papá sonrió.

—A los dos les encantaron las xilografías japonesas que su cuñada les trajo de París. Cada vez que los veo en la sala, están absortos en sus páginas.

Vincent parecía complacido.

—Entonces creo que estos les gustarán mucho más.

Tenía razón, a cada uno nos regaló una pequeña xilografía. La mía era una hermosa mujer vestida con kimono, arrodillada sobre una tina de baño. Su vestido amarillo estaba estampado con pequeños círculos negros y su cuello largo y blanco se reflejaba en el agua reluciente.

—Qué hermoso... —Me contuve.

Estaba tan conmovida por ese regalo tan encantador y generoso que tuve que reprimir las ganas de correr hacia él y abrazarlo.

Mi hermano parecía igual de complacido con su xilografía de un actor japonés. La larga nariz y ojos vulpinos del hombre divertían a Paul.

—¡Qué rostro! —exclamó sosteniendo el grabado a distancia.

—Es un actor kabuki, o al menos eso me dijo el comerciante en París. —Vincent movió el pie un poco sobre la tierra del jardín—. Espero que a los dos les gusten.

—¡Oh, sí! —exclamé con entusiasmo—. ¡Es el mejor regalo de cumpleaños que he recibido!

—Sí, muchas gracias, *monsieur* Van Gogh —agregó Paul estrechando la mano de Vincent.

Sabía que aprovecharía esta oportunidad para tratar de hablar con Vincent de pintura.

Le propuse a Paul llevarme su xilografía a la casa, ya que tenía que ir a buscar el almuerzo. Pero lo que en realidad deseaba era entrar rápido para poder abrir el regalo secreto que Vincent me había dado.

Paul me dio su xilografía y me apresuré a entrar en la casa; en lugar de ir directo a la cocina, subí la escalera, entré a mi recámara y cerré la puerta.

Apenas podía contenerme; despegué con cuidado la grulla y abrí la envoltura. Al interior, atado con una cinta azul de satén, había un mechón de cabello pelirrojo. Era más parecido al color del durazno que el naranja intenso de la zanahoria; los extremos eran rectos y sobresalían como si fueran pajitas.

No podía creer que en mis manos tenía un mechón del cabello de Vincent. Lo retorcía y observé los toques dorados y castaños; la iridiscencia del color cobre se reflejaba bajo la luz.

Imaginé a Vincent: cortaba el mechón, luego trataba de atarlo por el centro con la cinta azul cobalto. Incluso yo, con todo y mi falta de experiencia, sabía que era una señal. Era como si extendiera su mano para invitarme a bailar y esperara que yo aceptara su invitación. No podía ignorar un gesto tan romántico; al contrario, me daba confianza e ideas para planear nuestro próximo encuentro.

Cómo hubiera querido entrar corriendo a la habitación de Louise-Josephine y contarle todo de inmediato, pero ya me había ausentado demasiado tiempo y temía que papá subiera a buscarme. Rápidamente doblé el papel y el valioso mechón de Vincent y los guardé en el cajón. Le mostraría mi tesoro más preciado al final del día.

*

Louise llegó a mi habitación esa tarde. Me llevó algo de tiempo lavar los platos y guardar los restos de comida. Estaba recostada en la cama, mis pies descansaban sobre una almohada y mi diario estaba abierto sobre mi regazo.

—Tengo un regalo de cumpleaños para ti —dijo sentándose a mi lado y ofreciéndome un paquete grande y plano.

—Ya he recibido mucho hoy —respondí haciendo mi diario a un lado.

Moría de ganas de enseñarle tanto la xilografía como el mechón de cabello de Vincent, pero no quería parecer grosera.

—Ábrelo, Marguerite.

Puse el paquete sobre mi regazo y desaté el cordón con cuidado.

—No debiste comprarme nada —dije—. Ya me has dado el regalo más extraordinario. —Tomé la mano de Louise-Josephine—. Te hiciste mi amiga.

Me devolvió la sonrisa.

—Yo siento lo mismo, Marguerite. Pero de cualquier modo quería darte algo especial. —Se recargó contra la cabecera de mi cama—. Sin poder salir al pueblo, fue complicado... Espero que no te importe que uno de ellos lo haya hecho yo misma.

Abrí el paquete con cuidado y encontré un ejemplar de *Paul y Virginie*, de Bernardin, y debajo, un hermoso fólder de papel. La cubierta del fólder estaba decorada con rosas de Provenza y narcisos amarillos que Louise-Josephine había recortado y pegado. En el centro había dos orificios unidos por una cinta rosa para poder cerrarlo.

—No estoy segura de que tengas la novela. Es una de mis favoritas. *Madame* Lenoir me prestó un ejemplar durante el tiempo que estuve con su familia. —Hizo una pausa—. A menudo imagino cómo hubiera sido si las dos viviéramos en la isla Mauricio, como los dos personajes principales. Antes de que uno de ellos se viera obligado a regresar a Europa, ambos tenían una existencia idílica en la isla. Dormían bajo las palmeras y escalaban peñascos que daban al mar. ¡Qué maravilloso hubiera sido vivir así y poder deambular libres en los campos sin que nos importara lo que pensaran los vecinos!

Conmovida por su atención, extendí la mano para tomar la suya. Ella sonrió.

—En cuanto al fólder, pensé que podías poner ahí tus partituras —agregó con dulzura—. O quizá cartas de amor...

—Es muy hermoso. —Volví a apretar su mano—. Pensaré en ti cada vez que lo use. Ya tengo algo que puedo guardar en él.

—¿Qué?

Su voz ahora era traviesa; no podía ocultar su emoción.

Fui al cajón y saqué el mechón de cabello.

—Me lo dio esta tarde, junto con una xilografía —expliqué señalando el grabado que estaba sobre mi escritorio.

Tomó el mechón de mi mano y lo examinó con mucho cuidado. Igual que yo, lo enrolló en su dedo.

—Es una señal, ¿no te parece? —pregunté lanzando una risita emocionada.

—¡Ah, sin duda! Creo que tendrías que cortarte un mechón y enviárselo. Es lo justo.

—¿En serio? —La idea me encantaba—. ¿En verdad crees que debería hacerlo?

—Claro. Se sentiría insultado si no lo hicieras.

Tras pensarlo un momento, estuve de acuerdo. Me levanté y me acerqué al espejo que estaba sobre la chimenea.

—Corta un poco de la parte de atrás —sugerí—. El color es más dorado ahí. Además, será más difícil que alguien se dé cuenta.

Sacó un par de tijeras del cajón superior de mi escritorio. Cuando terminó, tenía un pequeño mechón de cabello rubio entre los dedos.

—Usa un listón color lavanda —sugirió—. Resaltará mejor el color. —Sonrió—. Como es pintor, apreciará el detalle.

31
Iluminada desde el interior

Metí el mechón de cabello en un sobre blanco y al día siguiente lo dejé en el buzón cerca de la estación de tren cuando salí a hacer las compras.

Luego, esperé tres días para que Vincent viniera. Durante ese lapso, pasé mucho tiempo en el jardín y en mi recámara, absorta en la novela de Paul y Virginie.

Era una historia que me fascinaba. Cerraba los ojos y lograba ver la costa rocosa, las palmeras que se inclinaban al viento, el sol que caía en el horizonte como una esfera de mermelada rezumante. Casi podía saborear el agua del océano en la lengua. Me miraba el cabello después de lavarlo, aún enredado, e imaginaba que no lo había cepillado y que mis largas trenzas estaban saturadas de sal.

Me imaginaba trepando árboles para bajar cocos y preparar una sopa con ellos, en lugar de papas y poros. Empecé a caminar descalza en mi recámara después de bañarme y pensaba en los dedos de los pies desnudos y bronceados; abría la ventana y sacaba la cabeza entre las persianas, imaginaba el olor de las flores tropicales: las orquídeas salvajes reemplazaban a los rosales, las higueras y mangos tomaban el lugar de los robles y los álamos.

Era fácil visualizar a Vincent ahí conmigo, junto con Louise-Josephine y Théophile; nuestros hijos crecerían juntos como una sola familia. Sería nuestra propia utopía. Podía ver a Vincent con su enorme sombrero, su camisa blanca de lino y la piel pálida enrojecida por el sol. Pintaría los atardeceres, las dunas y los parches de hierba alta y silvestre donde yo podría correr descalza todos los días; así como lo hice esa noche cuando fui a buscarlo junto a la iglesia.

Cuando terminé de leer el libro, me cruzaba con Louise-Josephine en el pasillo y sólo bastaba con que dijera «Mauricio» para hacerme sonreír. Se convirtió en una suerte de código secreto entre nosotras. En la noche, si alguna de las dos no podía dormir, todo lo que teníamos que hacer era escabullirnos en la cama de la otra y murmurar la palabra para que ambas pudiéramos conciliar un sueño profundo y tranquilo.

*

Papá había programado que Vincent viniera a pintar mi retrato el miércoles 24 de junio. Esa mañana, Louise-Josephine me ayudó a vestirme y, como siempre, apaciguó mis miedos.

—No se vistió de color lavanda —dijo Vincent cuando le abrí la puerta; llevaba el sombrero pegado al pecho y me guiñó un ojo.

—Papá me dijo que me vistiera de blanco —respondí sonrojada.

El vestido era de tafetán rígido, con una cinta rosa atada a la cintura.

—No se preocupe, es una buena elección.

Avancé un poco y le indiqué con un gesto que subiera a la sala.

—Como sabe, el piano está ahí. ¿Aún le parece bien el lugar?

Papá entró a la habitación.

—¡Ah, justo a tiempo! —exclamó mirando su reloj de bolsillo—. ¡Me temo que mi hija ha tenido toda la mañana el estómago hecho un nudo!

—No tiene por qué angustiarse... —habló suavemente al tiempo que miraba alrededor. Era evidente que examinaba la luz para saber dónde sería mejor montar el gran caballete que llevaba bajo el brazo—. Tiene un talento natural.

—Bueno, eso no lo sé —dijo papá con una risita—. Quizá tiene talento para la jardinería o el piano, como su difunta madre. Pero su hermano Paul es quien está más inclinado al mundo artístico.

Vincent no respondió y miró a la ventana entrecerrando los ojos.

—Quiero que la luz entre en ángulo. —Su voz era entusiasta, casi eufórica, como si sólo pensara en su cuadro—. Necesitaremos mover el piano y organizar un poco los muebles. Quiero pintar desde el lado derecho de *mademoiselle*.

—Por supuesto —dijo papá, amable—. Lo que usted desee, Vincent. Le pediré a Paul que baje para que mueva el piano. Sólo díganos dónde quiere ponerlo.

Papá salió y llamó a Paul. En cuestión de segundos, Paul estaba en la sala con nosotros, moviendo el piano para que quedara perpendicular a la pared.

—¡Perfecto! —exclamó Vincent complacido. Caminaba por la habitación con las manos entrelazadas frente a él—. Ahora, Marguerite, siéntese y ponga las manos sobre el teclado, yo haré el resto.

Avancé en silencio frente a mi padre y mi hermano, quienes me veían con la misma atención que Vincent, me senté frente al piano.

A partir de ese momento ya no escuché mucho. Vincent empezó a acomodar el caballete, sujetó un lienzo largo y estrecho en el bastidor y abrió la caja de pinturas.

Tanto Paul como mi padre observaban absortos cómo Vincent exprimía los tubos de pintura sobre la paleta. Miraban fijamente la manera en que mezclaba los pigmentos con su pequeña espátula.

Permanecí sentada frente al piano y, de cuando en cuando, desviaba la mirada para ver a todos en la habitación.

Sin embargo, Vincent no me miró esos primeros minutos en los que organizó las pinturas y pinceles. Sólo hasta que puso al menos seis colores en la paleta de madera, inclinó la cabeza ligeramente y me examinó con mayor atención.

—Levante un poco la barbilla, *mademoiselle*... sí; ahora ponga los dedos sobre el teclado —ordenó.

Hice lo que me indicaba y, con delicadeza, puse las manos sobre las teclas de marfil.

Louise-Josephine me había sugerido que esa tarde me hiciera un chongo. Cuando incliné la cabeza para simular que leía la partitura frente a mí, algunos broches se soltaron y unos cuantos rizos cayeron sobre mis orejas.

*

El sonido del pincel sobre el lienzo me provocaba escalofríos. Percibía el intenso olor de la trementina y escuchaba cómo abría y cerraba la botella de aceite de linaza. Aunque mantenía la mirada fija en el teclado, no dejaba de recordar cuando lo vi pintar esa noche frente a la iglesia. Encorvado sobre el lienzo, echando vistazos al objeto de su pintura, la indistinguible extensión entre el pincel y su mano...

Como siempre, sentía curiosidad por cómo me estaría pintando, si esta vez delinearía mis rasgos: el triángulo abrupto de mi fosa nasal, mis pestañas caídas, las delgadas arrugas de mi boca apretada.

Bajo la rígida tela de tafetán blanca sentía la piel caliente y húmeda. Mis piernas estaban pegadas como dos hojas mojadas. Conforme me pintaba, imaginé que me besaba como lo hizo aquella noche frente a la iglesia; sus dedos y su mirada me envolvían como largos bucles de hiedra.

*

Durante las horas que mantuve la pose, estuve hipnotizada por los sonidos del pigmento húmedo que aplicaba sobre el lienzo, el arrastre de los pinceles con cerdas de cola de caballo, el sonido de la espátula sobre la paleta, el breve barrido de junco seco.

Ni mi padre ni Paul emitieron un solo sonido; ambos estaban tan maravillados de verlo trabajar que no se atrevieron a molestarlo.

Durante la tercera hora, el cuello comenzó a dolerme y la espalda me lastimaba tanto que pensé que me caería del banco. En ese momento, justo cuando iba a preguntar si podíamos detenernos unos minutos, Vincent anunció que estaba por terminar.

—Ya podemos descansar, Marguerite —dijo—. ¿Por qué no se para y estira las piernas?

Cuando me puse de pie, apenas si podía sentir las pantorrillas. Mis piernas estaban tan cansadas que temía que se doblaran por el peso de mi cuerpo. Pero cuando tomé mis enaguas para levantarme, sentí que la tensión en la espalda y los hombros al fin se liberaba.

—Se lo dije, su hija tiene un talento natural —aseguró Vincent dirigiéndose a papá—. Aguantó durante tres horas sin descanso. He pintado antes a otras mujeres, pero su hija… es distinta. Incluso su silencio me inspira. Es como si llevara música bajo la piel, la escucho con la misma fuerza que las campanas de la iglesia.

Papá trató de sonreírle a Vincent, pero era evidente que estaba profundamente molesto.

—Mi Marguerite siempre ha tenido talento para el piano —respondió papá con diplomacia, ignorando lo que Vincent decía en realidad— ¿Ya casi acaba el cuadro?

Vincent asintió y soltó el pincel.

—Puedo terminar el resto en casa.

Sonreí y me acerqué al lienzo. Papá le comentaba a Paul que le parecía asombroso lo rápido que pintaba Vincent. Paul asentía sin dejar de mirarlo fijamente. No le había quitado los ojos de encima durante todo ese tiempo.

Era un hermoso retrato mío y no hice ningún esfuerzo por ocultar mi gran placer.

—¡Es maravilloso! —exclamé, llevándome una mano al pecho.

Me había pintado en remolinos rosas y blancos; mi cabello rubio estaba sujeto en la parte superior de la cabeza, el perfil era delicado y halagador, concentrada como estaba en las teclas del piano. La pared detrás de mí era verde musgo, con lunares naranja brillante. En contraste, la alfombra roja oscuro con pinceladas verdes semejaban briznas de hierba. La exquisita madera del piano era violeta, los trazos largos y saturados eran brillantes como caramelo.

Me había pintado hermosa: los remolinos rosas y rojos que se mezclaban con el blanco de mi vestido me hacían resplandecer, como si estuviera iluminada desde el interior.

32
Los toques finales

Volvió al día siguiente para hacer algunos ajustes al cuadro. Paul estaba esa tarde en casa y fue a llamarme al jardín.

—Ya está aquí —dijo secamente—. Pidió que te sentaras al piano una vez más para que pueda darle los toques finales.

Me pasé las manos por el cabello y alisé mi chongo.

—Está esperando, Marguerite... lo dejé solo en el vestíbulo —insistió con un tono de impaciencia—. Voy a subir a decirle a papá que ya llegó.

Nuestro padre había pasado todo el día en el ático jugueteando con su máquina de grabados.

—Sí —respondí—. Voy de inmediato.

Entré a la casa a buscarlo. Me sorprendió que mi hermano dejara a Vincent en el vestíbulo y no lo pasara a la sala. Era muy poco amable de su parte.

Encontré a Vincent parado en el pasillo, contemplaba el vitral. Su sombrero de paja estaba a sus pies, junto a mi retrato.

—Buenos días —lo saludé con calidez—. Lamento que mi hermano no lo pasara a la sala. ¡Al menos debió ofrecerle algo fresco para beber!

Vincent sonrió.

—No se preocupe, no vine por la hospitalidad de su hermano. Sólo necesito hacer algunos ajustes antes de considerar que el cuadro está terminado.

—Por supuesto —dije un poco sorprendida por la formalidad de su tono.

—Además —continuó acercándose a mí—, no podía esperar para verla de nuevo.

Sonreí y sentí que mis mejillas empezaban a calentarse.

—Estoy muy contenta de verlo también.

No podía evitar sentirme nerviosa. Sabía que no estábamos solos.

—Papá está terminando de hacer algo en su despacho, bajará en cualquier momento —dije.

Sentía la necesidad de prevenirlo y decirle que debíamos ser cautelosos.

—En ese caso, debo decirle ahora cuánto disfruté su regalo.

Volví a sonrojarme. Extendió el brazo y me tocó atrás de la cabeza.

—¿Entonces nadie sabe que falta un mechón más que yo?

—Nadie —susurré.

Su mano pasó de mi nuca a mi mejilla. Sentí su palma en mi mentón, la fuerza de su tacto, las callosidades de algún modo eran reconfortantes.

—¿Cuándo nos volveremos a ver?

Había avidez en su voz, una impaciencia que ahora comprendía que era resultado del anhelo y el deseo, ya no era algo ajeno para mí; mi voz también lo reflejaba.

—Prometo que...

—Hay una cueva, no muy lejos, atrás de Château Léry... vaya mañana en la noche.

Asentí, pero sin mucha confianza. Me distrajo un ruido que vino de arriba, los pasos de papá eran fácilmente reconocibles y me paralicé.

—Vamos, *monsieur* Van Gogh, llevemos su caballete a la sala —propuse con una voz lo suficientemente alta para que papá pudiera escucharme.

Era una señal para Vincent, para advertirle que nuestra conversación ya no era privada.

En este caso, la capacidad de Vincent de renunciar a sus encantos secretos tan fácilmente cuando se le sugería trabajar, funcionó a mi favor. Quizá sus ganas de volver a pintar eran mayores que su inclinación por el romance, ya que la simple sugerencia de que montara su caballete lo animó al instante.

En cuestión de segundos sus manos abandonaron la piel suave de mis mejillas por un compañero más firme: su caballete.

Esta vez traía uno más ligero, el que podía sujetar a su espalda. Con la eficacia de un soldado, levantó mi retrato y cogió su caja de pinturas para llevar todo su equipo a la sala.

—Tendremos que mover el piano otra vez —dije—. Lo siento, papá lo regresó a su sitio anoche.

—No se preocupe.

Vincent cruzó la habitación y empezó a mover el piano para ponerlo en el mismo ángulo que el día anterior. En el momento en el que fue por su caja de pinturas, papá entró a la sala.

—¡Buenas tardes, Vincent! —Llevaba un saco verde brillante y su cabello recién lavado con el champú especial de henna parecía aún más brillante por el contraste—. ¡Qué amable de su parte en venir!

Se acercó a Vincent y le estrechó la mano.

—Espero que no le moleste, doctor. Pensé que el cuadro necesitaba algunas modificaciones. Le escribí a Theo sobre él anoche y quería que fuera perfecto.

—Sí, por supuesto. No tiene de qué preocuparse, hijo.

—Sólo necesito preparar mi paleta y puedo empezar. Marguerite tendrá que ser lo suficientemente amable como para posar otra vez.

Papá me lanzó un leve sonrisa.

—Sí, es buena chica nuestra Marguerite.

Por el rabillo del ojo pude ver a Vincent hurgando en su caja; de pronto, pareció preocupado.

—¿Pasa algo, Vincent? —preguntó papá advirtiendo también su agitación.

—Creo que olvidé mi paleta. Tendré que regresar a casa por ella. ¿Cómo me pudo pasar?

Incapaz de creer que había olvidado uno de sus instrumentos esenciales, Vincent empezó a lanzar el contenido de su mochila. Sus pinceles de repuesto, trapos sucios y espátulas adicionales salieron volando. En cuestión de segundos, la habitación era un caos.

—¿Cómo pude olvidarla?

Empezaba a subir el volumen de su voz y papá se acercó a él para tratar de calmarlo.

—No pasa nada, Vincent. —Le pasó el brazo sobre los hombros y pude ver que la piel que sobresalía del cuello de Vincent estaba ardiendo—. Le prestaré una mía. Tengo una paleta de repuesto allá arriba.

Vincent se tapó los ojos con la mano.

—Disculpen mi arrebato. Es sólo que estoy furioso conmigo mismo.

Agité la cabeza. Para mí, la inquietud de Vincent era una señal de su perfeccionismo, de la pasión por su trabajo. Todo lo que yo quería hacer era tranquilizarlo.

—No hay problema. Papá dice que tiene una de repuesto.

—Sí, no hay ningún inconveniente, Vincent. ¡Ahora subo y la traigo! No se preocupe. ¡Me encantará contarle a todo el mundo que usted usó mi paleta para pintar el retrato de mi hija!

Papá se apresuró a salir y subió las escaleras a toda prisa. Minutos después, estaba de vuelta en la sala con la paleta en la mano.

Después de eso, papá no nos dejó solos, observó con tanta atención como el día anterior. Yo sabía que estaba ansioso por ver si Vincent firmaría el cuadro al terminarlo. Sabía por *monsieur* Ravoux que Vincent firmó el retrato que hizo de su hija, Adeline, y eso había molestado a papá. Siendo el coleccionista que era, mi padre sabía que la firma del artista aumentaría el valor de la pintura de Ravoux si algún día Vincent se volvía famoso.

No obstante, parecía que Vincent no advertía la presencia de papá. Desde el momento en que empezó a montar el caballete, nada más importó. Su mal humor por haber olvidado su paleta se había esfumado y sus ojos ahora se enfocaban en la pintura.

—Si fuera tan amable de sentarse al piano, *mademoiselle* —me pidió Vincent, señalando que estaba listo para comenzar. Había vuelto a ser él mismo y la sombra de su exabrupto se evaporaba: todos la habíamos olvidado.

Seguí sus órdenes. Me senté en el banco y traté de concentrarme en algo ordinario como el florero con peonías del vestíbulo. Pero no fue muy útil, no podía dejar de pensar en la novela que Louise-Josephine me había regalado. Cerré los ojos y soñé en nosotros dos abandonados en la isla Mauricio, imaginé la brisa con olor a jazmín y el mar turquesa templado.

Esta vez no me costó trabajo fingir que estaba en otro lugar. Pero tuve que concentrarme para reprimir las ganas de sonreír.

Pintó durante casi media hora sin decir una palabra. Entonces, cuando el silencio empezó a preocuparme, escuché que me pedía que moviera mis enaguas.

—¿Podría alzar un poco su falda, Marguerite? Quiero pintar la punta del zapato.

Sentí la mirada vigilante de papá cuando me hizo esta solicitud. Lentamente, jalé la tela hacia el tobillo. Las enaguas rozaron mis espinillas cuando alcé la punta de mi botín y lo coloqué con cuidado sobre el pedal de latón.

Sin embargo, Vincent no se dio cuenta de nada de esto. Sus ojos permanecieron fijos en el lienzo. Tarareaba bajito para sí mismo mientras pasaba el pincel por una de las esquinas. Su rostro estaba tan cerca de la pintura que todo lo que yo podía ver era un mechón de su cabello pelirrojo que sobresalía entre los bastidores de madera de su caballete.

En ocasiones, se escuchaba el ruido metálico del pincel que golpeaba la lata de disolvente y la tos esporádica de papá; fuera de eso, al igual que el día anterior, en la sala reinaba un silencio doloroso.

*

Terminó en menos de dos horas. Se sacudió las rodillas y anunció que el cuadro al fin estaba completo.

—Con el permiso de su padre, éste se lo quiero ofrecer a usted.

Volteó a ver a papá para saber si recibiría alguna objeción por este regalo. La pintura aún estaba brillante y fresca en algunas partes.

—Tiene que secarse y, además, debo tenerlo frente a mí cuando se lo describa a Theo, pero después de eso para mí sería un honor que lo tuviera, *mademoiselle* Gachet.

—Es muy generoso de su parte, Vincent —agradeció papá.

Por su mirada, me di cuenta de que buscaba la forma de pedirle a Vincent que firmara el retrato.

—Sería extraordinario si hubiera alguna manera de mostrar que este regalo es de su parte —agregó.

—Bien, que así sea...

Vincent se veía sinceramente complacido y, al parecer, no se percató de la manera indirecta en la que papá lo orilló a que firmara. Empezó a agitar sus pinceles en un frasco de trementina y los limpió con un trapo manchado y aceitoso.

Después de estirar las piernas regresé al piano y bajé la tapa del teclado. Volví a levantarme y me acerqué a Vincent. Podía ver las pecas pálidas sobre su nuca, la ligera protuberancia de su columna vertebral que se marcaba en medio de su saco azul. Quise pasar mi dedo para trazar la delicada marca del hueso y sentir las vértebras, las pequeñas piezas que, como rompecabezas, conformaban todo su cuerpo. Pero no necesitaba recordar que no estábamos solos. Papá estaba ahí, mirando con atención el cuadro terminado.

—Es una belleza, Vincent. Es un retratista insólito.

—Ella es una belleza —respondió—. Fue difícil hacerle justicia. Hay tanto que mantiene oculto... —Vincent se aclaró la garganta y miró a papá directamente—. Por eso disfruto el reto de pintar a su hija; a fin de cuentas, ése es el desafío del pintor, ¿no es así, doctor? Revelar lo que otros no pueden ver...

Vincent arqueó las cejas como si invitara a papá a que reaccionara; sin embargo, éste no lo hizo. Ignoró los halagos de Vincent sobre mí y se concentró sólo en la pintura.

—Sé que debe llevarse el cuadro a la posada esta noche, pero cuando regrese con él, lo colgaremos en la recámara de Marguerite —dijo juntando las palmas de las manos—. Estoy seguro de que será un recuerdo feliz para ella en los años por venir. Algo para sobrellevar su soledad.

33

El lienzo hermoso

Esa noche no pude dormir. Pensaba una y otra vez en nuestro breve encuentro, en mi promesa de que me reuniría con él en la cueva que estaba detrás de Château Léry. Fue curioso, pero no le conté nada de esto a Louise-Josephine, no porque no quisiera, tuve que hacer un gran esfuerzo para contenerme, sino porque deseaba tomar la decisión por mí misma. Si me iba a entregar a Vincent, sin una propuesta de matrimonio, quería hacerlo sin la influencia de nadie más.

No podía dejar de pensar en mi madre. Si tan sólo pudiera reemplazar la imagen de ella cuando estaba por morir, enojada y con la piel cenicienta, por una de ella feliz y sin remordimientos. Era una mujer que sufría cada grieta, cada fisura que aparecía en su valiosa porcelana. Hasta ahora me preguntó si consideraba esos platos pintados a mano como una metáfora de su vida.

Pero de alguna manera su tragedia me motivaba. No quería acabar como mi madre, ni siquiera como la Virginie de la historia de amor de Bernardin, sacrificar mi pasión con estoicismo para terminar muriendo con remordimientos. Era fácil imaginar que tendría un destino similar y anhelaba crear un final más feliz con Vincent.

Cuando llegó para darme el cuadro yo ya había tomado una decisión: me encontraría con él esa noche.

*

Abrí la puerta, y ahí estaba él, llevaba un saco azul cuyo color compensaba el de sus ojos y aumentaba el tono de su cabello pelirrojo. Me recordó el efecto que había logrado cuando hizo el retrato de papá.

—Vincent... —dije en un murmullo.

Mi falta de corrección me asombró y traté de recuperar la compostura. Su llegada me sorprendió un poco; había estado tan concentrada en nuestra inminente cita que, por un momento, olvidé los buenos modales.

—Le traje el cuadro —explicó entrando a la casa—. Hice una copia pequeña para mi hermano, así que ésta es toda suya.

Me dio el hermoso lienzo, mi imagen de perfil entre remolinos de pintura verde y violeta.

Aunque en el fondo imaginaba que me tomaría en sus brazos y me besaría ahí, en el pasillo, pude ver que se sentía nervioso de saber cómo reaccionaría ante el cuadro.

Alcé la pintura hacia la luz, frente a mí como si sostuviera algo que fuera la combinación de nosotros dos. Había delineado todos mis rasgos, los suaves contornos de mi cuerpo; yo habitaba el lienzo gracias a su pincel y su visión. Era emocionante.

—¿Pensó en mi propuesta? —preguntó en voz baja.

Se acercó a mí y pude sentir el calor que emanaba su cuerpo. Abrí los ojos y vi sus pestañas pelirrojas, los poros diminutos de su piel, los labios delgados que se asomaban bajo el bigote.

—Sí.

—¿Vendrá?

Esperé unos segundos; cada centímetro de mi cuerpo temblaba.

—Sí.

Casi se me atora la respuesta en la garganta, pero, de alguna manera, pude pronunciarla.

*

Esa noche fue la primera vez que quemé el pollo. Tenía los nervios de punta; el corazón me latía con fuerza. Saqué el ave carbonizada y la tiré a la basura. Papá se enojaría si lo descubría, pero también sospecharía al ver que mis habilidades culinarias no estaban a la altura. Sin mucho tiempo para pensar en algo nuevo, me apresuré a pelar unas papas y a lavar poro para hacer una sopa. Luego hice una masa para hacer las crepas favoritas de papá.

Louise-Josephine advirtió la distracción en mi rostro. Durante la comida, jugueteé con los alimentos en mi plato y no podía evitar lanzar miradas al reloj de la chimenea.

Llevábamos apenas unos segundos en la cocina cuando me quitó los platos sucios de las manos y los puso en el fregadero.

—¿Qué pasa? —susurró—. Estás actuando muy extraño.

—Lo sé... lo siento.

Con la mirada me rogaba que le diera más información, algo típico en Louise-Josephine, siempre era muy impaciente.

—Voy a ver a Vincent esta noche.

Susuré lo más bajo posible; tenía mucho miedo de que alguien me escuchara. Me angustiaba que se enojara conmigo por no haberle dicho antes, pero en su rostro no había decepción, sólo emoción por los últimos acontecimientos.

—¡Qué increíble! —exclamó pellizcando mi brazo—. Nos vemos en tu recámara a las nueve, todos estarán en cama para entonces.

Acepté.

A las nueve, estaba ahí.

34
El mármol hecho añicos

Cuando llegó a mi cuarto, estaba vestida para irse a dormir; su larga bata blanca flotaba como una campanilla, su cabello castaño estaba sujeto bajo un gorro de algodón.

Esa noche, estaba decidida por completo; había dejado suelto mi largo cabello rubio que cubría mis hombros. Mi esternón se marcaba como una flecha bajo la piel. Volteé a ver a Louise-Josephine.

—Debería estar nerviosa, ¿no?

—No si ya tomaste la decisión.

Se acercó a mí; el camisón rozaba sus tobillos.

Mi retrato, el que Vincent había pintado, ya colgaba de la pared. Era la primera vez que ella lo veía de cerca. Durante varios segundos permaneció en silencio, examinaba meticulosamente el cuadro; nunca la había visto observar algo con tanto detenimiento.

—Es magnífico, Marguerite. Te ve, eso queda claro.

Sabía que se refería a los trazos rosas y rojos por debajo de los remolinos de tafetán blanco. No podía ser más preciso: yo era fuego encerrado en una tumba de mármol blanco.

—No quiero acabar como *maman* —expliqué casi desafiante—. Tengo recuerdos de ella muy enojada con mi padre; estoy segura de que sabía de sus amoríos y odiaba Auvers...

Louise-Josephine me tomó entre sus brazos. Me reconfortó el olor a rosas de su piel. A veces pensaba que había conocido a Théophile por casualidad; salió para comprar una caja de jabón y ese encuentro inesperado cambió su vida.

Dos meses antes me hubiera asombrado ver a la chica, con quien viví durante años, escaparse por la ventana de su recámara mientras su madre compartía el lecho de mi padre y Paul dormía a pierna suelta en el primer piso. La fachada del decoro de mi padre, por fin, se hizo añicos esa noche. Ahora me daba cuenta de que cada uno de nosotros confabulaba para obtener lo que deseaba tras la cortina de humo de la noche.

Louise-Josephine se quedó conmigo casi dos horas, hasta que al final abrí la ventana y me escabullí por la parte lateral de la casa.

*

Sentí una suerte de *déjà vu* mientras corría por el sendero hacia las cuevas detrás de Château Léry. Quizá era el sonido que hacía el vestido al rozar mis talones o la sensación del cabello suelto que se movía al viento sobre mis hombros. Me sentía igual que como imaginaba a Louise-Josephine durante aquella noche que la sorprendí corriendo por la calle frente a nuestra casa: todo su cuerpo, como un caballo pura sangre en una carrera, tratando de escapar del prado. Con esa emoción de emancipación temporal, sentía que mi cuerpo no se movía con la rapidez suficiente para llegar a la cueva donde Vincent me esperaba.

No fue difícil encontrarla; sobre la hierba había huellas, como si él hubiera venido aquí bajo la lluvia. Frente a la entrada de la cueva colgaban vides frondosas. Las aparté y asomé la cabeza.

—¿Vincent? —musité, pero mi voz hizo eco sobre el túnel de piedra caliza.

Más adentro pude ver un círculo de velas y avancé. Él estaba ahí, con una camisa blanca de cáñamo; el destello de las velas lanzaba un brillo anaranjado sobre su piel.

—Pensé que no vendría —dijo avanzando hacia la luz.

La cueva estaba fría y húmeda; yo temblaba bajo mi vestido ligero.

No habló, como pensé que haría; en su lugar, me sujetó con una fuerza a la que yo no estaba acostumbrada. Me estremecí, mas no me resistí. Lo abracé sin protestar y unió sus labios a los míos.

Debo confesar que su beso me dio valor. De pronto, me imaginé como una de sus antiguas amantes, alguien con mucha más experiencia de la que en verdad tenía. Cuando Vincent levantó las manos, yo hice lo mismo, como si al presionarnos contra nuestro propio reflejo, nuestras palmas se empujaran unas contra otras hasta que al fin me dejé llevar. Bajé los brazos a los costados y él tiró las mangas hacia abajo para dejar al descubierto mis hombros desnudos y llevó su boca a mi piel expuesta.

Si hubiera cortado mi vestido con su espátula, hubiera visto que cada centímetro de mi cuerpo era rojo cadmio. Podía sentir cómo aumentaba su excitación, al mismo ritmo que la mía. Su cuerpo se tensó al tiempo que sus manos desplazaban mi camisón cada vez más hacia abajo, hasta que cayó sobre mis rodillas. Desnuda frente a él, recorrió cada centímetro de mi cuerpo: mi breve cintura, el largo de mi pantorrilla, todas las zonas que nunca habían sentido otras manos más que las mías. Me levantó y mi espalda se presionó contra la pared de piedra caliza; el polvo húmedo y frío se incrustó en mi espalda junto con la roca. Una sensación de dolor se apoderó de mi cuerpo; los bordes afilados de la piedra se hundían en mi piel como un cuchillo. Cuando Vincent me penetró, me quedé sin aliento. Mil pinceladas carmesí brillaron ante mis ojos. Me mordí el labio, nunca me había sentido tan viva.

*

No había esperado que el aire fresco me helara como lo hizo cuando nos separamos. La sensación me invadió de inmediato cuando nuestros cuerpos se alejaron. Empecé a vestirme, pero el cuello estaba rasgado. Aunque la tela cubría gran parte de mi cuerpo, seguía teniendo mucho frío.

No advirtió que estaba temblando porque estaba ocupado vistiéndose. Ahora me parecía de algún modo más pequeño a la luz de las velas.

Acepté su abrigo y metí los brazos en las mangas amplias; era el mismo abrigo raído que llevaba el primer domingo en la tarde que fue a comer a la casa; no me calentó.

35
El borde de la barca

No vi a Vincent durante cuatro días. Cada mañana despertaba, segura de que vendría; me esmeraba en peinarme y horneaba algo especial, un pastel de almendra aromatizado con agua de naranjo o una tarta de ciruela cuyo centro semejaba una rueda hecha de lavanda oscura.

Por mucho que tratara de ocuparme, no podía dejar de pensar en nuestro último encuentro. En mi mente analizaba minuciosamente cada detalle, como un artista imagina la composición de la pintura en su paleta. Yo, en mi bata de algodón, el suave halo de la luz de las velas, Vincent con su camisa blanca de cáñamo. Conforme profundizaba en mis recuerdos, los detalles se hacían aún más evidentes. Casi podía sentir los movimientos bruscos de sus manos, saborear el gusto salado de su piel, sentir la presión de su torso contra el mío. Estas ideas poblaban mi mente cuando estaba en el jardín, cuando me sentaba a bordar, incluso cuando respondía a alguna de las preguntas de papá. Pero con el paso de los días, mi historia con Vincent ya no tenía la perfección de una novela romántica. Su ausencia parecía hacer eco a la frialdad que sentí al final de esa noche y empecé a temer lo peor: que me había engañado.

Sin embargo, seguía buscándolo cuando salía al pueblo. El tiempo que pasaba afuera era corto y no podía dedicarme horas a intentar encontrarlo en los campos sin levantar sospechas en la casa. Regresaba con la canasta llena de pan, queso, huevo y leche, pero me sentía más vacía que cuando salía de la casa en la mañana.

Traté de no mostrar mi decepción, pero estaba desecha. Anhelaba ver el rostro de Vincent, necesitaba que me confirmara que sus sentimientos por mí eran genuinos. Había interpretado la energía con la que me hizo el amor como una evocación de la manera en que pintaba. Comencé a pensar que estaba equivocaba; mientras trataba de darle sentido a su ausencia, no tenía más remedio que esperar.

El primer día de julio los barqueros salieron a las riberas del río Oise y pregunté a mi padre si podía salir unas horas. Papá estaba sentado en el jardín, con los pies subidos a una de las sillas. Llevaba unos anteojos oscuros para proteger sus ojos y un sombrero grande y blando que nunca antes había visto. A la distancia, hubiera podido ser Vincent, y me pregunté si había comprado ese sombrero porque pensaba que se vería más artístico.

—Papá —hablé al mismo tiempo que ponía la charola sobre la mesa con unos sándwiches y una jarra de té helado—, ¿puedo pasar unas horas leyendo junto al río?

Puso sus papeles sobre su regazo y se quitó los anteojos. Sus ojos parecían vidriosos y cansados.

—¿Tú sola? —preguntó arqueando las cejas.

Sentí que la piel se me helaba, aunque el verano era caluroso.

—Sí, papá, por supuesto —respondí—. A menos que cuentes a Flaubert.

Saqué un libro del bolsillo de mi delantal. Había acabado de leer *Paul y Virginie* unos días antes y ahora estaba leyendo otra novela.

Papá se estiró y se sirvió un vaso de té helado. Una de las rodajas de limón cayó en el vaso y salpicó un poco la charola.

—Hoy no me siento muy bien —dijo dando un sorbo—. Puedes ir, pero antes, ¿me traes el frasco de tintura de dedalera? Lo dejé sobre mi escritorio.

—Por supuesto —respondí, dándole una palmadita en la rodilla.

No era un gesto que acostumbrara a hacer, pero ahí sentado en la silla me pareció vulnerable como nunca. Aunque hubiera arqueado las cejas para insinuar cualquier sospecha sobre mi solicitud, no parecía amenazador. Quizá era la pesadez de sus párpados o la piel fina y arrugada como el papel que lo hacían parecer de pronto mucho más viejo.

Subí a su despacho; el papel tapiz verde y rojo brillaba entre los óleos de su colección. Clavado con tachuelas en su escritorio estaba el boceto preliminar que Vincent había dibujado para el retrato que hizo de papá. Vincent había hecho una copia del óleo de mi padre sentado frente a la mesa de campo; éste estaba suelto y descansaba contra uno de los costados de madera de su escritorio. La copia no incluía las dos novelas de los Goncourt, y en esta versión las dedaleras estaban sobre la mesa, no en un vaso con agua. Papá aún no la mandaba a enmarcar.

Hacía muchos días que no entraba a esta habitación y la capa de polvo en el alféizar era un recordatorio descarado de que necesitaba cumplir con todas mis tareas en cada rincón de la casa. Fui hasta su escritorio y enderecé algunos de los montones de papel; encontré el frasco de su medicamento junto a la pluma y el tintero.

El frasco de plata parecía casi vacío. Vi que lo había rellenado sólo unos días antes, de una jarra grande que guardaba cerca de la caja de hielo. Era evidente que papá no se sentía bien desde hacía un tiempo y su automedicación no había reducido sus dolencias. Decía que tomaba dedalera para curar la lentitud que a veces lo aquejaba, una suerte de melancolía y debilidad del corazón combinadas. Pero él siempre tenía periodos buenos y malos; muy similar a lo que le sucedía a Vincent, pensé. La sangre se me heló.

Limpié el frasquito con la tela de mi delantal y bajé rápidamente las escaleras hasta el jardín. Le di a papá su tintura y recogí mis cosas: una pequeña cobija de lana, mi novela, un paño en el que envolví unos bollos y una servilleta con un poco de queso. Moría de ganas de pasar unos momentos fuera de la casa porque en secreto esperaba poder ver a Vincent.

*

Era un día soleado y claro; el agua del río ondeaba en pequeñas olas verdes.

Más allá del puente cercano a la iglesia del pueblo, encontré un área con pasto desde donde podía ver zarpar los botes. Los barqueros habían amarrado sus embarcaciones a lo largo de la ribera. Mujeres en vestidos de lino fresco y sombreros de paja estaban sentadas en las proas, sosteniendo parasoles color merengue.

No pude evitar sonreír, ver los barcos mecerse con la marea era agradable. Uno de los barqueros me llamó para preguntarme si me gustaría dar un paseo.

—¡Venga conmigo, *mademoiselle!* —gritó—. ¡No esconda su rostro en un libro cuando el río le suplica que se refleje en él!

Agitaba la mano para indicarme que me acercara. Reí y volví a mi libro. Él intentaba convencerme, mientras mantenía el equilibrio en el borde su embarcación.

—Oh, *monsieur*, no puedo, pero gracias... —respondí agitando la mano para indicarle que continuara sin mí.

En ese momento escuché crujidos entre los árboles.

—¿Por qué no se fue con él?

La voz de Vincent me tomó por sorpresa. Estaba parado frente a mí y cargaba un lienzo húmedo y su caja de pinturas. Su rostro estaba manchado de pintura roja y verde. Las huellas de sus dedos se mezclaban en la barba incipiente de sus mejillas.

—Me estaba reservando para Flaubert —respondí sarcástica y volví a bajar la mirada hacia el libro.

Me enfureció ver que actuaba de manera tan frívola después de cuatro días de nuestro encuentro.

—¿Qué pasa, mi pequeña pianista? —preguntó.

—Ha pasado casi una semana desde que nos vimos por última vez. —Sentía que mi rostro ardía y tuve que reprimir las lágrimas—. Temía que se hubiera olvidado de mí.

—He estado pintando —explicó, giró para señalar el cuadro que descansaba contra un árbol. Su voz no mostraba arrepentimiento.

Era una pintura hermosa llena de barcas coloridas atracadas en la ribera. Había pintado el agua en una serie de pinceladas esmeralda y azul, con dos figuras blancas en medio de un bote de remos rojo brillante.

—No la olvidé, Marguerite —agregó, suavizando la voz esta vez. Tomó mi libro y lo movió para así poder sentarse junto a mí—. ¿Cómo podría yo olvidar su cuello blanco y esbelto, esa piel tan suave como flor de camelia? No debería usted preocuparse inútilmente.

Esbocé una ligera sonrisa.

—Mi ausencia no tuvo nada que ver con lo que sentí esa última noche que estuvimos juntos —continuó—. Esta semana ha sido muy difícil para mí... llena de retos. —Desvió la mirada y tomó una de las piedras que sostenían la cobija por una de sus esquinas y la aventó al río—. Theo me escribió que el pequeño Vincent ha estado enfermo y que él ha tenido problemas con sus empleadores. Quiero ir a visitarlo porque temo que Theo no me dice todo en sus cartas.

Bajé la mirada; la mano de Vincent estaba sobre la hierba, sus largos dedos blancos se apoyaban sobre las hojas verdes y plateadas. El puño de la manga estaba manchado de pintura roja en el borde. Contra la tela blanca, parecía una huella de lápiz de labios en el cuello del esposo de alguien. Aunque lo escuché hablar sobre sus problemas, no pude evitar sentir celos.

Su ingenio era atractivo e intoxicante; ver su pintura recargada contra el árbol, con las hermosas olas de color y las líneas cruzadas que sombreaban la espuma de mar y el verde malaquita me dejaban sin aliento. Era imposible aferrarme a mi resentimiento.

Con la genialidad de su trabajo frente a mis ojos, traté de suavizar el tono.

—No debe tomar todo tan a pecho, Vincent —le aconsejé—. Estoy segura de que Theo sólo está preocupado porque su hijo está enfermo.

Vincent se frotó el rostro con la palma de la mano.

—Vine a Auvers para escapar de la ansiedad de esas cosas y poder pintar, pero parece que no puedo evitarlo. La vida, con todas sus vicisitudes y dolores, no deja de seguirme. —Tosió un poco—. Pero verla, Marguerite, es un alivio gratificante.

Se acercó más a mí, arrastrando las piernas sobre la hierba húmeda. Su boca estaba ahora a sólo unos centímetros de la mía y podía sentir la calidez que emanaba de su piel.

No me sentía tan segura de mí misma, como aquella noche en la cueva. Aquí no había ningún manto de oscuridad que ocultara mi torpeza o que nos escondiera de las miradas curiosas. Pero su presencia era débil. Su figura pequeña, el abrigo raído sobre mis hombros era un recuerdo distante. Yo volvía a ser esa amante joven que se aventuraba en la noche, ansiosa por estar cerca de alguien que embellecía las cosas a su alrededor. Después de todo, él me hizo sentir así y no podía evitar este sentimiento de gratitud.

36
Un conflicto de pasiones

—Quizá deberías considerar huir conmigo y con Théophile —sugirió Louise-Josephine una tarde, mientras cosíamos solas en la sala.

Vincent se había marchado a ver a su hermano a París, y papá y Paul habían ido a Chaponval esa tarde para recoger unos lienzos y bastidores.

Hablaba con gran emoción, como si las posibilidades de aventura estuvieran al alcance de la mano.

—Oh, Louise-Josephine, no podemos hacer eso... —respondí.

Trataba de ser la razonable cuando estaba con ella, y la soñadora cuando me hallaba sola.

—¿Y por qué no? —preguntó—. ¿Qué nos espera si nos quedamos aquí? A mí me seguirán ocultando en el tercer piso y tú continuarás en tu papel de servidumbre o algo peor... —Se cubrió la boca con los dedos y murmuró de manera graciosa—: ...una solterona que sirve a su padre y a su hermano por el resto de su vida.

Me estremecí; esa idea era verdaderamente aterradora.

—¿Théophile sabe que no te puedes casar sin el acta de la que hablabas? —pregunté.

—Sí —respondió—. Me dijo que no le importaba.

—¿Y su familia? —agregué indecisa—. ¿Se opondrá a la relación?

Louise-Josephine negó con la cabeza.

—Aunque su familia es de aquí, lleva varios meses viviendo solo en una pequeña pensión en Pontoise. Me dijo que es capaz de mantenerse y ser independiente de ellos.

—Entonces está en mejor posición que Vincent —comenté con un suspiro.

—Lo acaban de ascender a inspector en jefe —explicó con una gran sonrisa—. ¡Y cree que podrá ahorrar lo suficiente para que nos compremos un departamento en París el próximo año! ¿Puedes creerlo?

—Es fabuloso —exclamé con una sonrisa forzada; no podía evitar sentir un poco de celos.

—Sabe que no tengo un padre propiamente dicho, pero me asegura que sus padres me aceptarán. Su hermana se casó con un italiano hace tres años.

—Parece que todo va a salirte bien —dije.

De nuevo, había pesar en mi voz, no porque no quisiera que Louise-Josephine se casara, sino porque, en mi corazón, yo también quería lo mismo para mí.

—¿Piensas que papá se opondrá? —agregué.

—¿A qué?, ¿a que me case con Théophile? —Negó con la cabeza y lanzó una risita—. ¿Por qué se opondría? Siempre y cuando lo haga en silencio, fuera de Auvers, para él serán buenas noticias; ¡ya no tendrá que esforzarse para mantenerme escondida!

Escucharla me provocaba sentimientos encontrados. Estaba feliz de que al final todo saliera bien para Louise-Josephine, después de toda una vida de pocas oportunidades, pero intuía que papá sería más estricto conmigo. Si yo me fuera, él tendría más que perder: nadie lo ayudaría con sus tinturas, *madame* Chevalier no sabía cocinar y yo manejaba la casa de tal manera que todo era cómodo para él.

—Me gustaría mucho que salieras de este lugar, Marguerite. En verdad podrías venir a vivir con Théophile y conmigo.

—¿Y Vincent?

Louise-Josephine sacudió la cabeza.

—Marguerite, debes recordar que Vincent vino a Auvers porque está enfermo. ¿Estaría dispuesto a enfrentarse con su médico, con el hombre que está a cargo de su salud?

La miré, incrédula, y permanecí callada. El vestido que estaba cosiendo quedó olvidado sobre mi regazo.

—¿Qué quieres decir? —pregunté finalmente.

—Me preocupa que Vincent se sienta en conflicto... que sus ganas de mejorar su salud superen todos sus otros deseos.

—¿Por qué uno tendría que excluir a otro? —interrogué confundida.

—Podría sentir que tu padre ya no va a darle sus tinturas si lo hace enojar.

Permanecí en silencio, tratando de concentrarme en las puntadas del vestido, pero las ideas se me agolpaban en la cabeza. Sabía que en estas últimas semanas Vincent se había acostumbrado a los remedios de papá. Al principio estaba muy escéptico, pero ahora lo había visto beber con regularidad del frasco de vidrio que mi padre le preparaba cada semana. Ya no sabía qué era lo que papá mezclaba; cada vez se despertaba más temprano y hacía sus preparaciones antes de que yo bajara a preparar el desayuno.

—Si vamos a tener un futuro juntos, en algún momento tendrá que enfrentarse a mi padre...

Louise-Josephine sacudió la falda a la que le estaba cosiendo un dobladillo.

—Marguerite, sin importar lo que pase, debes obtener alguna satisfacción de tus experiencias con Vincent; incluso si no terminan juntos, ¡han vivido una gran aventura!

Volví a abandonar la costura.

—¡No puedo pensar así! —espeté—. ¡No soy como tú! Yo no me aventuro en todo esto como una ridícula distracción. —Sacudí la cabeza—. Tengo un buen apellido y tengo derecho a casarme, ¡a tener una familia propia!

Empecé a llorar; mi rostro estaba enrojecido. La noche que me escabullí por la ventana creí que no podía tener más expectativas que estar con Vincent en la medida en que él quisiera, pero ahora afloraban los anhelos de la chica burguesa que habitaban en mí. Si Louise-Josephine podía fantasear en su futura vida en París, yo también quería tener todo lo que me prometieron los cuentos de hadas.

Pero mis palabras fueron crueles con Louise-Josephine, y tan pronto como salieron de mi boca me arrepentí de haberlas dicho. Incluso ahora no puedo creer que la atacara con tanto veneno.

Permaneció inmóvil mirando la falda que ahora cubría todo su regazo, con el rostro impasible y la mirada baja.

—Lo siento —me disculpé, haciendo a un lado mi labor y acercándome para tomar su mano—. Es sólo que deseo tener una vida fuera de aquí y a veces temo que nunca será posible.

Louise-Josephine permaneció inmóvil; la había lastimado. Podía sentirlo, aunque su rostro no mostrara ninguna reacción. Ésta era la otra cara de Louise-Josephine, la que conocí en el pasado, la severa, la que cultivó todos esos años en los que vivió con su abuela en París.

Levantó la barbilla y se irguió: no me diría hasta qué punto la había herido.

—Lo siento —susurré de nuevo.

Negó con la cabeza, juntaba fuerzas antes de hablar.

—Yo quiero lo mismo para ti, Marguerite. Pero debes hablar con Vincent, debes averiguar si él desea casarse o tener una familia. Es posible que no esté dispuesto a asumir la responsabilidad que implica ser un esposo. Es posible que vea por lo que está pasando Theo y quizá sienta que él sólo puede ser un artista.

Tomé su mano y la presioné contra mi pecho, su calor me consoló, así que la apreté con más fuerza.

—Hablaré con él cuando regrese —prometí.

No había otra manera de aclarar las cosas, hasta yo lo sabía.

De ese modo, esperé que volviera a Auvers. Esta vez no tuve necesidad de buscarlo. Al bajar del tren se dirigió directamente a la puerta principal de nuestra casa; sin embargo, al verlo, apenas lo reconocí.

37
Recaída

Llevaba su saco azul y un sombrero de fieltro; demacrado y retraído, parecía como si la marea lo hubiera llevado hasta la puerta de nuestra casa. Cargaba una pequeña maleta, pero sin lienzo o pinturas.

—Vine directo de la estación —explicó con la mirada inexpresiva y cansada—. ¿Está su padre en casa, Marguerite? —Se frotó la frente—. Necesito verlo de inmediato.

Papá estaba en casa y le dije a Vincent que esperara en la sala mientras iba a buscarlo.

Estaba tan impactada por su aspecto que no tuve tiempo de molestarme por su evidente desinterés al verme.

—Papá —grité al salir al jardín—. Vincent está aquí. Vino directo de la estación.

Me costaba trabajo respirar porque corrí desde la puerta trasera hasta el extremo del jardín.

—Despacio, hija —dijo mi padre levantándose de la silla—. ¿Qué sucede?

—Vincent... —dije entre profundos jadeos—. Ya regresó de visitar a Theo, ¡y tiene un aspecto terrible!

—¿Dónde está? —preguntó papá casi tan alarmado como yo me sentía.

—Está sentado en la sala. Le prometí que te llamaría de inmediato.

Mi padre se frotó los ojos con el pulgar y el índice.

—Sólo tengo que recoger algunas cosas de mi despacho. Ve a decirle a Vincent que no tardo.

Cuando regresé a la sala, se retorcía las manos y unas gotitas de sudor se resbalaban por su cuello.

—Papá no tarda en venir —le dije—. ¿Le puedo traer un poco de té? ¿Quizá una rebanada de pastel?

—No, no, gracias —respondió con una voz tensa y ansiosa—. Sólo necesito hablar con él. En mi viaje a París recibí noticias inesperadas que me perturbaron un poco.

Asentí; seguí apoyada contra el marco de la puerta cuando papá llegó. Llevaba el estetoscopio colgado al cuello y su maletín negro. Se acercó rápidamente a Vincent y se sentó a su lado.

—Vincent —dijo papá con voz suave—, dígame qué sucedió.

*

Permanecí detrás de la cortina que daba a la sala, escuché a Vincent explicarle a mi padre lo que había pasado en París con Theo. Oí que papá trató de calmarlo un momento para revisar su pulso y escuchar el latido de su corazón. Luego, cuando mi padre cerró su maletín, Vincent empezó a contar su historia.

—Cuando llegué, el bebé seguía enfermo —explicó con voz temblorosa—. Traté de no ser una molestia, pero también debía aclarar mi situación financiera con Theo. —Se echó hacia atrás en el sofá—. Theo llevaba un tiempo diciéndome que renunciaría a Goupil, y yo esperaba recibir cierta garantía de que pudiera seguir apoyándome financieramente.

—Sí, por supuesto —intervino mi padre—. Es una preocupación razonable.

—No esperaba que Jo interrumpiera nuestra conversación, pero parece que está resentida conmigo, o al menos con Theo por apoyarme. Me sorprendió mucho el disgusto que mostró.

—Bueno, si el bebé está enfermo quizá sólo estaba agotada y abrumada en ese momento —sugirió papá comprensivo—. Seguramente usted puede entender el estrés que ella siente ahora...

No reconocí la compasión en la voz de mi padre, me parecía extraña y ajena.

—Me dijo cosas horribles. Mi hermano parecía tan indefenso. No me defendió, sencillamente se quedó callado.

Vincent se cubrió el rostro con las palmas; nunca lo había visto tan cansado.

—Un artista debería ser libre de pintar sin tener que preocuparse del dinero o de encontrar su siguiente juego de pinturas o rollos de lienzo —continuó—. Mi hermano no sólo es mi familia, también es mi agente... Le pago con mi trabajo. No abuso de él como si fuera una sanguijuela, sin compensárselo.

—Sé que Theo piensa que usted es muy talentoso; pero, entiéndalo, ahora tiene una familia y es difícil alimentar a una esposa y a un hijo sólo con cuadros.

—Pero ¿qué haré ahora? —preguntó Vincent con la voz quebrada—. Este estrés no es bueno para mí... No es bueno para mi salud, no es bueno para mi arte.

—Necesita calmarse, Vincent —aconsejó papá tocando su muñeca para tomarle el pulso—. Su presión sanguínea está alta, y puede provocarse otro ataque. Voy a buscar otro tipo de tintura que lo ayudará a relajarse.

Cuando mi padre se levantó, salí volando a la cocina, ahí me quedé en silencio, junto al calor de la estufa, mientras papá abría la puerta de la bodega. Escuché sus pasos pesados que bajaban las escaleras de concreto. Regresó con un frasco de vidrio en la mano. Aunque siempre fui escéptica de sus remedios homeopáticos, recé para que, precisamente ahora, una de sus tinturas funcionara.

38
Una premonición

No podía pensar en nada más que en Vincent, frágil, desamparado y solo en su habitación en la posada Ravoux. Quería cuidarlo,
abrazarlo, enjugarle la frente y darle una sopa caliente de papa con
una cuchara de plata. Dejé de pensar en cómo reaccionaría mi padre si nos hiciéramos novios o cómo me sentiría al ser la musa de
Vincent. Ahora, en lo único que podía concentrarme era en asegurarme de que su salud no empeorara.

Después de que se fue de la casa, yo me quedé en la cocina.
Tenía miedo de que mi padre descubriera que había escuchado a hurtadillas su conversación. Sin embargo, me fue imposible tranquilizarme. Dejé caer dos tapas de cacerola en un lapso
de minutos y me corté un dedo con el cuchillo de las verduras.
Cuando Paul entró a la cocina buscando algo de comer, yo me
vendaba el dedo.

—¿Qué te hiciste, Marguerite?

Se agachó para recoger una de las tapas del suelo. Miró mi
mano, pequeñas gotas de sangre atravesaban la gasa blanca con
la que había envuelto mi dedo.

—Tuve un accidente insignificante —respondí tratando de no
darle importancia.

—¿Tuviste un accidente? Probablemente tu cabeza estaba en donde no debías.

—No tengo tiempo para tus sarcasmos, Paul —espeté.

—Toma —dijo extendiendo una compresa para que la cambiara, puesto que la otra ya estaba empapada.

Me senté en un banco y levanté la mano sobre mi cabeza para tratar de detener el sangrado.

—Deberíamos olvidar nuestra disputa —dijo Paul, refiriéndose a la tarde lluviosa en la que llegué empapada—. De cualquier forma, parece que Vincent tuvo otra recaída. No deberíamos permitir que esto nos afecte.

Ni siquiera escuché la segunda parte de la frase de mi hermano.

—¿Qué quieres decir con que Vincent tuvo otra recaída?

—Sabes tan bien como yo qué aspecto tenía cuando vino esta tarde. Era un manojo de nervios. Se retorcía las manos, tenía la frente empapada en sudor. Papá tuvo que darle raíz de valeriana como sedante.

Palidecí, y no como resultado de la lesión en el dedo.

—Lo sé, es una lástima —continuó como si estuviera consternado por la situación—. Yo pasé toda la mañana arriba, en el despacho de papá, haciendo un autorretrato y estaba nervioso por enseñárselo. Me parece que es mi mejor trabajo hasta ahora.

—Ay, Paul —me quejé, negando con la cabeza.

No podía creer que hablara de sí mismo en un momento como éste.

—Bueno, supongo que para ti es desafortunado también. Sospecho que no hará más retratos tuyos durante un tiempo, Marguerite.

—Eres más patético de lo que sospechaba, Paul, si piensas que ésa es la razón de mi inquietud.

Al principio no respondió. Dio media vuelta para salir de la cocina, pero, justo antes de irse, giró y sentenció:

—Tú y yo viviremos aquí mucho tiempo después de que Vincent se haya ido, sería una lástima permitir que se interpusiera entre nosotros.

39
Debilidad

El autorretrato que hizo Paul esa tarde era espantoso, un revoltijo de *impasto* espeso. Aparte de la paleta sombría de morado oscuro y negro, una elección que me desagradó por completo, también se pintó en pinceladas rápidas y superpuestas, al parecer pensó que imitaba a Vincent con éxito.

—¿Qué te parece? —preguntó cuando entré a su habitación para dejar su ropa limpia.

Dejé mi canasta; era obvio que él deseaba escuchar algo positivo sobre su obra.

—Es muy oscuro, Paul —respondí; buscaba las palabras correctas para no ofenderlo.

—Exacto —exclamó—. Quería experimentar con el simbolismo, como hace Vincent.

Fruncí el ceño. Aparte del color opaco no podía ver ningún símbolo; sin embargo, decidí no decirle a mi hermano que su cuadro me parecía un poco confuso e incómodo; no quería ser cruel con él, ni romper sus ilusiones.

—¿Se lo enseñaste a papá? —pregunté al tiempo que me arrodillé frente a la pintura para ver de cerca los trazos.

—No, todavía no. Pero lo haré pronto.

—Bueno, ojalá y esté de acuerdo con que vayas a la escuela de arte —dije—. Tendrás mucha suerte si él decide darte el permiso.

Yo dudaba que mi padre apoyara dicha iniciativa, pero no quería quitarle la esperanza a Paul.

—Tengo que ir a terminar de lavar la ropa —dije.

Necesitaba con desesperación una excusa para salir de su cuarto, tiempo para idear un plan que me permitiera ver a Vincent de nuevo.

No dejaba de pensar en su aspecto mientras estuvo en nuestra sala: débil, necesitado de consuelo, quizá estaba solo en su habitación de la posada Ravoux, tomando una gran cantidad de tintura que le había dado mi padre. Los recuerdos de las semanas anteriores, los que brillaban en mi mente como halos dorados salidos de uno de los lienzos de Vincent, se oscurecían y enlodaban con rapidez. Necesitaba encontrar a Louise-Josephine; nadie más podía ser honesto conmigo y nadie más podía darme buenos consejos.

*

Cuando la encontré en su recámara, estaba ocupada consultando los horarios del tren. Théophile había marcado los trenes en los que sería asignado y metió el papel en el bolsillo del vestido de Louise-Josephine para que supiera cuándo sería su siguiente cita. Ella marcaba en rojo los círculos negros que él había hecho. Cuando entré, alzó la vista de los papeles que estaban dispersos sobre su cama y sonrió.

—Necesito hablar contigo —dije, y jalé una silla para sentarme a su lado—. Es sobre Vincent.

—¡Ah!... —respondió enarcando las cejas.

—Vino hoy a visitar a papá. Escuché su conversación y parece que tuvo una recaída.

—¿Por qué? —preguntó bajando la vista.

—Su viaje a París lo perturbó. Su sobrino está enfermo y su hermano tiene muchas presiones financieras en la casa y en el trabajo. Tiene miedo de que su hermano ya no lo ayude.

Louise-Josefine negó con la cabeza.

—Estoy segura de que sus sentimientos hacia ti no ayudan en ninguna de las dos situaciones.

La miré perpleja.

—Bueno, es probable que esté tratando decidir si debería intentar algo contigo o evitarlo —explicó—. Sabemos que se siente atraído por ti, sus acciones lo han demostrado...

Yo permanecí en silencio.

—Pero antes de que la relación entre ustedes se vuelva seria, Vincent tendrá que decidir si está preparado para las responsabilidades de tener una esposa. Ahora que parece que su hermano ya no podrá apoyarlo, es una presión adicional para él.

—Pero no estamos hablando de matrimonio —dije, tratando de no alzar la voz.

No quería dejar que mis emociones me vencieran como sucedió en nuestra última conversación, cuando terminé lastimando a Louise-Josephine al hablar de las diferencias entre nuestras respectivas situaciones. Pero, en cierto modo, mi turbación era innecesaria, y Louise-Josephine no tuvo problema para señalarlo.

—Sí, lo sé... pero Vincent debe darse cuenta de que eres la hija de un médico, nada menos que de su médico; no eres una friegaplatos ni una chica pobre con la que puede salirse con la suya y marcharse sin que haya consecuencias. Sabe que contigo debe comportarse de manera apropiada.

Se aclaró la garganta y continuó.

—No sabemos los detalles de lo que pasó en París, sobre lo que lo puso en ese estado. Quizá le confesó a Theo que le interesaba casarse contigo. Tal vez Jo preguntó si tenías una dote, puesto que ellos ya no tienen dinero para sufragar los gastos de Vincent y es posible que esto lo haya hecho enojar. Puede ser que Theo no lo apoyara porque tiene miedo de que la relación de su hermano contigo pueda afectar su productividad. —Los ojos de Louise-Josephine brillaban, como si fuera un gorrión en el alféizar que escucha todos los detalles. Su imaginación no tenía límites—. En realidad, no sabemos qué pasó entre él y su hermano. Pero de lo que sí estoy segura es que respeta demasiado a su hermano y no quiere tener problemas con él, y también... —Hizo una pausa y respiró profundo—. No quiere lastimarte adrede.

Las palabras de Louise-Josephine me tranquilizaron un poco. Al menos hacían que el comportamiento reciente de Vincent tuviera un poco más de sentido.

—Entonces, ¿cómo debo comportarme ahora que está en ese estado?

Louise-Josephine miró hacia la ventana durante varios minutos antes de responder.

—Quizá deberías verlo a escondidas otra vez —dijo pensativa—. Tendrás que salir esta noche y reunirte con él en la posada Ravoux. Habla con él, Marguerite. Es la única manera de saber qué quiere de ti y será bueno para él escuchar cuánto te importa.

La posibilidad de otro encuentro me hacía dudar. No estaba segura de tener la fuerza. Pero Louise-Josephine tenía razón: no tenía muchas opciones.

40
Cierta nobleza

Esta vez esperé una hora más sólo para asegurarme de que todos en la casa dormían profundamente; todos menos Louise-Josephine, por supuesto.

Había pasado las últimas horas sola en mi habitación, acostada en la cama con la vista fija en el techo. Identifiqué varias fisuras pequeñas en el yeso y eso me ayudó a pasar el tiempo imaginando que eran telarañas de vides delgadas y negras. Imaginé florecitas para acompañarlas, diminutas rosas blancas; pronto, estaba suspendido, sobre mi cabeza, un enorme jardín imaginario.

Cuando la casa por fin quedó en total silencio, me levanté de la cama y me paré frente al espejo largo. A la luz de la luna pude ver el débil contorno de mi cuerpo a través del velo delgado de mi camisón: la prominencia de mis pechos, la punta rosada de los pezones. Presioné la mano contra mi abdomen para imitar el efecto de un corsé apretado que hacía que mi pecho aflorara por el escote cuadrado.

La niña que entró a la cueva a hurtadillas, desparecía poco a poco. Esta vez estaba mucho más nerviosa; sentía que su presencia se esfumaba. Lo que alguna vez fue un torbellino de energía, un tornado capaz de capturar un paisaje en miles de trazos diminutos estaba desapareciendo; una naturaleza formidable que ahora se esfumaba en el vacío. El sentimiento era palpable. Lo imaginé solo en su habitación, los pinceles tirados en un rincón, su cuerpo delgado cada vez más hundido y socavado; y no había nada que pudiera hacer para acelerar las horas y, por fin, llegar a su cuarto y ayudarlo.

Casi treinta minutos después, tras ponerme un vestido sencillo de algodón, entré de puntitas a la recámara de Louise-Josephine. Estaba despierta, sentada en la cama, esperándome.

—Te dejaste el cabello recogido —dijo.

Me toqué las trenzas en la parte superior de mi cabeza.

—Pensé que era mejor, bajo las circunstancias —expliqué.

Me miró y asintió.

—Es bueno que vayas. Si está tan mal como sospechas, tu presencia será un alivio.

Sonreí y tomé su mano; luego, Louise-Josephine caminó en silencio hacia la ventana, abrió el cerrojo y levantó el travesaño.

*

Mientras caminaba por la rue Sansonne podía escuchar el débil canto de los grillos en los macizos de flores. Sabía que Vincent había pintado este camino sinuoso hacía unas semanas.

La reja de la posada estaba a la derecha. Desde la calle podía ver las estacas de madera roja y el pequeño jardín delantero, pero no la casa. Todo estaba en calma, como si los árboles hubieran dejado de mecerse y las luciérnagas se hubieran escondido detrás de las ramas plegadas.

Nunca había entrado a la posada Ravoux, pero por lo que mi padre había mencionado sobre la habitación de Vincent, se podía entrar por el jardín posterior. Por desgracia, no tenía idea de cómo llegar a su recámara.

Pasé una mano por la reja para abrir el cerrojo y con la otra empujé lentamente. La bisagra rechinó un poco y entré al jardín.

La casa estaba en total oscuridad, salvo por una sola habitación en el piso superior en la que, a través de una gruesa ventana, podía ver el suave parpadeo de una vela. Pensé que podía ser el cuarto de Vincent o el de Hirshig. Había escuchado a Vincent hablar del otro inquilino de Ravoux, un artista danés que ocupaba la habitación adyacente a la suya. La familia Ravoux, que vivía debajo de sus inquilinos, dormía profundamente porque el primer piso estaba completamente a oscuras.

Me quedé temblando en el jardín y, de pronto, me sentí ridícula. ¿Cómo pude salir así, en medio de la noche, sin haber pensado cómo hacerle saber a Vincent que estaba aquí? Peor aún, no tenía la más mínima idea de lo que diría si lograba encontrarlo.

Estaba a punto de dar media vuelta cuando advertí una pequeña escalera al exterior de la posada. Si estaba en lo cierto, debía llevar directamente al ático donde dormían Hirshig y Vincent. Sin embargo, al final de la escalera había una puerta que sin duda estaba cerrada con llave; y si no lo estaba, aún corría el riesgo de que *monsieur* Ravoux pudiera escuchar el crujido de los escalones.

Estaba resignada de volver a casa, cuando de pronto vi una sombra en la ventana. Al principio pensé que era mi imaginación, pero sin duda era Vincent quien se asomaba.

Escuché que la ventana se abría y luego vi que se asomaba. Me quedé paralizada, de pronto sentí frío en todo el cuerpo. ¿Había cometido un terrible error al venir esta noche sin avisar? La última vez nuestro encuentro fue romántico, pero ahora estaba muy ocupado con sus problemas personales. Me preocupaba que creyera que era un estorbo cuando era obvio que tenía tantas cosas en qué pensar.

Bajó la mirada y me vio ahí.

—¿Marguerite?

Su boca dibujó mi nombre, pero no pronunció ni un solo sonido. Sacó la lámpara por la ventana y alumbró mi rostro. Alcé la mano y la agité un poco a modo de saludo.

Vincent cerró la ventana y apagó la vela. Momentos después, bajaba la escalera exterior.

Estaba ojeroso, como si se hubiera desvelado dando vueltas en la cama toda la noche. Su rostro estaba arrugado y su cabello despeinado. Casi no lo reconocí, parecía tan distinto al hombre nervudo y animado, ese hombre que yo admiré el día que llegó a la estación.

Me acerqué a él sin saber cómo consolarlo; no podía pensar en nada más que tomarlo entre mis brazos.

Unos días sin comer lo habían dejado casi como un esqueleto. Sus omóplatos sobresalían como las cuchillas de un patín de hielo. Sentí su caja torácica como un barril vacío, como si abrazara una muñeca de trapo.

Nos quedamos así un momento, en silencio, hasta que él se apartó.

—Es muy amable de venir aquí. Sé que siempre es un riesgo que su padre la descubra.

—Quizá algún día no tendremos que vernos de forma clandestina; es algo que en verdad deseo.

Su expresión cambió al escuchar mis palabras.

—Su padre jamás me aprobará, Marguerite. Ningún padre lo haría. Sólo acabaría siendo una carga para usted, igual que lo soy para Theo y Jo.

—¡No diga esas tonterías, por favor! —exclamé.

Me partía el corazón que pudiera pensar algo tan terrible sobre él mismo.

—Es cierto, Marguerite. ¿Cómo podría mantenerla? Sólo he vendido una pintura en toda mi vida. ¿Cómo podría darle la vida que merece? Vestidos finos, una casa con jardín, un piano para sus manos delicadas… Cuando veo a Theo, es aleccionador ver todo el esfuerzo que hace para ser un buen comerciante, un marido tierno, un padre bondadoso. Yo he sido demasiado egoísta toda mi vida y ahora me arrepiento.

—¡Usted es un gran artista! —interrumpí—. Hasta Jo habló de su genio cuando estuvo aquí. No está resentida con usted; ella y Theo confían en que algún día tendrá éxito.

—Las cosas ya son diferentes. Mi sobrino está enfermo, necesitan cuidarlo y anteponer sus necesidades antes que otra cosa, es lo correcto.

—Entonces, déjeme cuidarlo. ¡Deje que papá lo haga! ¡Juntos nos aseguraremos de que esté cómodo y que siempre tenga un lugar para pintar!

La desesperación en mi voz aumentaba; la visión que tuve esa tarde en mi recámara: un Vincent que se encogía físicamente se hacía ahora realidad; podía ver cómo se alejaba, aunque estuviera tan sólo a unos pasos.

Sin embargo, su voz era clara y determinada.

—Su padre no puede ayudarme, Marguerite. Acabo de escribirle a mi hermano que cuando un ciego guía a otro ciego, ambos caen en la zanja.

Lo miré confundida.

—¡Las tinturas de su padre no pueden ayudarme! —Se tapó los ojos con las manos—. Esto es algo que llevo dentro y no cambiará.

Calló un momento y luego continuó.

—No tengo la fortaleza ni para una mujer ni para mi arte. Mi pasión no puede con ello. Ya lo he intentado antes y fracasé; una vez tuve una relación con una mujer, en La Haya —explicó casi en un murmullo.

—¡No quiero oírlo! —interrumpí atragantándome con las lágrimas.

—No, tiene que escucharme, Marguerite; al final, tuve que abandonarla. No sólo porque mi hermano no podía mantenernos a los dos, sino porque mi arte lo padeció. —Vincent volvió a callar y respiró profundo—. Esta mujer... aunque lo que sentía por ella no puede compararse con lo que siento por usted... me importaba; al menos tanto como podía importarme en esa época. Pero cuando por fin me marché, trató de envenenarse. No puedo hacerle eso a otra mujer, sobre todo a usted. Me aterra pensar en la desesperación que le causé... Tengo miedo de no hacer más que lastimarla al final.

Las lágrimas empezaron a rodar por mis mejillas.

—A menudo he pensado cómo sería ser su esposa —dije. No hubiera creído tener el valor de decirlo, pero de alguna manera las palabras salieron de mi boca—. He pasado noches enteras imaginando cómo sería ayudarlo con sus pinturas, cuidarlo cuando estuviera enfermo, asegurarme de que comiera bien y tuviera un hogar limpio.

—Marguerite... —Me tomó entre sus brazos y mi rostro descansó en la curva de su cuello. Sentí de nuevo su clavícula contra mi mejilla, el aroma a pino de la trementina impregnada en su piel—. Yo también lo he pensado. La he imaginado en una pequeña casa amarilla, en el sur. Yo pinto en el segundo piso, imagino los olores de su cocina, de la cocina que compartimos, no la de su padre.

Su voz era suave y en ocasiones se quebraba ligeramente.

—Pero después me preocupo —continuó—. Mi hermano ya no puede apoyarme... mucho menos a mi esposa. Lo peor es ¿qué pasará si enfermo otra vez? No sirvo de nada cuando me siento desamparado, abatido; eso sería terriblemente injusto para usted.

—¡No me importaría! —exclamé emocionada—. Estoy acostumbrada a mi padre y a su propia naturaleza voluble, sus brotes de nostalgia. ¡Eso no me da miedo! —Respiré profundo—. Vincent, si me diera la oportunidad, me marcharía de casa de mi padre en un segundo. Sólo me llevaría la ropa que tengo puesta... Ni siquiera regresaría por los zapatos que dejé junto a la reja. Me iría esta misma noche con usted para nunca volver; no me arrepentiría nunca, ni un solo momento. Trabajaría como ama de llaves, como cocinera, como limpiadora incluso... para que usted pudiera pintar. No tenemos que depender de la bondad de su hermano, ¡yo trabajaría con mis manos hasta que se resquebrajaran como paja para que las suyas puedan traer la belleza al mundo!

Vincent temblaba; parecía tan frágil como el vidrio.

—Marguerite... —Su voz era un susurro, pero poco a poco ganó fuerza—. Esa tarde que llegué por primera vez a la casa de su padre vi una luz especial en sus ojos. Le ofrecí la amapola porque vi la vida en usted; estallaba como una flor de primavera y reconocí la llama en su mirada. No drenaré la vida de alguien a quien amo.

Yo lloraba. Sacó un pequeño pañuelo de su bolsillo y enjugó mis ojos.

—Usted vino a Auvers a pintar, no a buscar una esposa —pude decir al fin entre lágrimas—. Lo entiendo.

—Pero sin quererlo, la encontré a usted, Marguerite —dijo tocando mi mejilla—. Mi pequeña pianista, mi santa Cecilia.

Tomó mi rostro entre sus manos y me besó, no en los labios como yo hubiera esperado, sino en la frente.

Se alejó de mí y continuó en voz baja.

—Nunca quise lastimarla, debe saberlo. A veces creo que los japoneses tienen razón: existe cierta nobleza en la muerte, no es algo vergonzoso. Sólo honor. —Respiró profundo—. He avergonzado a mi familia al hacerles pensar que soy un parásito. Si fuera japonés, me quitaría la vida y recobraría mi honor.

41
Dos revelaciones

Cuando regresé a casa esa noche, empezaba a lloviznar; mis lágrimas eran un reflejo de la lluvia. No había logrado tranquilizar a Vincent y ahora estaba segura de que mi romance no tendría el mismo final que el de Louise-Josephine. Lo que más me angustiaba eran sus palabras de despedida. Me preocupaban mucho. Necesitaba ir a buscar a Louise-Josephine para pedirle consejo, ella me diría lo que debía decirle a mi padre. Confiaba en su juicio, siempre era el correcto.

Por desgracia, no tuve la oportunidad. Mientras subía la escalera, de pronto tuve la leve sospecha de que no estaba sola.

Ahí estaba él, en su bata de seda, el rostro contraído por el enojo, como una gárgola.

—Papá —murmuré.

Pero él no me oyó o, al menos, eligió no hacerlo. Cuando llegué al punto donde estaba, recibí una bofetada fría.

—¿Dónde estabas?

Su voz era grave y severa. Era evidente que no tenía la intención de mantener mi salida en secreto para la gente que vivía en la casa.

No respondí al principio y, de nuevo, su voz estalló con más fuerza.

—¿Dónde estabas, Marguerite? —bramó—. ¡Contesta! ¡Ahora!

Me abofeteó de nuevo y la fuerza de su mano me hizo retroceder y tambalearme. Me sujeté rápidamente del barandal para no caer por las escaleras.

Lo miré con los ojos llenos de lágrimas. La mejilla me ardía como si me hubiera golpeado con un guante de agujas calientes; sentía la huella que su mano había dejado sobre mi piel.

En el rincón del pasillo, vi que Louise-Josephine asomaba la cabeza por el umbral de su puerta. Su expresión era terrible: miedo combinado con ira. Con mi propia expresión traté de hacerle entender que volviera a su recámara y se salvara de la ira de papá, pero no pude disuadirla.

Vestida con su camisón blanco, avanzó sobre la duela hasta el lugar donde estaba mi padre y lo tocó en el hombro.

—Por favor —suplicó—, por favor, ¡pare! Es mi culpa que haya salido esta noche. ¡Todo es mi culpa!

—No, Louise. —Traté de detenerla; sin embargo, ella me ignoró.

—Fui yo... todo es culpa mía —repitió.

A través de su camisón de algodón podía ver la línea de su columna, su complexión delgada temblaba bajo la tela; sin embargo, no dejó de defenderme.

—Yo le dije que fuera. Le dije que *monsieur* Van Gogh podía necesitar que lo consolaran. Fui yo quien le metió esa idea en la cabeza. ¡Yo soy la verdadera culpable!

Papá parecía visiblemente confundido.

—¿Tú? ¿Tú? ¿Por qué harías algo así?

Louise-Josephine estaba de pie frente a mi padre; su figura diminuta contrastaba con la de papá, quien parecía un gigante.

—Sí, ¡yo la animé! ¿Por qué no? En esta casa no tiene nada por qué vivir. Ni ella ni yo tenemos ninguna oportunidad para casarnos. Ella porque usted nunca le ha dado la opción; y a mí se me niega porque ni siquiera tengo un acta de nacimiento. A pesar de que tengo un pretendiente que me adora y desea mucho casarse conmigo.

Su voz era clara, como un grito de batalla. Yo estaba arrodillada sobre un escalón con los brazos cruzados para cubrir el escote de mi vestido.

—Yo la exhorté a que lo hiciera, ¡porque pensé que ambas teníamos muy poco que perder ante nuestra situación!

El rostro de Louise-Josephine estaba enrojecido como el tallo de un ruibarbo. Nunca la había visto actuar con tanta vehemencia; yo la miraba, boquiabierta; sin embargo, era evidente que papá no estaba impresionado con su comportamiento.

—No sabes de lo que estás hablando, Louise-Josephine —dijo con un gesto de indignación—. Cuando tenías dos años, le ayudé a tu madre a arreglar los papeles que certifican que tu nacimiento no fue resultado de un incesto o de una relación adúltera. Eres libre de casarte... ¡Por otro lado, el comportamiento de mi hija es inaceptable!

Louise-Josephine dio un paso atrás; su asombro era visible.

—¿Qué quiere decir? ¿Por qué nunca me hablaron de ese certificado? —Sacudió la cabeza—. ¡No puedo creer que mi madre nunca me lo hubiera mencionado!

—Es verdad. Pero ése es otro asunto. —Papá volteó a verme—. Nada de eso justifica el comportamiento de Marguerite.

Louise-Josephine empezó a tartamudear como si no estuviera segura si debía agradecer a mi padre o defenderme.

—Por favor, no se enoje con Marguerite, pa...

Estuvo a punto de decir «padre». Lo tenía en la punta de la lengua, pero se contuvo.

—Fui yo quien le metió a Marguerite esa fantasía en la cabeza. Ella sólo quería asegurarse de que Vincent se sintiera mejor —agregó.

—Es cierto... —intervine.

—Es muy valiente de tu parte defender a mi hija —dijo papá, en dirección a Louise-Josephine, mientras se anudaba el cinto de su bata de seda—. Pero sólo ella es responsable de sus acciones. Marguerite insultó su crianza, me avergonzó a mí y a nuestro apellido. ¿Necesito recordarles que *monsieur* Van Gogh es mi paciente? Por desgracia, los problemas que lo aquejan son muy serios. No es un posible pretendiente para ninguna joven, en particular para mi hija. Ya se lo había advertido; sin embargo, fue a verlo sin mi consentimiento. ¿Qué tipo de práctica profesional puedo ejercer si la gente se entera de que mis hijos retozan con quienes me confían su cuidado?

Yo empecé a llorar y mis rodillas temblaban como si fueran dos ramas en invierno bajo mi vestido. De no haber tenido el soporte del barandal, me habría desplomado.

Papá me miraba fijamente. Aunque su expresión se había suavizado un poco, aún quedaban signos de su enojo. Advertí que se había mordido el labio hasta abrirlo un poco. Parecía exhausto, como si hubiera gastado toda su energía para confrontarme.

—Este comportamiento es sencillamente inaceptable.

Al darse cuenta de que no había mucho más que pudiera decirle a mi padre, Louise-Josephine se acercó a mí y me ayudó a subir la escalera. Papá no dejaba de mirarnos.

—Hablaremos de esto mañana, Marguerite. Te quiero en mi despacho después del desayuno —agregó con severidad.

A la luz de la luna, sus ojos azul grisáceo eran dos fragmentos afilados de porcelana. Avanzó frente a mí y, sin una palabra más, regresó a su recámara.

42
Una noche inquieta

Esa noche nos abrazamos. Nos aferramos una a la otra; sus brazos me rodeaban mientras las lágrimas rodaban por mis mejillas; el cabello despeinado caía en mechones sobre mis orejas.

—Estará menos enojado en la mañana —prometió, pero por su voz me di cuenta de que no lo creía.

Después de tantas semanas de reuniones secretas y murmullos, Louise-Josephine y yo nos conocíamos muy bien.

—Me prohibirá volver a verlo —dije hundiendo el rostro en la tela del camisón de Louise-Josephine—. Esta noche fue un error.

—Dime —dijo acariciándome el cabello—, dime qué te dijo Vincent. ¿Pudiste verlo?

—No puedo hablar de eso aún —respondí entre lágrimas—. Pero la noticia de que tu acta existe es maravillosa. Podrás casarte con Théophile.

Louise-Josephine negó con la cabeza.

—Sí, no hablemos tampoco de eso ahora. Tu situación con Vincent es mucho más apremiante. Por favor, cuéntame qué pasó.

Traté de tranquilizarme para decirle lo que había sucedido.

—Lo vi, pero su encuentro con Theo lo dejó en una profunda depresión. —Suspiré profundamente—. Apenas pude reconocerlo.

Louise-Josephine tomó mi mano y entrelazó sus dedos con los míos como un niño que se aferra a algo valioso.

—Está deprimido por Theo y le preocupa el dinero. Dice que le atrae la idea de tener una esposa y habla de su anhelo por tener un romance conmigo... —Hice una pausa—. Pero sabe que es incapaz de hacerlo. Cree que es imposible tener tanto amor como arte en la misma vida.

Louise-Josephine no hizo ningún comentario, pero no soltó mi mano.

—Tenías razón —continué—. Tenías razón, fue exactamente como sospechabas.

—Marguerite... —dijo tratando de calmarme—, no te abandonaré aquí para que te marchites. Lo prometo.

—No, algún día te casarás y te olvidarás de mí.

—¡Nunca! —exclamó—. Jamás haría eso, Marguerite. —Advertí la determinación en su voz—. Tengo los horarios del tren y tú nos acompañarás a mi prometido y a mí. Nos iremos en tren y nunca volveremos a este lugar.

Cerré los ojos imaginándonos a nosotros tres partiendo como ella lo había descrito. Quería llamarla «hermana», pero estaba tan sumergida en mi propia pena que la palabra sólo flotó en mi mente, incapaz de salir de mi boca.

*

Esas pocas horas antes del alba mi sueño fue inquieto. Cuando los gallos cantaron esa mañana, me levanté lentamente, deshaciéndome del abrazo de Louise-Josephine.

Nada me aterraba más que ver a papá en el desayuno. El recuerdo de él, de pie al final de la escalera, con el rostro hinchado de rabia y cruzando mi rostro de una bofetada, permanecía indeleble en mi mente.

En un intento desesperado por suavizar su estado de ánimo, decidí hornear unas magdalenas y prepararle una jarra de chocolate caliente. Saqué del armario el pesado molde de hierro forjado y preparé la masa dorada para después verterla en los huecos delicados en forma de concha.

«Al menos despertará con uno de sus aromas favoritos», pensé, inhalando el dulce olor de la masa de las magdalenas.

Paul bajó las escaleras antes que papá y entró a la cocina.

—¿Qué es esto? —preguntó abriendo la puerta del horno—. ¿Magdalenas para el desayuno?

No respondí. Me limpié las manos en el delantal y empecé a llenar uno de los tazones con agua. Había decidido que no hablaría con él de los detalles, así que empecé a lavar las cacerolas. Sin embargo, parecía que Paul estaba determinado a saber toda la historia.

—¿Dónde estabas anoche? —preguntó, girando sobre los talones para recargarse sobre la barra—. *Madame* Chevalier me obligó a no intervenir. Ambos te escuchamos a ti y a papá desde el pasillo.

Hice una mueca. Si *madame* Chevalier estaba en el rellano del segundo piso cuando ocurrió todo eso, significa que había pasado la noche con mi padre. La hipocresía me ponía furiosa. Traté de ignorar a mi hermano.

—No voy a hablar del tema. —Hice una pausa—. Fue un acontecimiento desafortunado.

—Te volviste a reunir en secreto con Vincent, ¿cierto?

Un dedo distraído colgaba del bolsillo de su camisa, pero su mirada estaba fija en mí. No respondí. Saqué una sartén, le eché un poco de leche y encendí la estufa.

—No tienes que ser tan remilgada, Marguerite —continuó—. Soy tu hermano... deberías confiar en mí.

Negué con la cabeza.

—No confío en nadie.

Entrecerró los ojos y me miró con mayor insistencia.

—Confías en Louise-Josephine, ¡y ni siquiera es de tu sangre!

—¿Estás seguro de eso, Paul? —pregunté acercándome a él.

Paul abrió los ojos como platos. No podía dar crédito de que fuera tan atrevida como para sugerir que estábamos relacionados con Louise-Josephine. Pero yo sabía que él, igual que yo, había contemplado ya esa posibilidad. Sencillamente no podía creer que, por fin, lo formulara en voz alta.

—¿No te imaginas por qué papá se ha tomado tantas molestias con Louise-Josephine todos estos años? ¿Por qué te imaginas que ha hecho tanto para asegurarse de sacar el acta de la que habló anoche?

Paul sacudía la cabeza. No quería escuchar lo que yo estaba diciendo.

—¡Se debe a que le tiene un gran afecto a *madame* Chevalier! Por eso ha hecho tanto por su hija.

—No seas tan ingenuo, Paul.

—No lo soy —espetó—. Tú eres la demente, Marguerite, si crees que papá tolerará tus indiscreciones.

No respondí. Paul extendió la mano y tomó una pera de la canasta de frutas antes de marcharse.

—Buena suerte con papá —agregó; su voz rebosaba de veneno.

Mientras ponía las magdalenas a enfriar sobre una charola, escuché las pisadas de mi padre que bajaba las escaleras con lentitud, luego oí que la puerta del jardín se cerraba y él empezaba a hablar con sus animales.

Sabía que papá esperaba que saliera pronto con la charola del desayuno, así que arreglé todo de inmediato: coloqué las suaves magdalenas amarillas en un plato decorado y serví el chocolate caliente en una jarra de cerámica. Como toque final, corté el tallo de una rosa del ramo que estaba en el pasillo y lo puse en un florero más pequeño, en una de las esquinas de la charola.

Avancé por el pasillo y abrí la puerta del jardín. Papá estaba sentado en una silla y, por la manera en la que parpadeaba, supe que estaba tan cansado como yo.

—Buenos días, papá. —Dejé la charola a su lado.

No respondió; siguió mirando a los animales que picoteaban la tierra.

—Hoy te preparé algo diferente para el desayuno —agregué.

Miró las tres magdalenas y el chocolate caliente, y asintió.

—Gracias —respondió.

Esperé varios segundos a que hablara, pero no dijo nada. Las grandes hojas del tilo lanzaban una sombra larga sobre su rostro que ocultaba la mitad de sus rasgos. No se había rasurado y en sus mejillas normalmente suaves y limpias había vello incipiente blanco y pelirrojo.

—No sé qué decir de lo que sucedió anoche —dijo finalmente.

Bajé la mirada.

»No puedo decirte cuánto me has decepcionado, Marguerite.

Lo miré y vi que sus ojos observaban otra cosa, no a mí. No podía soportar el juicio en sus ojos mientras hablaba.

»Tu comportamiento me deja sin palabras.

Tomó una magdalena y le dio una pequeña mordida. Me pareció escuchar un leve sonido que salía de su boca, una débil protesta, pero me calló antes de que yo pudiera articular las palabras correctas.

»Vincent es un hombre enfermo. Puede ser un genio, pero no será un posible pretendiente para ti. ¿Está claro, Marguerite?

Asentí.

»Además —añadió—, eres demasiado joven como para pensar en casarte.

—¡Tengo veintiún años, papá! —exclamé—. No soy demasiado joven; de hecho, ¡ya casi soy demasiado vieja!

Las palabras se escaparon de mi boca.

—¡Basta! —gritó, no tenía la paciencia para escuchar mis objeciones—. Tu lugar es éste, tu obligación es cuidar de mí y de Paul. Estamos solos, tu madre murió y me dejó contigo y con tu hermano... No entiendo por qué piensas que es vergonzoso pasar tu vida ayudando a tu familia. En especial, con el buen trabajo que hacemos aquí con mis pacientes. Si quiero seguir ayudándolos, te necesito conmigo. ¡No podemos pensar sólo en nosotros mismos y concentrarnos exclusivamente en nuestras propias necesidades! —Descansó la cabeza sobre la mesa como si estuviera desesperado—. Estas personas son muy importantes, Marguerite... ¡pintores! Y si curamos a Vincent, más artistas vendrán...

—Pero no estarás solo, padre. *Madame* Chevalier puede ayudarte. Ella es leal...

—*Madame* Chevalier no tiene nada que ver con esta conversación, Marguerite —interrumpió—. Tus responsabilidades y las suyas son completamente distintas.

No pude responder como hubiera deseado. Lo que quería decirle hubiera provocado que me abofeteara de nuevo; ni siquiera me arriesgué a arquear las cejas como respuesta.

—Sí, papá —opté por decir.

Fue justo como Louise-Josephine lo había predicho: si papá se salía con la suya, no sería ni Vincent ni nadie más; yo le pertenecía a él y a esta casa, como un mueble. Debía quedarme aquí.

43
Un castigo apropiado

Al día siguiente, cuando pedí permiso para ir a la iglesia, papá negó con la cabeza. Después, el lunes, cuando necesitaba ir al pueblo a hacer unas compras, me dijo que ya había enviado a *madame* Chevalier para que las realizara.

Cuando papá me informó que mi hermano estaría al pendiente de mí mientras él estaba fuera por su trabajo, me puse furiosa. Que mi hermano menor me vigilara era el peor insulto que podía imaginar; pero mi padre no toleró mis protestas. Era claro que ahora limitaba mis movimientos para evitar cualquier futuro contacto con Vincent.

—Tú te lo buscaste, Marguerite —me dijo—. Demostraste que no se puede confiar en ti.

Eligió sus palabras para mostrar la mayor crueldad posible.

—Ya no tendrás permiso de ver a Vincent en ninguna circunstancia. Cuando venga a recoger sus tinturas o a pintar en nuestro jardín, permanecerás arriba, en tu cuarto.

—Papá... —murmuré como si fuera un lamento—. Por favor, no hagas esto...

—No hablaremos más del tema, Marguerite —interrumpió antes de que yo pudiera decir nada más.

Henrietta olisqueaba la bota de mi padre. Observé cómo metía sus dedos blancos y arrugados en el pelaje del animal, que alzó la cabeza para mirarlo con sus enormes ojos húmedos; su barba se frotaba contra la rodilla de mi padre. Disfrutaba tanto estar con sus mascotas que me preguntaba por qué creía que la única compañía digna de su atención eran animales y artistas. Era evidente que no tenía mucho sitio en su corazón para mí.

*

Tenía la sensación de que nuestra casa alta y abigarrada era ahora, más que nunca, una prisión. Ni siquiera mi jardín me brindaba consuelo. Empecé a imaginar que escapaba: trepaba por las vides del jardín trasero, las que llevan al cementerio y a los terrenos que estaban detrás, y que nunca regresaba al lugar que ahora despreciaba tanto.

Pensaba con mayor frecuencia en mi difunta madre; ella también se había sentido atrapada entre estas mismas paredes. Imaginaba que éramos una y la misma: el mismo hombre nos tenía presas aquí contra nuestra voluntad, oprimidas y sin amor. La única diferencia era que yo me había rebelado en silencio contra mi padre, y aunque deseaba desesperadamente poder escapar de mi encierro, jugaba con el recuerdo de mis encuentros secretos con Vincent, como si fuera una niña hambrienta que chupa la miel de un panal.

Pero la dulzura de estos recuerdos no podía durar eternamente; al final, volvía a preocuparme por él. ¿Había hablado en serio al decir que contemplaba el suicidio? Cuando le pregunté a Louise-Josephine, se mostró escéptica.

—¿Crees que en verdad está pensando en acabar con su vida?

—No me dio esa impresión —respondí al pensarlo con mayor detenimiento—. Lo dijo en el contexto de la cultura japonesa. Habló del tema en abstracto, como si fuera algo peculiar, algo que no terminaba de comprender…

—Entonces yo no me preocuparía demasiado —dijo para tranquilizarme—. Es probable que haya leído algo sobre el tema y esté intrigado por las distintas reacciones frente a la muerte.

—Sí —afirmé asintiendo con la cabeza—. Es como los grabados japoneses. Ama el estilo de esas obras artísticas, pero no lo incluye por completo en su trabajo; sólo se deja cortejar por la idea. Estoy segura de que únicamente sentía curiosidad por algo que leyó. Después de todo, lo que en realidad le preocupa es que ni su hermano ni la esposa tengan algo qué reprocharle. En verdad, ésa es la razón de todo esto.

—Sí, por supuesto —asintió Louise-Josephine—. Tiene sentido.

Me sentí un poco mejor por haber compartido mis inquietudes, pero esa noche me costó mucho trabajo acallar mi angustia por Vincent.

44
Tres bajo el tilo

Secuestrada en mi propia casa, furiosa, en silencio ante mi predicamento. Parecía que tanto papá como Vincent ponían sus diversas pasiones artísticas por encima de mi felicidad. Sin embargo, no podía evitar preocuparme por Vincent. No tenía idea de cómo haría mi padre para seguir atendiendo sus necesidades de salud después de lo que había pasado entre nosotros. Ya no hablaba de él durante las cenas y nunca decía cuándo vendría a la casa o si dejaría de hacerlo.

No obstante, tres días después de que empezó mi castigo escuché los pasos pesados de Vincent que subían los escalones hasta la puerta principal de la casa.

Yo estaba en el tercer piso, en mi recámara, tratando de terminar un bordado. No podía expresar cuánto deseaba bajar corriendo, abrir la puerta y saludarlo. Pero ahora era como *madame* Chevalier y Louise-Josephine: mi padre me mantenía escondida en la torre de la casa.

Abrí la ventana y asomé la cabeza para verlo. Llevaba el mismo saco azul con el que había cubierto mis hombros esa noche frente a la iglesia. Sujetaba el sombrero entre sus manos y dos cuadros se recargaban contra sus rodillas.

Quería lanzar un silbido para llamar su atención, pero en cuestión de segundos ya había tocado la puerta y Paul lo invitaba a pasar.

—¡Qué gusto verlo, *monsieur* Van Gogh! —El saludo entusiasta de Paul hizo eco en la casa—. Mi padre lo espera... está en el jardín.

Me enfurecí al escuchar esas palabras en boca de mi hermano; era evidente que papá había decidido confiar en Paul para sus reuniones con Vincent y que había elegido dejarme en la ignorancia, resguardada a cal y canto.

La sangre me hervía, pero en ese momento escuché que Paul respondía a una pregunta que al parecer le había hecho Vincent.

—¿Marguerite? No está aquí por el momento...

La puerta del jardín se cerró tras ellos.

No tenía idea de cómo podría seguirlos. Si corriera al otro extremo de la casa y me asomara por una de las ventanas que daban al jardín, sin duda me encontraría con *madame* Chevalier. Por lo tanto, abandoné rápidamente mi bordado y me dirigí al despacho de mi padre en el ático.

Subí la escalera de caracol y abrí la pesada puerta de madera. El lugar estaba abarrotado, pero lleno de luz. Gracias al tragaluz del techo pude ver los montones de cuadros al óleo, los grabados que mi padre había pegado sobre las paredes y la máquina de grabados en un rincón; detrás de ella había una escalera de mano que rápidamente moví para poder asomarme por una de las ventanas altas. Jadeaba, sentía la adrenalina recorrer mis venas; todo lo que deseaba era verlos en el jardín; ver si papá hablaba con Vincent o si sólo le prestaba el jardín para otra pintura.

Abrí la ventana y me asomé; lo que vi me enfureció más allá de las palabras. Los tres, papá, Paul y Vincent, estaban sentados a la sombra del tilo, disfrutando, mientras yo estaba atrapada al interior.

Si fuera tan ingeniosa como Louise-Josephine, sin duda hubiera encontrado una manera de llamar la atención de Vincent. A mi alrededor había latas repletas de pinceles y botellas de vidrio llenas de líquidos dorados y claros que podía aventar al jardín para provocar una escena dramática, pero carecía del valor.

En su lugar, seguí observándolos. Vincent se puso de pie y recargó sus dos cuadros contra el tronco del árbol. Se había puesto el sombrero ancho de paja y sus manos dibujaban círculos suaves. Podía ver que tanto Paul como papá estaban embelesados. A pesar de estar a varios metros sobre ellos, advertí los colores brillantes de las pinturas: el verde malaquita de los cipreses, el azul cerúleo profundo del cielo despejado. Desde mi posición, parecía que Vincent se había recuperado por completo.

Tras observarlos a los tres durante varios minutos, bajé de la escalera y me senté en el piso sucio de madera. Los tablones eran de pino sin acabar, manchados de pigmentos y aserrín. Había una cubeta de metal llena de trapos que olían a trementina. Me quedé ahí un buen rato, enjugándome las lágrimas, hasta que escuché unos pasos que subían la escalera de caracol.

—¿Marguerite? —alguien murmuró débilmente.

—¿Sí?

Era Louise-Josephine. Llevaba puesta la falda a la que le había subido el dobladillo ese día que cosimos juntas en la sala. Le quedaba muy bien: un estampado de flores muy pequeñas sobre un fondo pálido que le proporcionaba un aspecto muy juvenil.

—Te he estado buscando —dijo con dulzura—. No te encontraba por ninguna parte.

—¡Todos están allá afuera sin mí! —exclamé al tiempo que corría a sus brazos.

Lloraba y Louise-Josephine no pudo hacer nada más que abrazarme.

—Lo sé, lo sé —respondió acariciando mi nuca.

Era cruel de mi parte quejarme de que me excluyeran de esta manera, cuando sabía que Louise-Josephine había permanecido escondida desde que tenía memoria.

—Ni siquiera eso importa —continué entre sollozos—. Papá nunca me dejará verlo.

—Lo verás otra vez —dijo amorosa—. Esta situación no puede durar.

Negué con la cabeza, escéptica.

—No —protesté—. Sé que papá cumplirá su palabra. ¡Nunca me permitirá ver de nuevo a Vincent!

—Vincent seguirá preguntando por ti —explicó confiada—. Tu padre tendrá que ceder en algún momento; al final te dejará verlo.

—No lo creo —insistí, enjugándome las lágrimas con mi pañuelo.

—¿Qué hay del tercer retrato que Vincent quería hacer de ti? —preguntó tras pensarlo un momento, al tiempo que recorría la habitación con la mirada y veía las pinturas mediocres de Paul—. Quizá Vincent le pedirá a tu padre que poses otra vez, argumentando que puede ser terapéutico para él. Quizá pueda explicarle a tu padre que sólo le mostraste compasión, nada más.

—Es imposible que papá le crea —dije sacudiendo la cabeza—. Ya no habrá más retratos.

—No puedes perder las esperanzas, Marguerite —agregó tomándome del brazo—. Regresemos a tu cuarto; no nos conviene que mi madre nos encuentre aquí.

45
Una segunda carta

Esa noche que me encontré con él frente a la iglesia, me llamó «santa Cecilia», y lo hizo de nuevo la noche que nos vimos en su posada. Desde entonces, escuchaba que su voz murmuraba ese nombre una y otra vez. «La pintaré sentada frente al órgano de la iglesia, con jazmines de Madagascar en el cabello».

Me imaginé sentada erguida cerca del altar de nuestra iglesia, con los tubos del órgano de latón brillante frente a mí y mi pie presionando los pedales al ritmo de la melodía.

Los primeros días de mi cautiverio no podía hacer mucho más que fantasear. Papá y Paul seguían disfrutando el verano mientras yo permanecía al interior, bordando o cocinando. Cuando mi padre o mi hermano estaban en el segundo piso, en el despacho, o cuando salían al pueblo, yo salía a trabajar en el jardín o tocaba el piano.

Cuando estaba sola en el jardín, pensaba en él. Lo veía sacar su caballete, organizar su paleta de pinturas y entrecerrar los ojos hacia los techos de teja o las hortensias rosas cuyos bordes apenas empezaban a azulear. Pensaba en cómo nos habíamos besado aquella primera noche frente a la iglesia; cómo semanas después me reuní con él en la cueva. No deseaba nada más que volver a sentir esa vitalidad, la premura inicial del dolor, la intoxicante sensación de su piel contra la mía. El recuerdo de nuestra unión hacía que nuestra separación fuera aún más intolerable y mi cuerpo reclamaba verlo de nuevo.

Frente al piano, mis dedos se extendían para alcanzarlo, como si las teclas de marfil fueran escaleras a su corazón. Marcaba cada nota con la precisión de un arpista que, en *pizzicatos*, extrae una melodía que yo pensaba, sólo le llegaría a él.

Apenas podía dormir. La ventana de mi recámara me exhortaba a la posibilidad de más aventuras. ¡Cuántas ganas tenía de saltar el alféizar y salir! Me quitaba las peinetas del cabello y dejaba que el viento de la noche entrara a la habitación y recorriera mi camisón.

Caminaba descalza sobre el piso de madera e imaginaba la sensación del enrejado bajo mis pies y las piedras húmedas del jardín que daban a la entrada.

En mi cabeza escuchaba música, aunque la casa estuviera en perpetuo silencio. Oía las melodías solitarias de Schubert, las tristes sonatas de Beethoven y la notas anhelantes y esperanzadoras de Chopin.

Me preguntaba en todo momento qué estaría haciendo Vincent. ¿Pintaba o estaba solo, taciturno? ¿Habría arreglado todo con su hermano? ¿Su sobrino recuperaría la salud? ¿Había tomado la decisión de quedarse en Auvers y pintar, o se dirigía hacia otro camino de oscuridad, con otro ataque inminente?

Pensé que me volvería loca con todas estas preguntas en mi cabeza. No podía arriesgarme a ir a buscarlo, aunque lo deseaba con desesperación. Peor aún: no tenía manera de verlo cuando venía a la casa. Se comían los pasteles que yo había horneado en la mañana y arrastraban los tenedores y cuchillos sobre los platos que yo lavaría más tarde, pero a mí me relegaban como a uno de los platos de porcelana de mi madre, desterrada en mi habitación.

*

Fue idea de Louise-Josephine que le escribiera una carta.

—Si no puedes acercarte a él, quizá él pueda hacer un esfuerzo para acercarte a ti.

Era un plan maestro: le escribiría una breve nota y ella le pediría a Théophile que se la entregara a Vincent en la posada. De esa manera, nadie sospecharía de mí.

Tomé un pedazo de papel de mi escritorio y escribí su nombre en la parte superior: «Vincent», tracé la primera letra en un carácter grande y generoso, «¿Qué hay de ese tercer retrato? Quizá papá ceda en nombre del arte».

Lo firmé sólo con mi primera inicial.

Recibió la nota el martes y el jueves escuché que estaba frente a nuestra puerta.

—¡Está aquí! —exclamó Louise-Josephine cuando entró corriendo a mi recámara y cerró la puerta.

—Lo sé —respondí llevándome un dedo a los labios para que bajara la voz.

Me asomé por la ventana e hice un esfuerzo por escuchar lo que le decía a mi padre.

—¿Puedo pintar en su jardín esta tarde?

Escuché la voz entusiasta de papá y la invitación a que entrara en la casa.

—Le sugerirá otra pintura de ti, ¡lo sé! —dijo efusiva—. ¡Espera y verás!

—Pero ¿qué responderá papá? —Me senté en la cama—. ¿Y si papá se niega? Después de todo, se mostró reticente a que Vincent me pintara las primeras dos veces.

—Vincent persistirá.

En secreto deseaba que Louise-Josephine tuviera razón, pero permanecía incrédula.

—Te ha mantenido a ti y a tu madre prisioneras durante todos estos años —agregué, y me cubrí el rostro con las palmas—. Si lo desea, hará lo mismo conmigo.

—He aprendido a eludirlo y tú también lo harás. —Me tomó las manos y las sostuvo entre las suyas—. Yo me aseguraré de que veas a Vincent, lo prometo.

—Tú no tienes que quedarte aquí —dije abrazándola—. Ahora sabes que esa acta existe y eres libre de casarte con Théophile.

—Aún tengo que hablarlo con mi madre —explicó acariciando la tela de su falda—. Necesito conocer más detalles antes de decírselo a Théophile. No sería correcto que le diera falsas esperanzas hasta que yo pueda confirmarlo.

46
A puertas cerradas

Durante la segunda semana de julio, me di cuenta de que Louise-Josephine estaba cada vez más ansiosa sobre su propia situación. El calor y nuestro encierro parecían incluso más opresivos este año, quizá porque ambas anhelábamos estar en un lugar distinto a nuestra casa. Sin embargo, ella seguía escapándose cada noche para reunirse con Théophile y tomaba muchas más precauciones para que ni su madre ni mi padre la escucharan escabullirse.

Me dijo que cada día que pasaba se sentía más impaciente.

—Cambia nuestro lugar de reunión todo el tiempo porque dice que no quiere tener sólo un recuerdo de mí. A veces nos encontramos cerca de la granja de los Le Blanc... anoche nos reunimos cerca de la posada del viejo Pilon.

—Debes tener cuidado, Louise-Josephine —le advertí.

—Lo sé... pero yo también me empiezo a inquietar.

Cada noche entraba a hurtadillas a su habitación para esperarla y podía sentirla antes siquiera de que se acostara. Regresaba justo antes del alba, traía con ella su propio perfume nocturno, la humedad colgaba del cabello, y el aroma del rocío y de pasto mojado en el dobladillo de su bata.

Una noche decidió no salir. Yo esperaba escuchar sus pasos, pero en su lugar oí su voz que venía de la habitación de su madre. Ambas discutían y su tono parecía desafiante.

—No es lo que tú crees, Louise-Josephine. ¡No es tan sencillo!

Louise-Josefine estaba enojada; yo percibía la agitación en su voz.

—Entonces, ¿cuáles son los detalles, *maman*? Él dice que es un acta. ¿Cuáles son esas complicaciones de las que hablas? ¿Por qué nunca me mencionaste antes que existía ese papel?

—Louise-Josephine, no tienes idea por lo que pasé cuando naciste... tu abuela me tildaba de lo peor; era casi indigente, no tenía ni un centavo. Acudí a Paul-Ferdinand, pero él estaba inmerso en sus preparativos de boda...

Escuché que *madame* Chevalier sollozaba.

—Fue tu abuela quien insistió en que él me ayudara con tu acta —continuó—. Dijo que te protegería... por eso recurrí a él de nuevo hasta que accedió a ayudarme.

—Entonces, ¿por qué mantenerlo en secreto todos estos años? ¿Por qué yo nunca supe que existía?

—Porque tener ese papel no significa que te puedes casar según sea tu voluntad. También se tienen que cumplir otros requisitos... Nunca pensé que pudieras tenerlos, así que decidí no darte falsas esperanzas.

Escuché que Louise-Josephine empezaba a llorar. Esperaba que pudiera escuchar algo más, pero la voz de *madame* Chevalier se convirtió en un murmullo y no puede discernir nada más. Una hora más tarde Louise-Josephine salió. Cuando lo hizo, no vino a mi recámara como yo había esperado; en su lugar, fue directamente a su habitación y cerró la puerta con cuidado.

La mañana siguiente papá regresó a casa de París, ignoraba por completo los eventos dramáticos de la noche anterior. Almorzamos todos juntos, pero nadie excepto papá pronunció una palabra. Habló de su día en la ciudad, de lo que había cenado y de algunos pacientes que había visto; ni una sola vez pareció advertir el rostro de Louise-Josephine marcado por el llanto.

Esa tarde, cuando tuvimos un momento ella y yo en privado, le pregunté qué había pasado con su madre.

—Me dijo que la razón por la que no me había hablado del acta es que no sirve para nada, a menos que tu padre esté presente en mi boda. *Maman* dice que él nunca lo hará, y tiene razón. Tu padre jamás arriesgaría su reputación para asistir a mi boda.

—Bueno, quizá al menos ella podría pedírselo o...

Estaba a punto de sugerir que yo podría hacerlo, pero Louise-Josephine me interrumpió.

—No, no, Marguerite, es inútil. Esa noche fui tan grosera con tu padre que jamás volverá a hacer nada por mí.

Negué con la cabeza.

—No creo que eso sea cierto, tú eres su debilidad.

—Mi madre me dijo que la única manera en la que puedo casarme es si presento en la ceremonia a dos testigos hombres que conozcan a la familia. ¿Y quién podría hacer eso por mí? Ni siquiera tú puedes hacerlo, eres mi única amiga.

—Tal vez papá lo haga cuando se haya calmado un poco. Lo que pasó la semana pasada sigue aún fresco.

Louise-Josephine asintió entre lágrimas.

—Lo irónico, Marguerite, es que mi madre está enojada conmigo porque yo te alenté a que te escabulleras para ir a ver a Vincent. Pero la verdad es que ella ha ido a ver a hurtadillas a tu padre todos estos años, y ahora se hace la sorprendida porque su hija actúa igual que ella. ¡Es grotesco!

—Papá es igual.

—Un día nos iremos —agregó—. Nos iremos tan lejos de este lugar como sea posible.

Sonreí al imaginar que hacíamos nuestras maletas y nos ayudábamos para bajar por el enrejado hasta las escaleras del jardín.

—Y esta vez no nos iremos descalzas —dije riendo—. ¡Nos pondremos los zapatos más ruidos y pisaremos con fuerza todo el camino hasta la calle!

47
La toma de la Bastilla

Sin ningún contacto con Vincent durante mi encierro, no tenía idea de cómo estaba su salud. Habían pasado varios días desde que no visitaba la casa; empecé a preocuparme. De pronto, una noche escuché que mi padre le hablaba a Paul sobre la última pintura de Vincent.

—Está pintando una extensa llanura de trigales contra un cielo violento. Está tan determinado a acabarlo que ha rechazado varias invitaciones a comer.

Paul le hizo preguntas a mi padre sobre el cuadro; era evidente que tenía curiosidad por la técnica de Vincent.

—El trigo son pinceladas de *staccato*; su paleta es ocre y amarillo cadmio. Está más interesado en mostrar la abrumadora enormidad del campo que cada brizna de hierba. Es difícil decir dónde se funden las colinas y el cielo: ambos están pintados en una suerte de oscuridad turbia. Son sólo capas de gris azulado e índigo. —Hizo una pausa—. En realidad, es más bien siniestro. En especial con los cuervos negros que surcan el cielo oscuro.

*

Ese lunes se celebraba la toma de la Bastilla. Papá estaba de buen humor cuando lo encontré esa mañana en el jardín.

—Habrá muchas festividades en el pueblo esta tarde —comentó papá mientras desayunaba—. Quizá tú y tu hermano deberían ir.

No podía creer que cediera y nos permitiera salir al pueblo ir al pueblo.

—Confío en que tu hermano te vigilará bien —agregó.

Mi corazón latía con fuerza. El centro del pueblo estaría decorado todo de rojo, azul y blanco. Confiaba que Vincent estuviera ahí, pintando.

*

Esa tarde no dijo nada mientras me miraba cambiarme de ropa. No tenía que hacerlo. Todos estos años en los que apenas nos dirigíamos la palabra, Louise-Josephine debió mirarme con resentimiento cada vez que me veía salir.

Saqué del armario mi vestido amarillo y ella me ayudó, sin pronunciar una sola palabra, mientras metía los brazos en las mangas y me subía la falta hasta la cintura. Sus dedos delgados eran como patitas de ratones corriendo de prisa para abotonarme. Sentí su barbilla sobre mi hombro cuando ató con fuerza los extremos del listón alrededor de mi cintura.

Intentaba sonreír, pero me di cuenta de que sus ojos estaban llenos de lágrimas.

—Cuánto me gustaría que vinieras conmigo; ¡eres mejor compañía que Paul!

—No te preocupes por mí, Marguerite. Ya me he acostumbrado después de todos estos años —dijo con afecto—. Es sólo cuestión de tiempo.

Sonrió y me apretó la mano con cariño.

—Espero que lo veas —agregó en un murmullo. Metió la mano a su bolsillo y sacó un listón largo de seda color lavanda—.

Será imposible que no vea esto —dijo haciendo un moño alrededor de mi cuello—. Así no habrá manera de que no te vea.

*

El ayuntamiento estaba adornado con banderas. Alrededor de la entrada circular, pequeñas linternas de papel colgaban de los árboles. Casi todo el pueblo estaba ahí; vi a Adeline Ravoux, quien masticaba un palito de caramelo, y al Doctor Mazery que se paseaba con su alta y esbelta esposa.

Era maravilloso estar fuera de casa. Podía oler las crepas que se cocían en las sartenes de uno de los vendedores ambulantes y el aroma de los jazmines. Alcé la vista y admiré el cielo azul interminable, las nubes blancas como plumas y el horizonte plagado de los tejados de terracota. Todo me parecía glorioso.

No quería que mi hermano se diera cuenta de que buscaba a Vincent con la mirada, así que traté de mantener la mirada fija en el alcalde, quien estaba indeciso sobre el podio.

Escudriñé entre las multitudes en busca de su sombrero de ala ancha o el extremo superior de su caballete. Si estaba ahí entre toda esa gente, sin duda lo encontraría.

Me llevó casi veinte minutos descubrirlo; estaba oculto detrás de unos setos cuidadosamente podados. Pude ver lo blanco de su sombrero y el saco azul tan familiar. Como sospeché, estaba trabajando en una pintura sobre los festejos de ese día.

Como el resto del pueblo, Paul aplaudió cuando la banda empezó a tocar. Batía las palmas y gritaba como no lo había visto desde que era un niño. Durante unos momentos desaparecieron sus gestos tan autoconscientes, su meticulosa imitación de las expresiones faciales de papá. A mi lado, aunque sólo fuera por un momento, se encontraba el hermano feliz e inocente con quien jugaba en el jardín años atrás.

Yo no tenía manera de acercarme a Vincent. Sin duda Paul tenía órdenes de mi padre y jamás me permitiría estar con él sin chaperón. Me mantuve de pie, agonizando, miraba sus trazos sin que él supiera lo cerca que yo estaba.

Por fortuna, la banda era tan ruidosa que me proporcionó una excusa para movernos.

—¿Podemos alejarnos del escenario? —le rogué a Paul, llevándome la mano a la sien—. Empiezo a tener dolor de cabeza con todo este ruido.

Asintió y me escoltó hacia la parte de atrás, a un costado. Ahora estábamos mucho más cerca de Vincent.

Seguí mirando furtivamente en esa dirección, tocaba ligeramente mi cuello para calmar los nervios. Luego, lo vi asomándose, entrecerraba los ojos hacia mí, como si tratara de identificarme. Había visto la cinta de color lavanda, como Louise-Josephine lo predijo, la señal que confirmaba que era yo.

48
Un desnudo sin enmarcar

Hubiera sido imposible reunirnos esa tarde. Sin embargo, sabía que al menos me había visto entre toda la multitud. Por eso, cuando vi a Louise-Josephine le conté que había elegido bien el listón de seda lila.

—Estoy segura de que lo vio —le dije—. Eso le recordó que sigo aquí, esperando.

*

Se presentó en casa el día siguiente; lo escuché discutir con papá en el primer piso. Al principio oí que regañaba a mi padre por no haber enmarcado aún una pintura en particular, el desnudo de Guillaumin.

—Usted me prometió enmarcarlo cuando vine la primera vez, ¡y sigue sin hacerlo! ¿Es tanta su desconsideración por el trabajo que hacemos los pintores?

—Usted no está bien —respondió mi padre—. Por favor, trate de calmarse.

—Se pasea por ahí como si fuera uno de nosotros, como si sintiera empatía por nuestras preocupaciones, por nuestros miedos. Pero ¿cuáles son sus preocupaciones, Gachet? —La voz de

Vincent era estridente—. Usted no es más que un médico burgués, un pintor aficionado, ¡un diletante patético!

De pronto se hizo un silencio, una pausa larga y fría que me pareció interminable. Louise-Josephine y yo nos sujetamos con fuerza.

Por último, escuché a papá; noté el dolor en su voz, era evidente que Vincent lo había herido profundamente.

—Tome esto —le dijo a Vincent—. Es mi propia dedalera en tintura.

—No la quiero.

—Se sentirá mejor, Vincent. Confíe en mí.

—¿Confiar en usted? Usted es un ciego que guía a ciegos —espetó.

Se hizo otro silencio y después el sonido del frasco de vidrio que golpeaba la mesa.

—¿Sabe qué le escribí a Theo? ¡Le dije que usted no es el hombre que pensé que era! ¡Usted me ha engañado!

Vincent se movía sin control por la habitación; escuché sus pisadas erráticas, el súbito empujón de las sillas.

—Me pide que confíe en usted, pero si usted confiara en mí me permitiría verla.

—No puedo hacer eso.

—Lo necesito.

—Lo que usted necesita es descansar y volver a pintar. Hay cientos de paisajes, docenas de personas dispuestas a posar para usted. Yo sólo le digo que ya no puede pintar a mi hija.

De nuevo escuché el sonido del movimiento de las sillas; luego, el de un libro que caía al suelo.

—Está aquí... —dijo Vincent—. Quiero pintarla como santa Cecilia, ya hice el dibujo... ¿ve?

Se escuchó el sonido de una hoja que arrancaban, un rasguido, un crujido, como si arrancara el boceto de un cuaderno y lo hubiera arrugado hasta hacer una bolita.

Su voz subía de tono. Louise-Josephine y yo teníamos las manos entrelazadas y escuchábamos agazapadas en el umbral de la puerta de mi habitación.

—Hace semanas usted me dijo que jamás reprimiría la inspiración de un artista... que me dejaría elegir a quién y qué pintar. ¡Ahora hace lo contrario!

—No es exactamente lo que dije, Vincent. —La voz de mi padre era tensa; era claro que le costaba trabajo mantener la calma y el profesionalismo.

—Doctor Gachet, ya imaginé una tercera pintura con su hija. ¡Escúcheme! Será tan hermoso... ella se sentará frente al órgano de la iglesia, con un halo blanco que ilumina su cabeza. Alta y erguida, casi como una vela, tendrá las manos sobre el teclado; los tubos de plata se elevan hasta los cielos... pequeñas estrellas azules al fondo, espirales dorados y ámbar que ascienden sobre la nave. Será una declaración de su castidad, de su habilidad musical... no habrá nada inapropiado, ¡se lo aseguro! Estoy consciente de que no soy apropiado para su hija, ¡no soy apropiado para nadie!

La voz de Vincent se quebraba conforme subía de tono.

—Marguerite no posará más para usted, Vincent —respondió mi padre. Esta vez su voz era firme.

Pero Vincent insistió.

—¡Tendré otra recaída si lo prohíbe! Usted es mi médico, ¡se supone que debe hacer cualquier cosa para ayudarme a sanar! ¡Debo pintarla!

—¡No, Vincent! —exclamó mi padre en el mismo tono—. No puede hacerlo.

Así continuaron varios minutos antes de que escuché que papá se cansaba. Después, gritó hacia el segundo piso llamando a mi hermano.

—¡Paul, por favor, baja! —anunció con firmeza.

Louise-Josephine y yo presionábamos nuestras orejas contra la pared para tratar de escuchar lo que pasaría después. Pero papá debió cerrar las puertas de la sala, porque su conversación con Paul y Vincent era ininteligible. Momentos después, pudimos oír las tres voces de nuevo cuando salieron al pasillo, pero la conversación fue breve y abrupta. Escuché que azotaban la puerta principal. Era obvio que Paul sólo había ayudado a escoltar a Vincent hasta la calle.

49
Santa Cecilia

Después de su discusión con papá, nadie supo nada de Vincent durante casi una semana. Sabía que mi padre estaba preocupado porque esa tarde le dijo a *madame* Chevalier que había salido a buscarlo a los campos y a la posada, pero que no lo encontró por ninguna parte. Por cómo expresaba su preocupación, era evidente que papá se arrepentía del altercado, pero ahora no había mucho por hacer para cambiar lo que había dicho.

—Probablemente sólo necesita tiempo para calmarse —masculló papá a *madame* Chevalier, mientras ella tejía sentada en una silla grande de la sala—. Volverá pronto. Si no lo hace, supongo que tendré que avisarle a Theo y a la policía.

Finalmente, Vincent sí apareció, aunque no se presentó en la puerta de la casa. La noche siguiente escaló el emparrado del jardín hasta la ventana de mi recámara y tocó en el vidrio.

Yo estaba medio dormida cuando lo vi; tenía una mano en la cornisa y con la otra mano se llevó un dedo a la boca.

Me apresuré a la ventana para abrirla; el aire fresco de la noche agitó mi camisón de algodón.

—Shhh —dijo—. Tenemos poco tiempo.

Miré alrededor para asegurarme de que nadie oyera.

—No estoy segura si debo ir —respondí—. Ya no tendré una segunda oportunidad con mi padre.

—Tampoco tendrá otra conmigo. ¿Viene o no?

Permanecí un momento en silencio, paralizada.

El riesgo de partir con Vincent era obvio, pero su ofrecimiento era emocionante. Sabía que no podía negarme, llevaba toda la semana esperando su invitación. Ya no era la figura solitaria en un campo donde nadie aceptaba mi mano. La cálida sensación de los dedos de Vincent que se entrelazaban con los míos, sus manos callosas presionadas contra mi piel alejaban todo buen juicio. Me arremangué el camisón hasta las rodillas y empecé a bajar.

Bajamos de puntitas la escalera del jardín, hasta la calle; ninguno de los dos nos atrevíamos a soltarnos la mano. Me sentía casi desnuda, la brisa levantaba mi ligero camisón conforme bajamos por la calle.

Sabía dónde me llevaba: al único lugar donde nuestra privacidad estaba garantizada. Como lo sabía, no hice preguntas, únicamente entrelacé mi mano con la suya y lo seguí. Bajamos por la rue Vessenots; la luna estaba alta en el cielo y las estrellas blancas resplandecían como bloques de hielo. Llegamos a la iglesia casi veinte minutos más tarde.

—Nunca he entrado —dijo en un susurro al tiempo que empujaba las pesadas puertas.

Unas cuantas velas seguían prendidas de la misa de la tarde. Se habían llevado el tabernáculo, pero el altar seguía cubierto con el mantel decorativo.

—Siéntese frente al órgano —ordenó—. No tenemos mucho tiempo.

Corrí, aunque mis pies ahora estaban sucios y ampollados, y me senté. De su mochila sacó un bastidor y una tela cuadrada de algodón. Extendió el lienzo frente a mí y lo sujetó a cada esquina del bastidor con clavos y un pequeño martillo.

Pintó sin antes preparar el lienzo. No me dijo otra palabra; sus ojos se movían con rapidez entre su paleta y el caballete. No pasaron más de cuarenta y cinco minutos cuando me anunció que había terminado.

—¡Debemos irnos! —dijo cortante, de nuevo cortante, ordenándome con una voz que no le había escuchado antes.

Sólo tuve unos segundos para mirar la pintura húmeda: era yo en camisón. A través de la pintura blanca se podía ver la piel de mis piernas. Los tubos del órgano eran ocre pálido y la madera oscura del instrumento era morada y roja.

Mi figura parecía celestial. Como una *Madonna* en una pintura medieval, sobre mi cabeza había un disco dorado. Sostuvo la pintura para que el pigmento fresco diera hacia afuera. Unas pequeñas gotas de pintura cayeron sobre la piedra fría del piso cuando Vincent hizo un gesto para que nos fuéramos.

Me apresuré detrás de él. Aunque hubiera tenido los ojos vendados, sabía cómo llegar adonde él quería llevarme. Dejamos la iglesia y tomamos la calle principal. Caminamos durante más de treinta minutos; Vincent cargaba el lienzo fresco sobre la cadera, unos hilillos de pintura escurrían a un costado. Ahora, parecía que los tubos del órgano sangraban, unos dedos delgados color ámbar resbalaban a lo largo del borde derecho.

Llegamos a la cueva de piedra caliza detrás de Château Léry.

—Sígame —me indicó.

Vincent ya no tenía ninguna mano libre, estaba ocupado ajustando su mochila y la pintura de mí que aún seguía húmeda. Asentí y lo seguí al interior.

Dejó el lienzo recargado a la entrada de la cueva y sacó una vela del bolsillo de su saco.

—Venga —dijo al tiempo que encendía un cerillo.

Me pregunté si deseaba hacerme el amor de nuevo. El olor a humedad y almizcle de la cueva trajo una oleada de recuerdos que me hicieron cerrar los ojos un momento, abrumada como estaba por ver las blancas paredes granuladas y la intimidad de la luz de la vela.

Pero Vincent avanzaba frente a mí, decidido a hacer algo que yo no había esperado.

—Aquí estará seguro —dijo—. No importa qué pase, siempre estará aquí.

Apoyó el lienzo contra una de las cornisas que sobresalían de las paredes de la cueva.

—Marguerite, este cuadro siempre estará aquí para usted.

Parecía que la pintura estaba en un altar, sobre un podio de piedra fría y gris. Mi rostro, mi cuerpo, estaban iluminados por remolinos de pintura dorada y ámbar.

—Así siempre recordará cómo la imaginé.

Me acerqué para darle un beso. Mis manos temblaban cuando las extendí para tocarlo. Mis dedos tocaron la tela de su camisa y sentí sus costillas huesudas que bajaban hacia el centro de su cuerpo. Se estrechó contra mí, su aliento sobre mi cuello era caliente. Lloré mientras levantaba la cara para verlo; ya no me importaba qué era bueno y qué era malo, quería estar con él.

—Marguerite —murmuró. Sus labios rozaron los míos y pude sentir que temblaban con anticipación—. Esta noche usted es santa Cecilia, por lo que todo lo que pase entre nosotros es puro.

Me tomó por las muñecas y volteó mis manos para que las palmas quedaran hacia arriba. Se inclinó y las besó varias veces antes de llevárselas a las mejillas. Lloré y lo miré; sabía que la pintura y los besos eran su manera de decirme adiós.

50
La escarcha que acecha

Cuando Vincent me tomó de la mano y me guio al exterior, se acercaba el alba. Ahora sentía el piso como si fuera una lija. Los dedos de mis pies estaban cubiertos de tierra seca; tenía las plantas agrietadas y en carne viva.

Ahora que la oscuridad empezaba a ceder, estaba más segura de la dirección que debía tomar. Le dije a Vincent que sería más seguro si regresaba sola a casa.

Se quedó de pie, observándome; era una figura solitaria contra el cielo negro que se iluminaba al fondo. Recuerdo que lo miré a los ojos por última vez; él me veía con atención, las estrellas radiantes iluminaban de blanco su mejilla. De alguna manera, algo me decía que debía saborear esa mirada, guardarla en lo más profundo de mi ser. Era como si pudiera sentir que el verano acababa y que la escarcha acechaba detrás de las sombras y del sol. Sabía que cuando llegara el invierno necesitaría algo para mantenerme caliente.

*

No necesito decir lo que pasó varios días después. En los campos, no muy lejos de la cueva, Vincent colocó su caballete junto a un almiar, se dirigió a la parte posterior del castillo y se dio un tiro en el pecho.

Monsieur Ravoux se lo comunicó al Doctor Mazery, el médico local, quien a su vez informó a papá.

—La bala pasó debajo del tejido carnoso. —Escuché que papá decía leyendo el mensaje que un niño local le había entregado.

Eran las nueve de la noche y papá estaba en bata de dormir. Paul y *madame* Chevalier lo acompañaban en la sala, y Louise-Josephine y yo estábamos arriba, en mi habitación.

—Sigue vivo —continuó mi padre, llegando al final de la nota—. Está en la posada Ravoux. Pudo arrastrarse de vuelta hasta su recámara. —La voz de papá estaba grave por la preocupación—. Paul, ve a buscar mi maletín para cirugía, debo ir de inmediato.

Al escuchar esta noticia, la inquietud me volvió loca. Louise-Josephine tuvo que retenerme con ambos brazos porque yo insistía que debía estar al lado de Vincent.

—No puedes ir —dijo—. No hay nada que puedas hacer.

Me retuvo en sus brazos con fuerza. Debí forcejear casi media hora antes de desplomarme en el suelo.

*

Lo que pasó después se ha convertido en tema de los libros de historia. Vincent sobrevivió treinta horas en su cama hasta que su hermano Theo llegó a su lado.

Ahí yació, imperturbable como un monje; su rostro pálido era ahora ceniciento; sus pómulos antes salientes estaban hundidos como ciruelas pasa.

—Así es como debía ser —le dijo a Theo.

Los hermanos tenían las manos entrelazadas mientras Vincent se sumía en la inconsciencia.

Esa noche, papá nos dijo que Theo lo buscó y le pidió que hiciera un boceto de Vincent en su lecho de muerte. Papá sacó un cuaderno de dibujo y un carboncillo, y dibujó a Vincent, cuya cabeza descansaba sobre una pequeña almohada blanca; tenía los ojos cerrados, como si lo hubieran sorprendido en medio de un sueño.

Era una imagen que no podía borrar de mi mente: papá hacía el boceto de Vincent en su momento final. Debió disfrutar ese honor al tomar el pedazo de carboncillo en la mano y dibujar al hombre que conoció y cuyo genio admiraba.

—Había algo exquisitamente conmovedor. —Escuché que papá le decía a Paul años después, mientras ambos copiaban los cuadros de Vincent en el jardín—. Me pintó en una postura y un momento de gran reflexión y, al final, fui yo el último que lo dibujó en un inusitado momento de calma.

*

La noche que murió yo estaba sentada en la sala con Louise-Josephine cuando papá y Paul regresaron a casa. Eran casi las dos de la mañana y *madame* Chevalier ya se había ido a su recámara.

—¿Cómo está, papá? —pregunté.

Tenía el rostro surcado de lágrimas y enrojecido, y no podía evitar pensar en el último retrato que Vincent había hecho de mí, donde la pintura se había escurrido sobre el lienzo. Incluso en ese momento me recordaba lágrimas.

—Falleció, Marguerite —respondió con la voz quebrada—. Fue una bala en el pecho y no había nada qué hacer.

—¿Cómo es posible, papá? —pregunté con la voz quebrada también—. ¡Tú eres su médico! —Empecé a llorar—. ¿De qué sirven todas tus tinturas si no pueden evitar esto? —Mis palabras volaban enfurecidas entre sollozos.

—Son sólo unas hierbas, Marguerite, no hacen milagros.

Se sentó en su silla, exhausto.

—*Monsieur* Lavert, el carpintero del pueblo, se ofreció a hacer el ataúd —explicó mi padre con el rostro a medio cubrir detrás de sus palmas—. Es muy amable. Vincent pintó a su hijo de dos años apenas hace dos semanas.

Unos minutos después se puso de pie, sus ojos estaban llenos de lágrimas.

—El funeral será mañana en la tarde. Marguerite, no había nada que pudiera hacer, te lo prometo.

*

Las invitaciones al funeral se imprimieron esa mañana en Pontoise; lo anunciaban para las 2:00 p. m. Como Vincent se había suicidado, el sacerdote del pueblo le negó el uso de la carroza fúnebre y prohibió la misa en la iglesia. Cuando escuché esta noticia, pensé en el simbolismo de la pintura de Vincent en la iglesia a medianoche; me obsesionó como si fuera una aparición.

Al final, un pueblo vecino prestó la carroza funeraria, pero no hubo misa en la iglesia. Como era la costumbre para las mujeres, yo permanecí en casa y no pude asistir al funeral.

Sin embargo, esa tarde me vestí de negro. Lloré durante horas en mi habitación y Louise-Josephine trató de tranquilizarme.

—No podías saberlo —decía una y otra vez.

Pero yo no dejaba de repasar los últimos momentos en mi mente. Se equivocaba: de alguna manera lo supe, pero fui demasiado cobarde como para admitirlo.

Papá se vistió de negro y se puso un sombrero de copa que hacía juego. Nunca antes Paul había parecido su gemelo idéntico como ese día y ambos tomaron el carruaje para asistir al entierro de Vincent.

—Quiero hacer una parada para recoger unos girasoles —dijo papá al salir.

Recuerdo que miré por la ventana cuando los dos bajaron las escaleras del jardín. Detrás de los techos en los alrededores pude ver la extensión de las praderas, los campos de amapolas y chícharos que Vincent había pintado en los últimos dos meses.

Era un día cálido y radiante, el sol tenía el color de caléndulas trituradas. Pero ahora las flores de los castaños yacían sobre la tierra y los tilos proporcionaban poca sombra. Pensé en lo seca que estaba la tierra por el calor estival. Tan sólo un día antes yo había estado de rodillas en mi jardín, con las manos como pergaminos tratando de limpiar el suelo pedregoso. Ahora, al cerrar los ojos, veía la tierra resquebrajada en una miríada de fisuras diminutas mientras las palas la abrían para recibir el ataúd de Vincent.

*

Según Paul, el gesto de papá de llevar girasoles inspiró a todos los demás a salir y volver con flores amarillas.

—Era su color favorito —dijo Paul; yo asentí, lo sabía muy bien—. El féretro estaba en su recámara en la posada, sus últimos cuadros estaban colgados de las paredes. Pusieron los girasoles de papá junto al ataúd y, horas después, por todas partes había ramos de dalias amarillas, narcisos y otras flores silvestres amarillas. Cerca de su ataúd, Theo colocó el banco plegable de Vincent, sus pinceles y el caballete para que descansaran a su lado.

Yo seguía conmocionada; escuchaba a Paul describir cómo él, papá, Theo y muchos de los amigos de Vincent que llegaron de París caminaban detrás del féretro en su camino hacia el nuevo cementerio de Auvers. Dijo que mi padre trató de decir unas palabras, pero que estaba tan abrumado por el dolor que no pudo pronunciar una sola oración.

—¿Qué dijo? —pregunté.

—Algo como que era un gran artista y un hombre honesto. «Vincent tenía sólo dos metas: la humanidad y el arte». Luego plantó un árbol sobre la tumba.

—¿Un árbol? —repetí—. ¿Qué tipo de árbol?

Paul se encogió de hombros.

—Papá nos dijo que era ornamental, uno que florecería y crecería bien en la tierra. Me pareció un gesto conmovedor; a Theo también. Él lloró cuando papá se hincó y plantó el arbolito en el montículo de tierra fresca.

Me tapé la boca con la mano, pero aun así se escaparon unos sollozos. Mi hermano continuó su relato.

—Después del funeral, papá me dijo que sería mi responsabilidad asegurar el mantenimiento constante de la tumba. Pensó que era correcto que yo lo hiciera porque él está envejeciendo.

—¿Acaso no debería encargarse de eso la familia de Vincent? —pregunté, mirándolo a través de mis lágrimas.

—Por supuesto, pero como viven lejos papá le aseguró a Theo que se haría responsable personalmente del recuerdo de Vincent aquí en Auvers. «Cuando muera, mi hijo Paul se encargará», le dijo a Theo. «Vincent siempre tendrá girasoles en su tumba».

Tomé un pañuelo y me enjugué los ojos.

—Y en agradecimiento —agregó—, Theo me dijo que podía tomar algunos de los cuadros de Vincent... después de todo, ¡hay muchos en su habitación! —Paul se enderezó y una leve sonrisa cruzó su rostro—. Así que, aunque no haya pintado un retrato mío, tendré varias de sus pinturas. Espero estudiar su técnica y aprender de ellas. —Volvió a sonreír—. ¡Eso me provoca cierta satisfacción!

—¿Sí? —pregunté en voz baja.

Pero Paul no me escuchó, papá lo llamaba.

—Tenemos que ir a buscar los lienzos ahora —gritó papá.

En cuestión de segundos, Paul bajó corriendo las escaleras.

51
El saqueo

Esa tarde recogieron más de veintiséis pinturas y dieciocho dibujos de Vincent; hicieron varios viajes a la posada y volvieron a la casa con los brazos cargados de lienzos y una carpeta rebosante de bocetos. Años después me encontré con Adeline Ravoux en la panadería y me dijo que mi padre había sido muy descarado después del funeral.

—Se llevó tantos —explicó—. Buscó en el armario y debajo de la cama de Vincent, y le dijo a Paul que tomara todos los cuadros que colgaban de las paredes. Tu padre y tu hermano se comportaron como buitres.

—Me dijeron que Theo se los había ofrecido —respondí, tratando de defenderlos.

Ella negó con la cabeza.

—No tenían que llevarse tantos.

Sus palabras me hirieron, sin embargo, sabía que aquello que decía era cierto.

Recuerdo cuando papá volvió a casa después del entierro; aunque estaba visiblemente alterado, tenía un brillo de triunfo en sus ojos. Llevó todos esos cuadros a su despacho, como un pirata que descarga su botín.

Las siguientes semanas fueron muy confusas para mí. No podía creer que Vincent ya no estuviera en el pueblo; ya no lo vería en los campos; sus fuertes pisadas nunca más subirían los escalones hasta la puerta de mi casa.

Repasaba nuestros últimos momentos una y otra vez. Tocaba la palma de mi mano y recordaba la sensación de su piel contra la mía. Imaginaba su rostro frente al mío, la urgencia que sentí para fundirme en sus brazos, la manera como se negó a besarme, sabiendo sin duda que en pocos días se iría. ¿Las hierbas de papá habrían nublado su juicio? ¿Había sido una cobarde al no advertirle de mis sospechas sobre la capacidad de mi padre? ¿Debí decirle que papá había empezado a estudiar sus hierbas ya tarde en la vida y que parecía que sólo empeoraban su propia afección? Algo más preocupante: ¿nuestro romance lo habría empujado a la autodestrucción, al darse cuenta de que nunca tendría un matrimonio y un hogar propios?

Leía una y otra vez el texto en el libro de grabados japoneses que Jo me regaló y busqué en el despacho de papá más literatura oriental.

«El suicidio no está mal visto», decía uno de los libros. «Se elogia como un medio de redención familiar», explicaba otro autor.

Y me pregunté si, a fin de cuentas, todo se reducía a eso: Vincent sentía que debía saldar la deuda que, a sus ojos, le correspondía.

No le dije a nadie, ni siquiera a Louise-Josephine, acerca de la pintura secreta; y sólo cuando terminaba mis quehaceres temprano, me escabullía a la cueva y miraba el lienzo clandestino: ese tesoro era mío, lo último que salió de la mano de Vincent.

El año siguiente, Théophile y Louise-Josephine por fin se casaron. Papá sorprendió a todos cuando encontró a dos testigos que asistieron a la ceremonia. Aunque ni él ni Paul ni *madame* Chevalier fueron, papá le pidió al hijo de uno de sus más viejos amigos, Louis Cabrol, y a otro de sus amigos de su época bohemia en París, que la acompañaran para permitir el matrimonio.

Esa mañana desperté temprano y fui a recoger un puñado de flores silvestres para ella. Corté lupinos de tallo alto, margaritas azules y blancas, ramilletes de arvejillas y nomeolvides color lavanda. Mi intención era darle flores que crecieran en nuestro jardín, las que habían crecido libres.

Como le prometí, ayudé a Louise-Josephine a vestirse el día de su boda. Cepillé y trencé su largo cabello castaño; abotoné su vestido por la espalda y anudé la banda de su cintura con un gran moño. No hablamos, pero veía sus ojos reflejados en el espejo. Conocía muy bien esa mirada: medio triste, medio resplandeciente de emoción. Entendía que ella tenía sentimientos encontrados: se iba a casar y sabía en lo profundo que lo más probable era que yo nunca tuviera la oportunidad.

—Estoy muy feliz por ti —murmuré al darle un beso en la mejilla.

Esa misma tarde tomarían el tren a París y yo no estaba segura cuándo volvería a verla.

—Ven a vivir con nosotros —dijo tomando mi mano—. A Théophile no le importará.

—Sólo si se mudan a Mauricio —respondí riendo.

—Hablo en serio —insistió—. Podrías escabullirte esta noche; sería como siempre lo deseamos.

Negué con la cabeza. No podía irme, no porque no quisiera ser libre, sino porque sabía que nunca me iría de Auvers.

Jamás podría abandonar mi pintura.

Auvers-Sur-Oise
1934

Ahora sé que una dosis incorrecta de dedalera puede provocar alucinaciones. En lugar de tranquilizar, es un estimulante. No sé si papá contribuyó al suicidio de Vincent o si Vincent veía los halos color azafrán y oro porque en su sistema aún había restos de ajenjo.

Conforme pasaron los años, papá se obsesionó con él. Empezó a copiar las pinturas que tenía en su colección en un intento por aprenderlas. Tomaba los mismos jarrones que Vincent había usado en sus naturalezas muertas, el mismo arreglo de las flores, y trataba de recrear lo que había pintado mientras estuvo bajo su cuidado.

Paul también compartía esta obsesión, incluso después de que rechazaran todas sus postulaciones para entrar a la escuela de arte. Tanto papá como él pasaban horas interminables estudiando los lienzos, tratando de pintar versiones idénticas que pudieran engañar al ojo inexperto. En el despacho del segundo piso, se sentaban uno a cada lado de una de las pinturas de Vincent, las situaban sobre un caballete y examinaban cada pincelada para intentar reproducir una versión idéntica que, a menudo, era deficiente y extraña, muy lejos de las obras maestras que Vincent había creado en Auvers.

Me hubiera vuelto loca viviendo con ellos si Louise-Josephine no hubiera regresado a Auvers. La madre de Théophile enfermó y él solicitó un empleo en Vosiers para poder estar cerca de ella y atenderla.

Cada miércoles, Louise-Josephine venía a la casa con su pequeña hija, Violette. La niña tenía el cabello castaño y la piel ámbar de su madre, así como el mismo brillo travieso en la mirada. Le encantaba nuestro jardín y los pequeños animales que teníamos cerca del cobertizo. Me divertía mucho verla bajar de un salto del regazo de su madre y correr por la hierba mientras las ráfagas de viento pasaban por su cabello. Esos breves momentos podía cerrar los ojos e imaginar cómo, en nuestra juventud, nos veíamos Louise-Josephine y yo cuando corríamos por la calle, entusiasmadas por la anticipación, al encuentro de nuestro amor.

Sus visitas semanales me tranquilizaban y atesoraba los momentos de silencio entre ella y yo. Disfrutaba de su compañía y gozaba de la oportunidad de tener alguien a quien poder preparar pastelillos. La pequeña Violette, en particular, devoraba mis pasteles y galletas con un placer que jamás había visto. Papá respetaba nuestra privacidad y, mientras la niña jugaba, nos sentábamos en el jardín como si nada hubiera cambiado en realidad entre nosotras. Era tan honesta como siempre. Una tarde echó un vistazo por la casa y comentó lo extraña que le parecía. La obsesión de papá y de Paul la había transformado en un santuario a Vincent después de su suicidio. Ahora, su presencia era aún más fuerte dentro de las húmedas paredes de yeso de nuestra casa que cuando estaba vivo.

*

Papá murió unos veinte años después de Vincent; su cuerpo se debilitó y su mente estaba confundida por los años de consumir las hierbas que le brindaban un poco de alivio. *Madame* Chevalier había fallecido cinco años antes y al parecer su ausencia aumentó la fragilidad de papá. Las últimas semanas le preparé sus platillos favoritos; los hacía puré para dárselos con una cuchara en la boca, después le limpiaba los hilillos de saliva de los labios.

De manera inquietante, la paleta de colores que Vincent usó para pintar el retrato de papá parecía presagiar sus últimos días. El mismo púrpura pardusco debajo de los ojos, la boca de un pálido fantasmal, la piel marcada como la corteza de un árbol viejo.

A veces, cuando sus ojos estaban inundados de alucinaciones, llamaba a *madame* Chevalier. Tomaba mi mano y la acariciaba entre sus palmas ajadas y me llamaba su pequeña Chouchette. Y aunque yo deseaba que me llamara por mi nombre, o que al menos me dijera que sentía afecto por mí, esas palabras nunca salían de su boca. Le permitía que me llamara su pequeña Chouchette sin corregirlo jamás, lo dejaba creer que su amada compañera estaba a su lado. Sin embargo, su nombre no fue lo último que pronunció antes de su aliento postrero; no, fue algo que incluso tomó a Paul por sorpresa. Con un ronquido áspero y los ojos bien abiertos, levantó la cabeza del montón de almohadas y extendió los brazos. La llamó claramente para que no hubiera duda, el nombre que, al parecer, era el más cercano en su corazón: «Louise-Josephine».

*

Mi vida cambió muy poco tras la muerte de papá. Seguí llevando una existencia solitaria en la que gran parte de mis días consistía en hacer caminatas al pueblo por las mañanas y atender las flores en mi jardín por las tardes. Pero cuando papá murió, Paul se convirtió en el jefe de familia. Asumió su papel con gran entusiasmo: hurgó en los armarios de papá y empezó a vestirse con sus preciados sacos, sus fulares de seda y las gorras de marino. Dos años más tarde, se casó con Emilienne, una prima lejana a quien recordaba haber visto sólo unas cuantas veces. Cuando se casaron, ella ya era demasiado grande como para tener hijos; no era ni una gran conversadora ni una belleza, pero su matrimonio hizo que los aldeanos chismearan un poco menos sobre las extrañas actividades de nuestro hogar.

Mi hermano siguió la obsesión de nuestro padre y se dedicó a escribir una crónica de los últimos setenta días de Vincent en Auvers. Se sentaba frente a su escritorio, con el cabello entre los dedos y trataba de recordar cada detalle de la relación entre Vincent y nuestro padre. Catalogó las pinturas que Vincent hizo en nuestra casa, así como las que recordaba haber visto apiladas en su habitación en la posada Ravoux. Igual que papá, Paul evitaba invitar a gente a la casa, a excepción de Louise-Josephine y su hija, algunos artistas, amigos mayores ocasionales de nuestro padre, o algún académico que escribía para solicitar ver una de las pinturas de nuestra colección.

Una tarde, un japonés vino a entrevistarse con Paul. Yo estaba arriba, en mi habitación, y oí al hombre preguntar en un francés deficiente por el piano del salón. «¿Es éste el piano?», repetía una y otra vez. «¿Éste es el piano en el que *monsieur* VanGogh pintó a *mademoiselle* Gachet?». Oí que mi hermano afirmaba.

—¿Podría conseguir una fotografía? —suplicó—. Sería una imagen tan maravillosa tener a *mademoiselle* sentada al piano tal y como Vincent la había pintado, sólo que ahora casi 60 años después...

Paul parecía dispuesto a impresionarlo, porque en cuestión de segundos me pidió que bajara las escaleras.

—¡Marguerite! —me llamó como si estuviera llamando a un perro—. ¡Baja!

Me levanté lentamente. No me miré en el espejo ni me arreglé el pelo ni me cambié el abrigo de casa que llevaba. Bajé las escaleras y me quedé de pie en el vestíbulo mirando al frente.

—Este hombre ha recorrido una gran distancia para visitarnos, Marguerite —expuso—. No te importaría sentarte al piano y complacerlo con una foto, ¿verdad?

No asentí ni negué. Desafiante en silencio, simplemente pasé por delante de ambos y me senté al piano, coloqué los dedos en las teclas y el pie en el pedal de metal. Cuando se apagó el flash, oí que Paul me invitaba a tomar el té. Pero no le contesté. No tenía ningún interés en quedarme allí sentada y escuchar a mi hermano hablar de su ficticia relación con Vincent. Así que no respondí. Guardé mis pensamientos y recuerdos de Vincent para mí, donde debían estar, y subí las escaleras en silencio.

Epílogo

Unos años antes de que papá muriera exhumaron el cuerpo de Vincent para pasarlo al nuevo cementerio del pueblo. Cuando finalmente desenterraron el ataúd, las raíces de la tuya que habían dado sombra a su tumba durante tanto tiempo habían penetrado los tablones de madera y se habían enroscado en sus huesos. Los enterradores decían que las raíces se habían pegado tanto a su esqueleto como unas garras feroces color café. Hice una mueca cuando escuché que necesitaron cizallas para liberar a Vincent.

Cuando Paul me dijo la primera vez que papá había plantado un árbol sobre la tumba de Vincent, no mencionó que era una tuya. Ese árbol es bien conocido por ser una fuente de la *tujona*, la toxina que se encuentra en la absenta. Y aunque papá no plantó un árbol de ajenjo, de donde se deriva con mayor frecuencia la absenta, seguía siendo una elección irónica, en particular porque Vincent había admitido que era adicto al «demonio de ojos verdes» antes de su estancia en Auvers.

Nunca sabré si fue un mensaje oculto de papá o mera coincidencia. De lo que sí estoy segura es de que, incluso en la muerte, las largas sogas oscuras de la planta envolvían a Vincent en un apretado abrazo, sus serpentinas raíces estaban atraídas a la absenta que aún quedaba en sus huesos.

Incluso cuando desenterraron su ataúd y lo volvieron a enterrar junto a su hermano Theo, papá no pudo dejarlo en paz. Tomó unas cuantas semillas del árbol que se había enhebrado en los huesos de Vincent y las puso en un sobre que etiquetó «El árbol de Vincent». Unas semanas después plantó esas semillas en el jardín frente a la casa y, al paso de los años, el árbol creció grande y fuerte. Ahí sigue, dando flores verde-amarillento que tapizan el suelo.

No me gusta mucho ese árbol. Es difícil quitarme de la cabeza la imagen de las raíces originales que asfixiaron el esqueleto de Vincent. Para mí, es otro ejemplo de algo que le arrebataron; cómo, incluso en la muerte, tanta gente quería reclamarlo como propio. Incluso yo, al pensar en nuestros momentos robados en la cueva, acaparo sus recuerdos. El genio tocó mi piel con la yema de los dedos; sus ojos enardecidos y llenos de visión me eligieron como su musa final. Soy avara con esto y me niego a compartirlo.

*

Quizá todos estamos predispuestos a sentir aversión por compartir. Conforme se fortalecía la obsesión de Paul con Vincent, se volvió cada vez más intolerante al hecho de que Vincent me había elegido a mí como su musa final. Vincent nos había pintado a papá, a mí, a Adelina Ravoux y otros rostros en Auvers, pero nunca a Paul. Esto le pesaba como un manojo de cicatrices que cada año lo laceraba más.

Así que, esta noche, ahora que mi hermano me dice que, de todas las pinturas que poseemos de Van Gogh, decidió vender sólo una, mi retrato, no puedo decir que me sorprenda.

—Técnicamente, es la menos interesante —me dice durante la cena.

Su esposa, Emilienne, guarda silencio y mira el plato de estofado de cordero que preparé.

—Necesitamos el dinero y, como jefe de familia, decidí que puesto que la pintura es la que tiene menos valor en la colección, debe ser la primera en venderse.

Alcé la vista y lo miré fijamente. «Es mío, no es tuyo para que lo vendas», pienso. Sé que Emilienne tiembla en su silla, siento su mirada sobre mí, como dos cuentas de un ábaco.

No digo nada, sólo alzo las cejas y lo miro fijamente, mis pupilas son como témpanos. Sabe que la pintura que eligió vender cuelga de la misma pared de mi recámara desde hace más de cuatro décadas; es la imagen que he visto cada noche antes de dormir y la primera cuando despierto cada mañana.

—Eres una mujer de sesenta y cinco años —masculla—. No es sano obsesionarse con un retrato de cuando eras más joven y que lleva cuarenta y cinco años de existir.

Puedo ver que su cuerpo se crispa, incómodo, debajo del saco; el fular de seda se infla bajo su barbilla, las puntas de su barba de chivo se atoran en la tela cuando inclina la cabeza.

Trato de mantenerme rígida para no temblar.

—Si debes hacerlo, Paul... entonces, hazlo —respondo; sé que no le ganaré esta batalla.

Después de recoger la mesa de la cena, Paul baja el cuadro de la pared de mi recámara. Afuera, el viento de noviembre aúlla; me veo obligada a apartar la mirada para que él no vea mis lágrimas.

*

Mi jardín hiberna, los campos de betabel están empapados por la lluvia y la pintura que Vincent hizo de mí al piano está en camino a ser colgada en la pared de un extraño. Pero aun cuando la pared de mi habitación ahora está desnuda, sigo recordando cómo Vincent puso esa amapola en mi mano, cómo posé para él y cómo manchó con pintura amarilla mi mejilla antes de nuestro primer beso. En esos momentos perdidos en mi memoria, soy como Vincent me imaginó: carne blanca que estalla en carmesí a través del tafetán, piel marmórea que tiembla bajo el hechizo de unos dedos cálidos.

Esta noche, Paul piensa que vende el último retrato que Vincent hizo de mí. Pero se equivoca y eso me provoca cierta satisfacción. No se da cuenta de que los domingos por la tarde, cuando me despido de él y de su esposa, hago dos visitas especiales después de misa.

Primero, visito la tumba de Vincent. No llevo girasoles como lo hizo alguna vez mi padre y ahora hace Paul; en su lugar, coloco una sola amapola roja, pequeña y delicada, que doblo con cuidado para que parezca un abanico rojo diminuto.

Después me paseo por los alrededores de Château Léry, hasta la cueva de piedra caliza donde se encuentra mi retrato. El aire fresco lo ha conservado en buenas condiciones. Es mi secreto; ni siquiera Louise-Josephine sabe que está ahí.

La pintura sigue siendo luminosa y los colores aún brillan bajo la suave luz grisácea. Ahí está, en la cornisa donde la colocó años atrás. Ahí permanece, en una quietud triunfante, tal como Vincent prometió: sólo para que yo la contemple.

Nota de la autora

En 1999, asistí al Museo de Arte Metropolitano a una exhibición de las obras de la colección privada del Doctor Gachet, el médico que fue responsable del cuidado de Van Gogh durante los últimos meses antes de su suicidio. La exposición era poco común, puesto que no sólo consistía en la extensa colección que tenía el médico de obras de Cézanne, Pissarro y Van Gogh. Cuadros que pintaron mientras estuvieron de visita o permanecieron en Auvers-sur-Oise para que los atendiera el doctor, sino también reproducciones de las mismas obras que él y su hijo Paul hicieron una vez que Vincent y algunos de los otros artistas se habían marchado del pueblo.

Algunas fotografías del interior de su casa completaban la exhibición y, a través de estas imágenes, era evidente la seriedad con la que el Doctor Gachet se vinculaba con sus pacientes artistas; en particular con Vincent van Gogh. En las imágenes blanco y negro se podía percibir la atmósfera que producía la apariencia de un santuario que los Gachet habían conservado tras la muerte de Van Gogh. Sus pinturas colgaban de todas las paredes y al alcance de la mano estaban las herramientas que usó para sus naturalezas muertas. El texto que hablaba de la familia señalaba que los Gachet tenían una vida muy reservada y privada. El hijo de Gachet nunca tuvo un empleo, y él y su hermana vivieron con su padre hasta que murió. Tras el fallecimiento del Doctor Gachet, su hijo dedicó su vida a convertirse en un experto de Vincent y en el guardián de su tumba, que se encontraba en el cementerio de Auvers.

Tras investigaciones preliminares descubrí que existía un personaje mucho más fascinante en este reparto de excéntricos. En el catálogo de la exhibición, Susan Alyson Stein habla de cómo la única hija de Gachet, «Marguerite, quien nunca se casó, fue el testigo silencioso y respetuoso de esta vida frugal consumida por el estudio, en una casa congelada en el pasado»[1].

¿Quién era esta mujer silenciosa que nunca abandonó los confines de su casa familiar, pero que fue modelo de dos de las obras de Vincent durante su estancia en Auvers? *Mademoiselle Gachet en su jardín de Auvers-sur-Oise* y *Marguerite Gachet al piano* son dos ejemplos excelentes de cómo Vincent utilizó tanto el simbolismo y una paleta multicolor para iluminar a una modelo demasiado tímida a quien su padre autoritario tenía bajo estricta vigilancia. Al poner a Marguerite tanto en su jardín como frente al piano, dos de los lugares favoritos donde ella sublimaba sus pasiones, Vincent fue capaz de mostrar una faceta de ella que la persona promedio hubiera pasado por alto. Y ése fue siempre uno de sus objetivos: utilizar tanto la pintura como su mirada artística para celebrar la belleza oculta del sujeto.

El elemento más sorprendente del catálogo era una nota a pie de página que sugiere que la subasta de 1934 de *Marguerite Gachet al piano* se realizó por orden de su hermano Paul. Esta obra fue un regalo de Van Gogh que Marguerite tuvo colgado en su habitación más de cuarenta años, pero se vendió porque su hermano siempre estuvo celoso de que Van Gogh nunca lo retratara

---

[1] *The Gachet Donation in Context: The Known and Little-Known Collections of Dr. Gachet*, Susan Alyson Stein. Museo de Arte Metropolitano, Nueva York, 1999, p. 168.

a él[2]. Otra suposición incluso sugería que se sentía celoso de los rumores en cuanto a la relación amorosa que hubo entre ellos, por lo que se vengó al obligarla a vender la pintura.

La incógnita que motivó la venta de esta obra se convirtió en el génesis de esta novela. ¿Vincent y Marguerite tuvieron una relación amorosa en las últimas semanas de vida de él? Sin duda, la chica estaba en edad casadera; acababa de cumplir veintiún años poco después de la llegada de Vincent. Su contacto limitado con el mundo exterior debió de hacerla particularmente susceptible a los encantos de un artista, sobre todo uno que había viajado tanto como Vincent. Al no conocer la respuesta, empecé a indagar más en la vida de los miembros de la familia Gachet, en particular la de esa joven discreta de quien parecía que nadie sabía nada. Lo que no esperaba encontrar fue que en realidad había dos mujeres en el hogar Gachet que estaban encerradas a cal y canto: Marguerite y Louise-Josephine Chevalier. Muchos creían que era la hija ilegítima del Doctor Gachet con la institutriz de Marguerite y Paul, Louise-Anne-Virginie Chevalier.

Obtuve esta información casi por accidente. En mi primera visita a Auvers-sur-Oise me hice amiga de la directora de la oficina de turismo, quien me dijo que había dos mujeres como de noventa años que conocieron a Marguerite aún viviendo en el pueblo. Hizo los arreglos para que yo las conociera. Una era la hija del panadero, *madame* Cretelle, quien tenía recuerdos vívidos de haberle vendido pan y otras provisiones a la silenciosa Marguerite. La otra era *madame* Millon, quien era estudiante en los últimos años de vida de Marguerite y recordaba haberla visto cuando se paseaba por el pueblo.

Ambas me proporcionaron información valiosa al describirme detalles que jamás hubiera podido encontrar en ningún catálogo de arte o libro de historia, como la manera en la que Marguerite

---

[2] *Idem.*, n.º 30.

se vestía con colores apagados cuando iba a la iglesia o la timidez con la que saludaba a la gente en la calle. También me brindaron algunos de los rumores del pueblo que nunca se han expuesto en ninguno de los textos en inglés que consulté para mi investigación. La más asombrosa de estas revelaciones fue la existencia de Louise-Josephine, quien al parecer vivió en la casa de los Gachet de los catorce a los veintitrés años y de quien nadie supo su existencia hasta que la casa familiar se puso en venta.

Madame Millon escribió un libro en francés en el que habla del acta de nacimiento de esta chica, cuyo padre no se menciona en el certificado. Pero existen otras claves sobre la paternidad; por ejemplo, Gachet firmó un papel donde se reconoce que no nació en circunstancias adúlteras para que ella pudiera casarse más tarde. Su nombre, Louise-Josephine, es similar al de Louis-Joseph, el nombre del padre del Doctor Gachet. Asimismo, la fecha de su concepción coincide con la época justo antes de que el Doctor Gachet se comprometiera con su esposa, la madre de Marguerite y Paul, quien murió de tuberculosis cuando Marguerite aún era niña. En su libro, *Vincent van Gogh et Auvers-sur-Oise, madame* Millon especula que el médico conoció a *madame* Chevalier antes de casarse y que continuó su relación con ella (y el apoyo financiero para Louise-Josephine) hasta la muerte de su esposa. En ese momento, invitó a *madame* Chevalier a vivir en su casa y ser la institutriz de sus hijos. Tiempo después, también llegó Louise-Josephine.

Para proteger a toda costa su privacidad, el Doctor Gachet le prohibió a la joven Chevalier que se mostrara en el pueblo. No existe ninguna mención en las cartas que Van Gogh escribió sobre el doctor y su relación con la institutriz o sobre su hija, y podemos suponer que Gachet, al temer que se corrieran rumores en el pueblo, las mantuviera deliberadamente lejos del artista.

Aproveché esta información y empecé a crear el marco de *El último Van Gogh* que le daría voz a estos dos personajes femeninos relegados de la historia en notas al pie de página, en particular a

Marguerite. Utilicé la idea de que Marguerite no sólo fue una musa para Vincent en sus últimos días, sino también una espectadora de las tácticas médicas cuestionables de su padre en el tratamiento del pintor, y una víctima de la ira de su hermano. Intenté crear una narración donde su experiencia se expresara en su único legado tangible: los dos retratos terminados que Van Gogh pintó de ella, y el que menciona a su hermana Wilhelmina, donde está sentada frente un pequeño órgano como una santa Cecilia moderna,[3] que los académicos creen que nunca terminó.

Las claves escondidas en las obras de Van Gogh (como las dedaleras en el retrato del Doctor Gachet, que son una especie de *Digitalis* que puede provocar efectos secundarios como ansiedad y palpitaciones cardiacas, y que pudo ser usada de manera equivocada en el tratamiento médico de Van Gogh, y la mención de una pintura nunca terminada) son sólo algunos de los misterios que rodean los últimos días de Van Gogh en Auvers. Durante los setenta días que permaneció en el pueblo, terminó más de setenta pinturas. *El último Van Gogh* pretende examinar la inspiración para la última.

---

[3] *The Letters of Vincent Van Gogh*, seleccionadas y editadas por Ronald de Leeuw, Penguin Books 1996, p. 498. [Versión en español: *Cartas a Theo*. México: Paidós, 2012].

Agradecimientos

Este libro no hubiera sido posible sin los magníficos conocimientos académicos de Anne Distel y Susan Alyson Stein, cuyo catálogo para la exhibición del Museo de Arte Metropolitano, *Cézanne to Van Gogh: The Collection of Doctor Gachet (De Cézanne a Van Gogh: la colección del doctor Gachet)* sirvió como inspiración para esta novela. También estoy en deuda con los conocimientos de Ronal Pickvance y *The Complete Letters of Vincent van Gogh (La correspondencia completa de Vincent van Gogh)*, publicado por la New York Graphic Society.

En Auvers-sur-Oise, tanto el señor como la señora Cretelle contribuyeron a mi investigación con anécdotas maravillosas de la familia Gachet, en particular sus recuerdos de Paul y Marguerite Gachet. La investigación de *madame* Millon sobre Vincent van Gogh y sus meticulosos detalles sobre la vida en Auvers a finales del siglo XIX también son inestimables. Un agradecimiento especial para Catherinen Galliot, de la oficina de turismo de Auvers-sur-Oise, quien me presentó a estas maravillosas personas y también me permitió visitar en privado la casa Gachet, que no estaba abierta al público hasta hace poco.

Rosalyn Shaoul, gracias por tus esfuerzos incansables: leíste todos mis borradores y tradujiste todos los documentos en francés; fuiste un trampolín maravilloso para que yo pudiera desarrollar muchas de las complejidades de esta novela. En verdad, no puedo agradecerte lo suficiente y mereces que te dedique este libro. Meredith Hassett, Nikki Koklanaris, Jardine Libaire, Sara Shaoul y Heather Rowland, les agradezco a cada una de ustedes sus lecturas cuidadosas de esta obra. A mi esposo, te agradezco el apoyo, la paciencia y la voluntad para motivarme en cada novela que escribo.

Un agradecimiento final a mi agente, Sally Wofford-Girand, por creer en este libro; y a mi difunta editora, Leona Nevler, a quien le gustó lo suficiente como para ofrecerle un hogar.